광주전남의
숨은
작가들

지은이_**이동순**(李東順, Lee, Dong-Soon)_ 조선대학교 자유전공학부 조교수. 가사문학의 산실인 전남 담양군 남면에서 태어나고 자랐으며, 전남대학교에서 「조태일시연구」로 박사학위를 받았다. 저서로 『움직이는 시와 상상력』이 있으며, 편저로 『조태일전집』, 『박흡문학전집』, 『목일신전집』, 『목일신동요집』이 있다.

광주전남의 숨은 작가들

초판 인쇄 2014년 8월 25일 **초판 발행** 2014년 9월 1일
지은이 이동순 **펴낸이** 공홍 **펴낸곳** 케포이북스
출판등록 제22-3210호 **주소** 서울시 서초구 반포대로14길 71, 302호
전화 02-521-7840 **팩스** 02-6442-7840 **전자우편** kephoibooks@naver.com

값 16,000원
ISBN 978-89-94519-51-7 03810

광주전남의 숨은 작가들

Hidden authors in Gwangju-Chonnam

이동순

케포이북스
KEPHOIBOOKS

이 책은 광주전남 출신의 작가들에 관한 기록이다. 이 기록은 계간지 『문학들』에 연재하였던 것으로 여기에 호명된 작가들의 대부분은 어둠 속에 방치되어 있었거나 무관심의 대상이었다. 한국 현대문학사의 흐름과 맥을 같이 하며 지역에서 뿐만 아니라 중앙에서도 활발한 활동을 하였던 그들의 흔적을 찾아 정리한 2년 반의 여정을 한 자리에 묶어낸다. 이 책에는 모두 10명의 광주전남 출신 작가들을 호출하여 이 작가들의 묻혀있던 삶의 여정과 문학적 업적들을 추적하여 정리하였다.

광주에서 시인 김현승과 라이벌이었던 시인 박흡, 가난하지만 마음이 부자였던 동요작가인 김일로, 동요 〈자전거〉의 작가 목일신, 교도소에서 생을 마감한 시인 김악, 그리고 목포 문화예술계의 숨은 공로자인 수필가 조희관, 소년운동의 선구자요, 동요 〈강아지〉의 작가 시인 김태오, 언론인의 사명을 다하면서 문화예술계를 텃밭을 놓은 시인 이경인, 광주전남 최초의 동화작가 정태병, 동요작가이자 불교청년운동에 앞장섰던 시인 조종현, 순수문학을 연 수필가 김진섭이 그들이다. 작가들의 출생에서부터 마지막 작품까지 두루 정리하고자 애를 썼다. 학문적인 글이 아닌 편하게 읽을 수 있도록 발굴한 작가들을 소개하는 데 치중하였다. 그러나 이 두 지점을 사이에 둔 어정쩡한 글이 되고 말았다.

이 과정은 지난한 수고로움을 요구했다. 무엇보다 작가들의 가족들을 찾는 것이 어려웠다. 그러나 수고로움만큼 기쁨도 컸다. 작가들의 가족들이 가슴에 쌓인 것들을 토로할 때, 서러운 눈물을 흘릴 때, 문단에 섭섭함을 보일 때 기뻤다. 그리고 "이 선생은 소리 없이 역사를 쓴다. 광주의 산소다" 하셨던 범대순 시인의 격려는 큰 힘이 되었음을 고인이 되신 뒤에야 말씀드린다.

작가들의 행적과 기록을 뒤져가며 찾아낸 이 작은 기록을 토대로 작가와 작품들이 문학사적으로 조명되기를 바란다. 그동안 자료를 제공하고 도와주신 모든 분들께 감사하며 특히 지면을 할애해 준 계간 『문학들』 송광룡 대표께 고개 숙여 감사드린다. 기꺼이 출판을 자청해준 케포이북스와 수고를 아끼지 않은 안솔 님도 고맙다. 늘 마음을 모아 기도해주는 분들과 내 사랑하는 가족들에게도 고맙다는 말을 전한다.

여름이 가는 어느 날,
무등산 아래 비둘기 집에서
저자 씀

차 례

제1장

죽음까지도 시였던 사람, 시인 박흡

1. 감각을 더듬기 위하여

죽음은 감각의 멈춤일 뿐이라 했던가. 생물학적 감각의 멈춤이 죽음이라는 이 자명한 사실 앞에서 한 영혼의 외로운 외침도 감각의 멈춤으로 정리할 수 있을까 곰곰 생각하다 '시인은 가도 시는 남는다'는 말을 떠올려본다. 거기서도 시인의 죽음을 감각의 멈춤일 뿐이라고 단정해 버릴 수는 없었다. 그가 남기고 간 시편들이 절레절레 고개를 흔들어대며 살아있는 신호를 보내온다.

시로 인해 아름답고 행복했으며, 시로 인해 고통 속에서 살다 홀로 독배를 마신, 감각의 멈춤과 더불어 많은 이야기들을 전설처럼 주렁

주렁 달아 놓은 채 말없이 떠나버린 사람. 여기저기 파편처럼 흩어진 그의 시들만이 그가 이 세상에 잠시 머물다 갔음을 전해줄 뿐인 그 사람. 그 사람의 이름은 잊혀진 지 오래다.

'박흡!' 그를 호명한다.

이 생소하기 이를 데 없는 이름을 호명하기로 한다.

그의 삶을 거슬러 오르기 시작하였다. 이미 잊힌 시인의 행적을 거슬러 오르는 일이 생각처럼 만만하지 않았다. 그 과정에서 아직 완전하지 않지만 다양한 스펙트럼을 가진 그를 만났다. 시인이라는 한 가지 색을 입고 있었다면 뒤쫓는 일이 차라리 쉬웠을 것이다. 그는 항일독립운동가, 교육자, 행정가, 그리고 시인이라는 여러 색깔의 옷을 입고도 침묵하고 있었기에 쫓는 일이 쉽지 않았다. 그 침묵에는 광주전남의 문단에서 광주서중과 광주고등학교에서 국어교사를 한 시인이며 고향이 장성이라는 정도로 기억되고 있었던 것과 그것도 원로시인 몇 분 정도만 알고 있는 이름이었다는 것도 일조하였다.

서론에서는 필자가 만난 박흡의 모습을 간단히 소개하기로 한다. 여러 가지의 색을 입고 있는 본격적인 그의 모습은 본론을 기대하시라.

박흡, 그의 본명은 박증구(朴曾求)였다. 그는 1912년 10월 4일, 전남 장성군 황룡면 장산리 393번지에서 부친 박균명과 모친 이우신 사이에 독자로 태어나 장성공립 심상소학교를 졸업하고 1927년 3월 전북 이리에 있는 이리농림학교에 입학하였으나 퇴학을 당하였다. 퇴학을 당한 후에도 일제의 통제와 감시 아래 검속과 취조, 유치가 연속되는 나날을 보냈다. 그리고 숙명여전에서 강사를 할 때까지 그간의 행적은 오리무중이다. 일본으로 유학을 다녀왔다는 설이 있고, 해방 전에 영광군청에 근무했다는 설이 있으나 확인되지 않은 떠도는 이야기이다.

숙명여전에서 근무할 때 『경향신문』에 「젊은 강사(講師)」를 발표하면서 시인으로 등단하였으며, 강의를 하다 후일 부인이 되는 제자 이석봉을 만나 결혼하였다. 광주에 정착하여 2명의 아들을 낳았으며 그의 취미는 화초를 가꾸는 것이었다. 이후 광주서중과 광주고등학교에서 국어교사를 하였으며, 금호고속의 전신인 광주여객에서 경리과장, 죽호학원(설립자 : 박인천)의 설립을 맡았으며, 중앙여중고의 서무과장을 역임하다가 독배를 마시고 생을 마감하였다. 이상이 박흡의 생물학적 감각이 멈추지 않고 활발하게 움직이던 때를 더듬은 간단한 흔적들이다.

2. 독서회와 퇴학, 그리고 되풀이 되는 검속과 취조

그럼 이제 구체적으로 그의 색깔들을 찾아가보기로 하자. 박흡이 250명을 수용할 수 있는 큰 규모의 건물이 2동이었고, 기숙사에는 250명이 식사할 수 있는 식당, 목욕실, 오락실, 도서실을 구비하고 있는 근대 최고의 이리농림학교에 입학하였다. 그것도 "입학경쟁률은 100명 모집에 1,015명이 지원"[1]하는 치열한 경쟁을 뚫고 입학하였다. 요즘으로 치면 사교육 일번지인 강남의 학생들이 휩쓴다는 특목고에 입학한 것이다. 그 학교 졸업생에는 전 국무총리인 고건의 부친이자 전북대총장을 역임한 고형곤 박사, 대상그룹의 창업주 임대홍, 함경남도에서 19명이 응시하여 혼자 합격하였다는 시인 한하운이 있다.

그 학교에 박흡은 농학과 55명 중의 한 명으로 입학하였다. 학적부에 따르면 그는 우수한 학생이었다. 전국에서 뛰어난 수재들이 모였음에도 우수한 성적을 유지한 것은 순전히 책을 좋아한 덕분이다. 늘 책을 끼고 지냈으며 원예에는 특히 흥미를 느꼈다. 화초를 기르고 이식하고 생장시키는 방법들에 대해서 남다른 관심을 갖고 공부하였다. 훗날 그가 취미로 삼았던 화초 기르기는 아마도 이리농림 시절 터득한 기술과 지식에 기반한 것일 터이다.

우수한 학생이었던 박흡은 불행하게도 이리농림학교를 졸업하지는 못했다. 그가 스스로 학교를 떠나온 것이 아니라 강제로 퇴학을 당했기 때문이다. 이리농림학교에서의 퇴학은 박흡의 운명을 일시에 바꾸어 버린 사건이다. 광주학생사건도 독서회와 성진회가 중심축을 담당하였던 것처럼 1920년대와 30년대의 독서회는 항일의식으로 무장하고 독립운동을 전개한 대표적인 학생조직이었다. 그런 때 박흡이 독서회 회장으로 활동했다는 것은 단순한 학생운동이 아닌, 항일의식으로 무장한 독립운동이었음을 의미하는 것이다. 『이리농림60년사』에는 그의 행적을 이렇게 기록하고 있다.

생활하는 학생들 간에 讀書會가 조직되어 禁嚴한 일인들의 감시 속에서 뜻을

1 『동아일보』, 1929.3.13.

규합하고 있었다. 독서회 회장으로는 박증구(농과5년)가 활약했으며 그 외에 유동식(임과4년), 신정근(임과4년), 진기열(농과3년), 문석(임과3년) 진집종(임과3년), 박사진(2의1), 임경래(2의2) 등이 호응, 일제에 저항하는 민족의 저력으로 움트고 있었다. (…중략…)

그러나 그 이듬해인 1930년 1월 3학기의 개학을 기해 누구의 입에서 인지 모르지만 광주의 진상을 알게 되었고 전국 공사립 학생들의 맺히고 맺힌 한이 일제에 저항으로 바뀌어 폭발하였다. 이러한 어수선한 기운을 한일공학의 미명하에서 일거일동의 감시를 받고 있는 본교 학생에게도 태동하고 있었다.

때를 노리고 있던 독서회에서 비밀리에 팜플레트를 인쇄하려다 사감인 增田[마스다]에게 사전에 발각되어 성사를 하지 못하고 박증구는 졸업을 앞두고, 진기열, 진집종은 30년 2월 18일로 사상불온 학생이라는 빨간 딱지를 학적부에 남긴 채 퇴학을 당하고 말았다.[2]

위의 기록에서 박흡이 이리농림학교에서 퇴학을 당한 이유를 확인할 수 있다. 구체적인 이유인즉 1930년 11월 3일 광주학생사건 1주년 기념일에 있었던 일본인 선생의 "조선인들은 나가라"라는 차별에 분노하여 동지를 규합하여 11월 10일 격문을 뿌린 혐의로 사상에 문제가 있다하여 11월 15일 퇴학을 시킨 것이다. 이리농림의 독서회 회장이었던 박흡은 학생의 신분으로 항일운동을 단행하고 민족운동을 전개한 것이다. 당시의 독서회가 일종의 비밀결사단체였다[3]는 사실은 박흡이 비밀결사체를 움직이는 인물이었을 가능성을 높여주는 단서가 된다.

---

2 이리농림60년사편찬위원회, 『이리농림60년사』, 제일사, 1982, 34쪽.
3 김호일, 『한국근대학생운동사』, 선인, 2005, 332쪽.

퇴학을 당한 그의 학적부에는 붉은 글씨로 '思想問題ノ爲湯示退學'이라고 기록되어 있다. 일제가 사상계를 두었던 것은 항일독립운동을 위해 움직이는 일체의 것들에 대한 통제와 감시를 위한 것이었다. 학적부의 붉은 글씨는 호적에 빨간줄이 쳐진 것이나 다름없는, 학적부에 빨간줄이 그어짐으로써 그는 사상불량자가 되었다. 시대는 점점 더 어두운 터널을 향하여 줄달음쳤기에 퇴학 후에도 일제의 감시망 아래서 자유롭지 못했다. 일경의 감시망 아래서 잦은 검속과 취조에 시달리는 시간은 한 치 앞도 내다볼 수 없는 어둠이었다. 차라리 모든 감각이 멈추기를 바랐을지도 모르는 그 시간은 몇 년 동안 지속되었다. 당시의 신문기사의 일부를 옮기면 다음과 같다.

> 경찰부 명령이라하야 장성청년이영백을 경성으로 검거호송하드니 지난 八일 일흔아츰에는동군 黃龍面長山里 朴曾求를 검속하는동시에 가택수색까지 하엿스나 별단서는 엇지못하얏다한다[4]

> 금춘부터 全南각지에서는 光州를 위시하여검거풍 이러나長城署 李迎白을검거하여三개월동안을 류치한후 지난 二十일에全南警察部로압송하얏는데이십칠일새벽부터 장성서에서는 돌연히대활동을하여 長城勞組원 金信奎, 薛海應, 吳貴烈외 二명을검거하는동시에 각면에잇는 청년金鍾壽 朴曾求외수명을 一시에검거하얏다는데 이에대하야장성서에서는 전남경찰부명령이라고 하야사건의 내용은알수없다한다[5]

---

4 『동아일보』, 1932.6.11.
5 『동아일보』, 1932.8.31.

전북경찰부에서 검거한 長城협동조합서건과 노동조합사건관계자의 일부를 송국하엿다함은 이미 보도한바어니와 이에 관계된 씨명을 보면

本籍 全南長城 奇老春(三十)金寅洙(三五)靈光法聖南宮炫(二三)金堤邑鄭乙長城李吉洙(二七)金時中(三八)아직것 경찰서에서 계속된취조를받는피의자의 씨명은 여좌하다고한다.

全南長城 申明哲 全北群山 全榮津 全北南原邑 金昌漢 未詳 韓吉相 姜海成 宋銀憲 金英萬 宋東植 高亨柱 朴曾求 宋錦振 李致鎬 李瑩球 鄭暻仁 鄭柄庸[6]

위 기사들은 이리농림학교에서 퇴학을 당한 이후 잦은 검속과 취조가 이어졌음을 보여준다. 일제는 "광주학생운동을 사회·공산주의 계열의 사회주의적 운동으로 취급"[7]하였다. "총독부 당국자들은 일본 본국에서도 법으로 금지되어 있는 주의자(사회주의자·공산주의자·무정부주의자)로 간주하고 이미 계산에 넣고 이 운동을 민족운동으로 보지 않고 사회·공산운동으로 보는 것이 한국인의 감정을 덜 상하게 하는 방법"[8]이라고 생각했다. 당시는 사회주의 사상이 풍미하고 있었고 학생들이 사회주의를 차용하였다는 것이 별로 부자연스러운 것은 아니었다. 우리 민족을 무산계급으로 보고 민족의 독립을 달성키 위한 수단이었다. 학생들에게나 박흡에게 우리 민족은 일본제국주의에 착취당하는 무산계급이었던 것이다. 그러므로 학생들이 사용하였던 무산계급은 우리 민족을 분열시키는 구호가 아니라 일제의 지배에서 벗어나고자 한 민

6 『동아일보』, 1933.10.6.
7 김성식, 「한국학생운동의 사상적 배경」, 『아세아연구』 12-1, 고려대 아세아문제연구소, 1969, 93쪽.
8 김호일, 『한국 근대 학생운동사』, 선인, 2005, 238쪽.

족의 단합과 통일을 절규한 구호였다. 그래서 일제의 감시대상이 되었고 크고 작은 일이 있을 때 마다 검속의 대상이 되어 구금되고 취조를 받게 되었던 것이다. 그러나 신문지상에 언급된 정도로 박흡이 구체적으로 어떤 사건에 연루되었는지는 정확하게 알 수가 없다.

박흡은 이십대 초반의 삶을 일제치하에서 검거와 감금과 취조 속에서 모질게 견디어야했다. 한 번 취조를 당할 때는 몇 개월 동안 지속되기도 하였다. 1931년, 1932년에도 3개월 동안 취조와 유치를 당하였고 1933년에도 7개월 동안 취조를 당하는 젊음을 송두리째 빼앗긴 시간을 견디지 않으면 안 되었다. 학생의 신분에서 쫓겨난 뒤 일제의 감시와 취조, 감금으로 수난의 역사를 온몸으로 감내할 수밖에 없었다.

그의 부친 박균명도 장성협동조합을 결성하여 제1회 총회 때 장성농협 서기[9]를 맡았으며 농보교위치문제로 장성공직자대회[10]에 참가하여 일제 당국의 기만정책에 항거하기도 하였던 인물이다. 그러고 보면 박흡이 언론에 보도된 바와 같이 농조사건이나 협조사건에 빈번하게 연루되어 검거와 구속을 반복하였을 때, 그의 뒤에서는 부친 박균명이 움직이고 있었던 것이다. 부자가 항일독립을 위해 온몸을 던졌다고 보는 것은 무리일까?

그럼에도 불구하고 박흡은 광복이 된 후에도 자신이 어떻게 살았다는 소리 한 번 하지 않았다. "일제의 모진 찬서리 밑에서 추위에 항거하는 겨울물처럼 청춘을 그늘지게 소모한 나"[11]라고 한 회고한 단 한

9 『중앙일보』, 1932.4.30.
10 『중외일보』, 1932.12.1.
11 박흡, 「3 · 1절과 나—결혼을 추억하며」, 『전남일보』, 1957.2.23.

박흡의 유일한 유품인 작품 모음집

줄이 있을 뿐이다. 자신의 결혼식을 3월 1일로 잡은 이유가 3·1만세 운동을 영원히 기억하기 위해서였다고 한다. 거기서 그의 항일독립의지가 얼마나 강했는지 짐작만 할 뿐이다. 박흡은 누구에게도 그의 과거 행적에 관한 이야기를 하지 않았기 때문에 일제치하의 자료를 통해서 확인하여 추정할 뿐이다.

이후의 행적, 신문에 보도된 그 이후의 행적은 알 수 없다. 다만 세간에 떠도는 이야기처럼 대학졸업 여부가 확실하지 않다는 것이다. 박흡 본인은 와세다대학을 졸업했다는데 범대순이 제기하고 있는 것처럼 와세다대학을 졸업했을 가능성은 없어 보인다.[12] 사상문제로 강제 퇴학을 당한 조선학생을 일본 본토에서 받아줄 리 만무한 점으로

12 범대순, 「광주문학개화기 야화」, 『광주문학』, 2001 가을, 30쪽. "박흡이 만년에 중앙여고 서무과장을 한다든지 광주 고속의 경리과장을 한다든지 한 경력이 말하듯이 그가 고명한 고등학교 고대문 교사였고 시인이었음에도 불구하고 이름을 가진 동료들이 거개 전남 대학 교수직으로 자리를 옮긴 마당에 그의 대학 졸업이 확인되지 않아 교직에서 물러나는 등"에도 나타나듯이 유학문제는 앞으로 확인해야할 문제다.

미루어 보면 그렇다. 다만 그의 글을 보면 일본에 다녀온 것은 확실해 보인다. 광복 후에는 잠시 영광군청에 근무했다는 설도 있지만 아직 확인되지 않은 안개속의 이야기이다.

3. 시인, 그리고 광주전남의 문단

박흡은 문단에 나온 초기에는 본명인 박증구를 썼다. 귀산(歸山), 귀산생(歸山生)이라는 필명으로 몇 편의 작품을 발표하기도 하였지만 대부분 박흡으로 작품활동을 하였을 뿐만 아니라 아예 호적의 이름도 박흡으로 바꾸었다. 박흡이 처음으로 문단에 이름을 낸 것은 1947년 5월 8일 자 『경향신문』에 「젊은 강사」를 발표하면서부터이다. 전문은 다음과 같다.

> 그대 손길은 時間 마다의 化粧에 어질어지고
>
> 그대 허파에는 月蝕과같이 石灰巖이 돋아오르고
>
> 그대 聲帶는 象皮病은思索에 지친 그대 얼굴칠판 앞에 더 蒼白하다
>
> 초라한 풍색
>
> 메마른 몰골
>
> 모두가 그대 호주머니의 象徵-
>
> 그러나 그대 머릿속의計算機는

數字 잊고 肥科學에 골몰하다

분필 가루 같이 지처 돌아가는 그대 집에

기다리는 건 항상 氷圈과같은 몸과 맘의 주림 뿐이다

知識의 장사치는 아니되리라고

아우성치는 장거리를 異國인 양말뚝같이 지나다

—「젊은 강사」, 『경향신문』, 1947.5.18

위의 시를 보면 그가 숙명여전에서 강의를 하고 있을 때 발표한 작품으로 추정된다. 이 시에서 그의 자의식을 분명하게 읽을 수 있는데 그것이 바로 '지식의 장사치는 아니되리라'는 것이다. 지식을 파는 자가 되지 않겠다는 선언 속에서 그가 걸어온, 그리고 그가 앞으로 걸어갈 확고한 신념을 볼 수 있다. 숙명여전에 근무하면서 서울의 일간지에 작품을 계속 발표하기 하였지만 그가 본격적으로 작품활동을 한 것은 광주에 정착한 뒤부터이다. 특히 그는 『갈매기』, 『신문학(新文學)』, 『시정신』, 『시와산문』의 동인으로 적극적으로 참여하고 활동하였다. 뿐만 아니라 지역신문인 『호남신문』과 『전남일보』를 작품 발표의 장으로 삼았고 다수의 작품을 발표하였다. 광주전남의 시문단의 형성과정을 정리하여 여러 지면에 발표하기도 하였다. 또한 『학생문예』와 해군목포경비부에서 발행한 월간 잡지 『갈매기』의 편집인을 역임하기도 하였다.

박흡은 광주전남문단을 터 잡는데 기여하였을 뿐만 아니라 중앙의 문인들과 교류도 활발했다. 당시 문단의 절대적인 영향력을 행사하고 있었던 김동리와 손소희는 그들의 작품집을 늘 보내왔다.[13] 이것은 지역에 뿌리내린 그의 문학적 역량을 인정하는 것이다. 김동리는 박흡에게 김현승이 다시 시를 쓰려고 한다며 찾아왔다는 이야기를 할 정도였으니 박흡은 김현승이 다시 시를 쓰기 이전에 중앙문단에서 나름대로의 위치가 있었던 모양이다.

그가 시인 정지용과 교분이 두터웠다는 사실도 마찬가지다. 이석봉과 결혼을 반대하는 장인장모를 만나러 약속한 대구 어느 호텔에서 우연히 정지용을 만났다고 한다. 정지용은 그런 문제라면 다 알아서 해결해 주겠노라고 큰소리를 쳤다. 그런 정지용 때문에 오히려 일은 더 그르치고 말았다. 정지용의 말에 장인장모는 자리를 박차고 일어서고 말았던 것이다. 교수라는 사람의 행색이 초라하고 말하는 것이 세련되지 못하였다는 것 등이 그 이유였다. 박흡은 그것이 정지용과의 마지막 만남이었다고 술회하면서 어떻게 지내고 있을지 걱정스러워도 하고 있다. 그 내용은 산문「삼(三)・일절(一節)과 나」에 실려 있다.

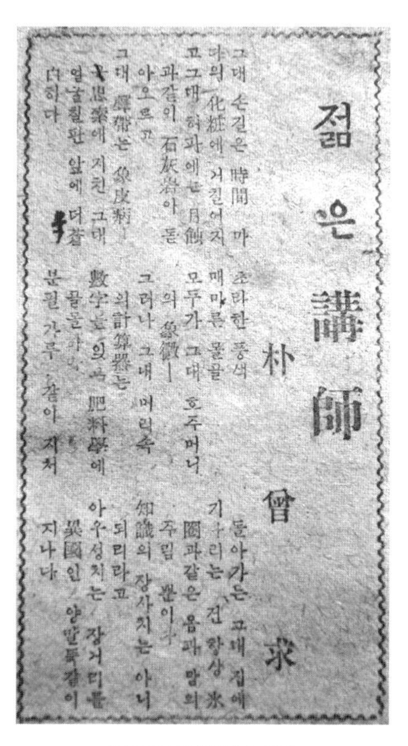

젊은 講師

朴曾求

그대 손길은 時間 마
다의 化粧에 거칠어지
고 그대 허파에는 月蝕
과 같이 石灰岩이 돋
아오르고
그대 脾臟은 象皮病 |
思案에 지친 그대
얼굴 칠판 앞에 더 蒼
白하다

초라한 풍색
매마른 몰골
모두가 그대 호주머니
의 象徵 |
그러나 그대 머리속
의 計算器는
數字는 의 肥料學에
물론하고
분필가루 같이 지쳐

돌아가는 그대 집에
기다리는 건 항상 氷
圖과 같은 음과 말의
주림 뿐이냐
知識의 장사치는 아니
되리라고
아우성치는 장거리를
異國인 양 말뚝같이
지나다

첫 발표작인 시「젊은 강사」

박흡이 교사로 광주서중과 광주고등학교에 재직할 때는 문예부 학생들을 지도하였다. 당시 광주고등학교에 강태열, 박봉우, 윤삼하, 주명영이 동인으로 활동하면서 낸 4인 시집『상록집(常綠集)』[14]과 정현웅, 김정

13 이수복,「박흡씨가 자살하기까지」,『현대문학』, 1963.1.

14 『常綠集』은 4인 시집으로 강태열, 박봉우, 윤삼하, 주명영, 광주고등학교에 재학 중에 만든 동인시집이다. 박흡이 서문을 썼다. 가르친 학생들이었던 연고로 서문을 쓴다고 밝히고 있다.

옥, 박성룡, 강태열, 주명영, 박봉우가 동인으로 활동한 『영도(零度)』[15]가 있었다. 그들의 실질적인 지도교사가 박흡이었다.[16] 박흡의 지도를 받았던 이들은 1950년대 후반부터 한국문단의 주역으로 성장하였는데 광주고등학교가 많은 문인을 배출한 것도 박흡이 다져놓은 초석 위에서였다고 해도 과언이 아니다. 박흡은 『학생문예(學生文藝)』를 주간하여 학생들에게 작품 발표의 장을 제공하기도 하였다. 박흡은 사실상 광주전남의 1950년대 시문단을 이끈 핵심인물 중의 한 사람이었던 것이다.

1950년대 초 김현승과 박흡은 이른바 절친이었다. 어디에서 만나도 반갑고 편안한 이들이었다. 허물없이 지내는 사이였다. 그런데 이들은 언제부터인가 서로를 멀리하기 시작하였다. 김현승과 박흡은 서로 맞지 않아 "1950년대 중엽 광주 충장로 노벨다방 계단에서 김현승 선생이 박흡 선생의 불알을 걷어 찬 사건은 박흡이 입원하고 고소하는 등 법정으로까지 비화"되었다. "조영암의 제일차 하와이 사건을 항의하기 위한 모임의 주도권 다툼이 있었다. 약속한 회의 시간에 김현승이 나타나지 않자 부득이 그가 없는 자리에서 결의를 하게 되었는데 그 모임의 대표에 박흡이 선임되었다. 이후 김현승은 그 모임을 거부하였다. 그리고 그들과 반목이 시작"[17]되었다. 박흡의 장남은 김현승 시인이 집으로 찾아와 박흡에게 무릎을 꿇고 용서를 빌었다고 이때의 상황을 기억하고 있었다. 이후 김현승은 숭실대학교로 자리를 옮겨

---

15 『영도』는 광주고등학교 학생들을 중심으로 발간한 동인지로 총 4권이 발간되었는데 2권이 박흡이 재직 중에 발간되었고 2권은 1966년도에 발간되었다. 박성룡, 김정옥, 정현웅, 주명영, 박봉우, 강태열이 창간동인들이다.

16 오덕렬, 「한국문학의 중심 "광고문학"」. 오덕렬의 블로그 참조.

17 범대순, 앞의 글, 28쪽. 범대순은 이 글을 통해 비교적 당대의 광주문단의 분위기를 자세하게 설명하고 있는데 대체적으로 당시의 광주문단은 반 김현승 정서가 팽배했던 것으로 적고 있다.

서울로 떠났고 거기서 일명 수색사단을 이끌었다.

박흡의 외모와 성격은 "작달막한 키, 오동포동한 체구에 조금 무뚝뚝한 편이어서 남들은 사귀기가 어렵다고 하였으나 사귀면 사귈수록 동심어리고 순진하였다. 박시인은 애환 소조를 사랑했고 선인장 수집에 열을 올리고 있음을 살펴보아도 그는 결코 거만하거나 자아에 빠지지 않"[18]는 "개방적이고 소탈한 성미인데다 술도 좋아하는 편이어서 누구와도 잘 어울렸고 대하기가 수월"[19]한 사람이었다.

4. 사랑, 그 양날의 칼

일제의 혹독한 추위를 견딘 그에게도 운명 같은 사랑이 찾아왔다. 숙명여전 강사시절,[20] 운명의 여인인 제자 이석봉을 만났다. 어느 날 갑자기 찾아온 그러나 절대 놓치고 싶지 않은 그런 뜨거움과 열망으로 사랑이 찾아온 것이다. 그 순간 이성은 잠시 감성에게 모든 것을 내주고 사랑의 위대함 속으로 빠져들게 했다. 꽁꽁 얼었던 마음을 녹이고 감추었던 손을 내밀어 서로에게 따뜻한 난로가 되어주는 사랑이 찾아든 것이다. 스승과 제자를 뛰어넘은 사랑은 세간의 냉정한 눈빛

---

18 이해동, 「비운의 시인 고 박흡과 나」, 『광주문학』, 2001 봄, 25쪽.
19 박정온, 「해방공간-6·25전후의 광주·목포문인들」, 『광주전남문학동인사』, 한림, 2005, 72쪽.
20 『자유신문』, 1947.2.20.

도 문제되지 않았다. 열다섯 살의 나이는 숫자에 불과한 것이었고, 오직 그 사람을 향한 간절한 마음이면 되었다.

시인이자 대학 강사인 박흡과 제자인 이석봉은 그렇게 하루하루 서로를 향한 발걸음을 옮겼다. 이석봉은 문학 가르치는 멋진 스승의 해박함에 빠져들었고, 박흡은 어리지만 영특하고 맑고 당찼던 이석봉의 매력에 자석에 이끌리듯 빨려들었다. 그들은 강의가 끝나면 약속이나 한 듯이 만났다. "그것이 연애편지인지도 몰랐다. 연애가 뭔지도 모르고 선생님이랑 언니랑 함께 다니는 것이 즐거웠다. 나중에 보니 그것이 연애였고 내가 전달한 것이 연애편지였다"는 이석봉의 후배이자 룸메이트였던 추은희[21]는 이들의 연애편지를 전달하는 매신저였다. (추은희는 지금도 박흡을 선생님이라 부르고 있었다. 그들의 모든 것을 알고 있었지만 매우 조심스러워했으며 말을 아꼈다. 이석봉과 스캔들의 주인공이었던 광주의 남자들에 대해서도 잘 아는 듯 하였으나 이 역시 말을 아꼈다.)

박흡이 숙명여전을 그만두고 광주로 내려온 것은 1948년 즈음으로 추정된다. 그가 광주로 내려오자 이석봉은 박흡이 주선해 주었던 인천에서의 교사생활을 접고 고향 경상북도 김천으로 내려갔다. 그러던 어느 날 이석봉은 갑자기 박흡을 찾아 광주로 왔다. 사랑을 좇아온 젊고 어린 이석봉에게 광주는 낯설지만 충분히 아름다운 곳이었다. 가난한 스승이자 시인인 박흡과 경상북도 김천의 부잣집 딸이었던 이석봉은 사제지간을 뛰어넘어 사랑 하나만을 믿고 결혼을 감행하였다. 1949년 3월 1일 들꽃을 꺾어들고 한 이들의 결혼식은 파격적이었지만

---

21 추은희는 후에 시인이 되었고 청주대 교수로 정년하였으며 서울에 거주하고 있다.

무척이나 순수하고 아름다운 것이었다.

박흡은 광주서중에서 교편을 잡았고 이석봉은 전남여중에서 교편을 잡으면서 부부이자 튼튼한 문학적 동지가 되어 감각의 움직임에 혼심을 다하였다. 박흡이 참여한 문예지와 동인지에 이석봉도 어김없이 동참하면서 든든한 문학동지가 되었다. 그들의 초기 결혼 생활은 행복으로 넘치기에 충분하였다. 결혼생활은 사랑과 문학이 함께 한 이중주였고 아름다운 하모니였다. 그리고 박흡과 이석봉은 튼튼한 사랑의 열매인 아들도 2명을 낳았다. 박흡은 거기에 남다른 애정으로 화초를 기르고 있었으니 더할 나위없는 행복의 물결이었다. 그가 화단을 가꾸고 화초를 기르는 것은 시인들 사이에서도 유명했다.[22]

꽃 좋아 하는 몇몇 친구끼리 만나면 서로 농담하여 '花狂'이라 부르고 '요새 狂病은 어떻습니까' 이렇게 인사한다 그리고 무슨 所得이나 있을 법하면 눈이 쌓인 아침이건 비 오는 궂은 날이건 不遠千里하고 서로 십쓸려 遠征을 나가 더러는 헛탕을 치고 운이 좋으면 우스깡스런 풀뿌리 몇 개를 무슨 寶物이나처럼 소중히 떠받고 喜色이 만면하여 돌아 오는 것이다. 숨은 同好者를 알게 되고 또 연줄을 얻어 다른 同好者를 紹介 받고 하는 사이에 情은 두터워지고 親分은 十年知己처럼 가까워진다. 알지 못할 좋은 花草나 花木을 가지고 있는 同好人을 發見할 때 金鑛쟁이가 노다지脈을 찾아낸 것처럼 기쁜 것이다.

—「나와 화초(花草)」

22 박흡, 「나와 화초」, 『시와산문—호남 11인집』, 항도출판사, 1953, 60~61쪽.

그는 "화광"이었다. 꽃과 화초에 미친 사람이었다. 미국이나 일본으로 씨앗과 화초를 주문하여 길렀으니 미치지 않고는 불가능한 일이다. 그는 분명 꽃과 화초를 사랑하는 사람이었고 꽃과 화초의 생육과 생장을 살피는데 일가견이 있는 사람이었다. 이리농림시절 배운 기술을 한껏 발휘한 것일 터이다. 그는 식물을 무척이나 사랑하는 만큼이나 섬세한 감성의 소유자였고 마음이 여린 사람이었다. 그 감각과 여린 감성은 그를 시인이 되게 하였는지도 모른다.

그런 박흡에게 사랑은 한 순간에 지나가는 바람 같은 것이다. 사랑을 확인하고 가슴이 불타오르고 열정이 솟아올라 함께 하고자 하는 열망이 결혼이었다면, 사랑이 엷어질수록 사랑이란 손에 꼭 쥔 것 같으면서 다 빠져 나가 사라지고 마는 것은 미움이었다. 사랑의 익숙함이 때로는 지루함과 귀찮음이 되어 치렁치렁 달고 다녀야하는 거추장스러운 것이 되기도 한다. 사랑의 시작과 함께 온몸을 감싸던 열정과 열망의 뜨거움은 그 속도만큼이나 또한 빠르게 식어갔던 것이다.

그들은 늘 세간의 관심일 수밖에 없었다. 교사였기에 많은 사람들의 관심대상이 되었고, 15살이라는 나이차가 관심의 대상이었고, 이석봉이라는 젊은 여자가 관심의 대상이었다. 그런 관심은 그들을 불행하게 이끌었다. 이석봉에게 쏟아지는 남성들의 시선은 늘 부담스러웠고 박흡을 더욱 외롭게 만들어 갔다. 바람에 따라다니는 소리들은 끊임없이 날아들어 박흡이 설 자리를 잃게 만들었기에 온 감각과 신경은 거기에 집중되었다. 세간에는 이런저런 소문들이 난무하였고 둘 사이는 점점 틈이 생겼으며 결국에는 사랑을 어느 날부터인가 함께 한 집에 머무른다는 사실조차 힘겨운 일이 되었다. 박흡과 이석봉은 그렇게 별거에 들었다.

박흡은 비극적 운명을 예감이라도 한 것인지 초기에 시 「화장장(火葬場)」을 발표하였다. 그의 마지막도 화장으로 끝났다. 우연의 일치라고 하기엔 박흡의 운명이 너무나 비극적이다.

오랜 歲月 거느렸던 생명의 마지막 날
運命들은 靈柩車를 타고
喪輿를 타고
屍體와 함께 그들의 마지막 儀式場으로 간다

그토록 모질던 그들의 營爲가
기껏 여기 이르는
한 낱 어설픈 過程이 었음에
幸福했던 運命
不幸했던 運命
다 같이 마조 보고 껄껄대고 웃는 곳

이제 한 줌 재 밖에
보채 일 아무것도 없으매
제 스스로도 무슨 뜻 있는지 모르는
싱거운 광대짓 다 마치고
煙氣처럼 運命들도 여기 쓰어지다

—「화장장」, 우리문원, 1950.2.

5. 박흡이 남긴 인연들

박흡은 천상 시인의 길을 걸을 수밖에 없는 운명이었다. 그가 생전에 중앙의 문인들과 친분이 두터웠다는 사실을 앞에서 언급하였는데 그 인연은 그의 아들에게도 이어지고 있기 때문이다. 박흡이 독배를 마셔 생을 마감할 당시 큰 아들(박영)은 광주서중 1학년, 둘째 아들(박경)은 광주중앙초등학교 5학년이었다. 수소문하여 만난 박흡의 두 아들은 어느새 박흡이 독배를 마실 때보다도 더 나이를 먹은 중년이 되어 있었다. 그런 그들에게 박흡은 많은 인연들을 남겨두고 있었다.

가족사진

세상의 인연은 감각이 멈추었다고 해서 끝이 나는 것은 아닌 모양이다. 박흡이 일찍 세상을 등졌다고 해서 세상과의 인연도, 문학판의 인연도 사라진 것은 아니었다. 시인 박흡과 시인 김윤성은 생전에 목포에서 창간되었던 『시정신』을 비롯하여 중앙의 문예지에도 같이 활동을 하였다. 그 인연은 끊을 수 없는 것이었던 걸까. 박흡의 장남과 김윤성의 장녀가 결혼함으로써 생전의 인연은 더 깊어졌다. 즉 박흡의 장남(박영)의 장인이 김윤성 시인이다. 이들의 결혼식에 주례를 본 사람도 소설가 김동리였다. 앞에서 박흡은 생전에 김동리와 손소희와는 각별한 사이였다고 하였는데 김동리가 장남의 결혼식 주례를 함으로써 그들의 깊은 인연을 생각하지 않을 수 없다. 또한 박흡 장남의 동서가 서정주 시인의 동생인 서정태 시인의 아들이기도 하다. 박흡과 서정주도 함께 동인활동을 하였다는 것을 상기하면 세상의 인연에 소름이 돋기도 한다. 박흡은 그가 떠난 뒤에도 이렇게 문학판에 많은 인연들을 거느리고 있다.

평론가 정봉래는 그의 죽음과 관련해 많은 것을 알고 있는 사람이었다. 그의 사후에 발표한 「낙조(落照)의 시인(詩人)－비명(非命)의 박흡(朴洽)」이라는 글에는 박흡에게 대립각을 세웠던 인물에 대한 간접적인 평가와 더불어 박흡에게 들었던 작품의 표절에 관해 언급을 하고 있다. 이것을 보면 표면적으로 알려지지 않은 문제가 있는듯하다. 여기서 더 논할 일은 아니니 이 정도로만 언급하기로 한다.

생전에 박흡의 죽음을 가장 많이 슬퍼하고 애달파했던 사람이 있었다. 『전남일보』 문화부장을 지냈던 시인 이해동이다. 그래서 그는 박흡을 추모하는 시 「외로운 산비둘기」를 발표하기도 하였다. 평소에 이해동은 유고집이 없는 것, 시비 하나 없는 것, 묘지조차도 없다고 슬퍼하였다. 유고집은 미력하나마 전집이 곧 출판될 것이고, 시비는 2000년 장성문화공원에 '못'이 세워졌고, 묘지는 장성군 황룡면의 선산에 있으니 몇 해 전에 박흡의 곁으로 간 이해동 시인은 그곳에서라도 위로가 되었기를 …….

6. 이제, 시의 감각을 살려내야

박흡은 자식들에게 자상했던 아버지라기보다는 무서운 아버지였고 화초와 새로 겹쳐진다. 박흡은 말없이 무뚝뚝했지만 자식에 대한 사랑은 깊었다. "나는 잠 못이루는 외롭고 쓸쓸한 밤이면 살며시 곤히 잠든 어린 것들의 손을 쥐어 본다 무슨 뜨거운 것이 왈칵 쏟아져 나올 것 같은 애절하고 절박한 감정인 것이다 참으로 이 어린 것들에 대한 후고(後顧)의 우려가 없다면 금방이라도 영원(永遠)한 휴식(休息)속에 즐거이 들어갈 수 있을 것 같고 이 처참하고 구속 많은 무의미(無意味)한 세상(世上)과 싫은 인간(人間)들 사이에서 떠나 어느 누구도 모르게 묻혀 살다 한조각 구름이 스러지듯이 그렇게 스러지고 싶다"고 했다. 두 아들을 가슴에 품고 세상을 떠날 수 없다던 그였기에 마지막까지 삶을 놓지 않으려 애를 쓴 것이다. 그러나 그는 두 아들을 남겨두고 그렇게 감각을 멈추고 떠나서 한 조각 구름이 되어 어디쯤에서 스러졌는지, 그

곳에서는 평화로운지 …….

손광은은 "시인이 가고 나니 문단을 이끌었어도 연구된 것이 없다. 후손들과 연락 닿는 사람도 없다. 손철 선생과 친하게 지냈는데 손철 선생도 돌아가셨다. 친분이 있었던 사람들에게 연락을 해 보았으나 유족을 아는 이는 아무도 없다"며 관심부족에 대한 부끄러움을 토로했다. 1950년대 광주전남의 시문단을 활발하게 이끌었던 박흡이 남긴 것은 주렁주렁 달린 소문과 파편으로 흩어진 작품들뿐이다. 그러나 그는 분명 "후학을 가르치는 한편 창작열이 뛰어나 광주문단에 활력을 불어넣었다. 그리하여 광주에 문단을 형성시킨 계기를 만들었으며 문학인의 배출에 끼친 영향"[23]이 컸던 사람이다.

항일운동가이자 교육자였으며 행정가였고 시인이었던 박흡, 그의 탄생 100주년이다. 늦었지만 그의 시적 성과와 광주전남의 문단에 기여한 공로가 평가되어야 할 시점에 와 있다. 생물학적인 감각은 멈추고 사라져 한 점 구름이 되었을지라도 그가 남긴 시의 감각은 여전히 살아있으므로, 우리는 그의 시를 만지작거리며 감각의 충만함으로 채워야하지 않겠는가.

---

23 광주광역시홈페이지 참조.

제2장

한길을 걸었던 선비, 시인 김일로

1. 길을 열면서

자연이 제 것을 아낌없이 내주듯이 한 사람이 세상에 나와서 아낌없이 내어줄 수 있는 것은 무엇일까. 그런 사람이 과연 있기나 하는 것일까. 아낌없이 내어준다고 하는 사람들조차도 들여다보면 욕망을 숨기고 있는 경우가 허다하고 보면 내 것을 나누는 일이 어렵기는 어려운 모양이다. 그것은 인간이 끊임없이 욕망하는 존재라는 점에서 보면 당연한 것인지도 모른다. 그러나 평생 한길을 걸으며 자신을 나누며 산 사람들도 분명히 있다. 가난하디 가난하여 학교 문턱도 가보지 못한 사람, 그러나 어린이들처럼 맑고 순수한 영혼을 가진 사람, 그런 사람이 있었다. 화내는 법이 없었고, 서두르는 법이 없었으며 맑고 고요하기만 하였던 그런 사람이 이 지상에 있었다. 그는 그런 생을 살다 갔으니 행복하였으리라. 비록 그를 기억하고 알고 있는 사람이 많지 않다고 할지라도.

김일로, 그는 1911년 2월 2일 전남 장성군 북상면 신성리 24번지에서 2남 2녀 중 장남으로 태어났다. 그의 본명은 김종기로 아호는 '한길'이었다. 필명이 '일로'인 것은 아명을 한자어로 옮긴 것이다. 그는 일제가 조선을 강제 병합한 다음해인 1911년에 태어났으니 그의 삶이 얼마나 지난하였을지는 말을 하지 않아도 충분하리라. 그의 부친 김사규는 조선총독부를 상대로 일제가 수탈해간 토지 반환청구 소송을 8년에 걸쳐 진행하였으니 패소는 소송을 제기하는 순간부터 정해진 일이나 다름없었다. 그때 가세가 기운 탓에 김일로는 신교육은 꿈도 꾸지 못하고 자랐다. 그래서 "시골에서 구학문만 공부하다가 학교라도 나와야겠다는 신념으로 20세 되던 해 무일푼 단신으로 일본으로" 건너갔다. 그러나 그곳에서도 학교는 다니지 못하였고 다만 "일본어 공부를 한다고 일역된 세계문학전집"을 읽으면서 문학적 소양을 키워 나갔다.[1] 무일푼으로 건너간 일본에서의 생활이 만만할 리 없었다. 생활고 때문에 공부는 자연스럽게 뒷전으로 밀리게 되었고 오사카에 정착하여 일본인이 운영하는 회사에 취직을 하였다. 일본의 단시인 하이쿠 창작 모임에 나간 것도 그 즈음이었다. 일본인 사장은 그를 몹시 총애하였다 하나 그는 조선인의 자존심을 꼿꼿하게 세우며 지냈다. 일제에 항거

---

1 김일로, 「김일로 선생님을 찾아서」, 『아동문예』, 1979.2, 85쪽.

차원으로 일본인 여성을 상대로 난봉을 하기도 하였다 하니 그 자존심은 알아줄만 하다. 그가 평생 한길을 걸었던 것도 그 자존심이었을지 모른다. 일본에서의 10년 생활을 접고 귀국하여 정착한 곳은 전남 해남군 황산면이었고 다시 목포로 이주하여 생을 마감할 때까지 그곳에 머무르며 문학과 예술을 벗하였다.

김일로

그가 본격적인 작품 활동을 시작한 것은 해남에 머무르면서였다. 목포로 이주하면서 그의 활동영역은 더욱 넓어졌고 목포가 문화의 꽃을 피우는데 일조하였다. 그는 비록 가난하였지만 비굴하지 않았고, 청빈하였기에 문화예술인들이 늘 그를 찾아들었다. 그의 삶과 작품에서 풍기는 향기가 널리 퍼진 탓이었으리라. 시와 그림과 노래와 글씨를 벗하며 어린이와 산하를 노래하는데 전심을 다한 그였기에 그를 잊지 못하는 사람은 많았으나 상대적으로 그를 기억하는 이는 드물다.

김일로, 그는 제도교육을 받지도 못한 사람이었지만 아동문학가이자 교육자였으며 시인이었고 서예가였다. 사람을 학벌로 평가하고, 서열화하는 비정한 시대, 인간성 상실의 시대를 사는 우리들에게 그 누구보다도 인간의 향기를 품고, 아름답게 산 김일로의 삶과 문학적 여정은 그래서 더 빛나는 모범이다. 생활인이기보다는 예술인이기를 원했고, 예술인으로 한길만 걸었던 그의 길을 따라 걸어가기로 한다.

2. 황산중학교 개교의 숨은 공로자

김일로는 해방되기 2달 전인 1945년 6월 일본에서 귀국하여 해남군 황산면에 정착하여 지주 이해균의 주선으로 농사를 지었다. 일제치하의 농촌이라고 하는 것이 얼마나 척박하였을 것인가. 목구멍에 풀칠하기 어려운 그런 열악한 상황이었지만 김일로는 공부를 해야 피압박 민족의 서러움을 조금이라도 빨리 모면하는 길이라고 생각하였다. 그래서 어린이들을 위해 야학을 열어 운영하기 시작하였다. 낮에는 농사를 짓는 농부의 삶을 살았고, 밤에는 어린이들을 가르치는 교사가 되어 아는 것이 힘이라는 것을 믿으면서 농촌계몽활동을 펼쳐나간 것이다. 그렇게 시작한 교육자로서의 생활은 그가 학교를 설립에 깊이 관여하는데 까지 이어지게 되었다.

당시 해남군 황산면은 성산광산의 채광사업과 맞물려 인구가 약 3만여 명에 이르는 큰 면이었다. 그곳에는 중등교육기관이 없었고 대부분의 아이들은 중등학교에 진학을 하지 못한 채 부모의 농사일을 거들고 있는 형편이었다. 비단 그곳만의 풍경이 아니라 당시 우리의 농촌풍경은 어디나 비슷하였다. 형편이 나은 집 아이들이라고 해봐야 겨우 한두 명 정도 중등학교에 진학하는 정도였으니까 말이다. 그 아이들이 진학한 학교도 멀리 떨어져 있는 영명중학교나 해남중학교였다. 그래서 야학 교사들을 중심으로 한 청년들은 아이들의 배움을 해결해야 한다는 것에 의견을 모으는 한편 청년회원들과 중등학교 진학 문제를 타결하기 위해 황산실업중학교 설립 추진위원회를 구성하였다. 이에 황산면민들이 적극적으로 참여하면서 학교 설립재원은 쉽게 마련되었다. 이에 대지주였던 이해균이 학교부지 일부를 기증하면서 1955년 5월 5일 황산중학교는 개교를 하였다. 황산실업중학교 초대 교장은 부지를 기증한 이해균이 맡았고 야학에서 국어와 수학, 영어를 가르친 김일로는 황산실업중학교의 첫 교사가 되었다. 그는 국어 교사로 재직하면서 황산실업중학교의 교가를 지었다. 이후 황산실업중학교는 공립으로 전환되어 황산중학교로 교명이 바뀌었으나 교가는 지금도 바뀌지 않고 그대로 불리고 있다.[2] 김일로는 황산실업중학교 개교에 절대적으로 기여한 숨은 공로자인 것이다.

그가 첫 동요집을 낸 것도 해남에 거주하고 있을 때였다. 처음 동요를 쓰게 된 것은 늦은 결혼 탓에 나이 40에 얻는 큰 아들(김강) 때문이었다 한다. 맑은 눈동자를 들여다보고 있노라면 나쁜 것들이라고는 얼씬도 하지 못하는 그 세계에 빠져들었다. 그것이 동요를 쓰게 된 결정적인 계기가 되었지만 진학하지 못한 어린이들에게 공부를 가르치면서 어린이들의 순수한 영혼과 만난 것도 그가 동요를 쓰게 된 이유가 되었다. 그가 해남 황산을 떠나 목포로 이주한 것은 1958년에 이르러서였고, 그때부터 예술인과의 교류는 더욱 본격화되었다.

2 황산중학교 교가는 전문은 다음과 같다. "드높은 넓은하늘 모두 우리것 / 즐겁게 꾸며보는 우리 앞날에 / 가슴이 벌어진다 힘이 솟는다 / 두고두고 이어받을 거룩한 믿음 / 머릿속에 새겨두고 발길 맞추는 / 우리중학 황산중학 꽃으로 핀다."(김동욱곡) 황산중학교 교가가 김동욱이 작곡한 것으로 되어 있지만 이동욱일 것이다. 동요집 『꽃씨』의 '노래모음'을 작곡한 이도 이동욱이며, 김일로의 많은 작품에 곡을 붙이고 있기 때문이다.

3. 어린이의 눈망울, 동심의 길로

그가 문단에 나온 것은 한국전쟁이 온 산하를 할퀴고 간 자리에 어린이들을 위한 동요집 『꽃씨』[3]를 내놓으면서 부터이다. 김일로의 『꽃씨』는 '동시집'이 아니라 '동요집'이다. 동요와 동시는 일정부분 장르간의 경계가 모호한 지점이 있음에도 불구하고 아동문학사에서는 장르를 확실하게 구분하고 있다. 그가 동요를 쓰게 된 이유를 들어보면 다음과 같다.

> 어린이 앞에 알뜰한 이바지를 주고 싶은 게 나의 간절한 소원이었습니다. 어떤 것을 주어야만 뜻에 맞아 풀어지는 얼굴을 보여 줄 것인가? 나는 지금 어린이 마음이 풀어질 때까지 이것이 아니면 저것을 저것도 아니라면 다시 다른 것을 골라 주며 이것은 어떠냐하고 그칠 사이 없이 바꿔 줄 수 있는 밑천을 찾아내는 일을 스스로 맡아 즐겁게 생각하며 어린이가 아니면 가질 수 없는 맑은 얼굴에 꽃송이로 되어나는 웃음을 보고 싶어 하는 것입니다.
>
> 그러나 어린이를 웃기려다가 되려 울리고 만 허물은 입고 만 듯해서 고개를 숙일 수밖에 없는 나를 찾아내고 말아 입맛이 없기로 이 다음엔 더 한층 조심해서 뜻을 받들가 합니다. 즐거운 웃음이 샘솟는 희망을 가질 수 있는 아름다움이 된다면 슬픈 눈물은 보다 더 아름다운 착한 마음의 씨앗이 될 수 있지 않을가 생각합니다.[4]

---

3 김일로, 『꽃씨』, 항도출판사, 1953.

4 김일로, 「뒷말」, 『꽃씨』, 항도출판사, 1953, 63쪽.

위에 잘 드러나듯이 어린이의 마음에 들 때까지 어린이들의 '뜻'을 받들기 위해서, '웃음'을 보기 위해서였다. 그는 전쟁이 준 "슬픈 눈물"을 "웃음이 샘솟는 희망"으로 바꿔주고 싶어 "어린이의 마음이 풀어질 때까지" 상처 난 마음을 보듬어 주는 동요를 쓰기로 한 것이다. 어린이들에게 주고 싶은 마음을 "간절한 소원"으로 삼았던 만큼 김일로의 삶에서 동심을 빼놓고는 어떤 것도 논할 수 없다. 이는 전쟁으로 피폐해진 상황에서 "아동이라는 인간상을 재인식하고, 그 인간형성을 뒷받침하려 적극적인 의도"와 "자연과 인간과 사물의 아름다움을 깨닫게"[5]하려는 의지에서 비롯된 것이다. 그는 자신의 "목숨"보다 더 소중한 존재가 어린이라고 밝힌 바와 같이 그는 동요와 동시를 쓰는데 전심을 기울였다. 그의 동요 한 편을 소개한다.

동요집 『꽃씨』(항도출판사, 1953)

가루 가루 떡 가루

싸락 눈이 떡 가루

시루 가득 쪄 다가

누구 누구 줄 거나

---

5 이재철, 『아동문학개론』, 서문당, 1982, 115쪽.

송이 송이 꽃송이
함박 눈이 꽃송이
치마 가득 받아다
누구 누구 줄거나.

— 〈싸락눈 함박눈〉 전문

그의 설명에 따르면 가락이 동시와 동요의 장르를 가르는 기준이 되고 있는데 동요집 『꽃씨』는 "노래를 부름으로써 시의 생명을 살리고 모든 정서가 밖으로 표출"[6]되게 하는 데 기여하고 있는 동요집이다. 동요집 말미에는 '노래모음' 악보도 실려 있어 동요에 대한 장르의식이 분명했음을 보여준다. 노래모음은 〈인사〉, 〈토끼〉, 〈반듸불〉, 〈봄바람〉, 〈꽃씨〉, 〈나룻배〉, 〈제비〉, 〈고향〉, 〈별〉로, 이동욱과 윤미자에 의해 작곡 되었다.

그는 『꽃씨』를 발간한 이후 그는 1960년도에 전남교육청에 한 달에 두 번씩 『'꽃씨' 노래 선물』을 자비를 들여 제작, 배포하면서 어린이들을 위한 행보는 절정에 이른다. 어린이들의 마음을 맑고 순수하게 유지하기 위한 노래운동을 전개한 것이다. 교육청 어디에도 그런 행적이 남아 있을 리 없지만 그가 남긴 유품 속에는 교육장의 편지와 각 학교에 보낸 부수까지 기록으로 남기고 있다. 혹여라도 배부되지 않은 학교가 있을까봐 어린이를 세심하게 챙긴 그의 흔적이 가슴을 울린다. 비록 경제적인 사정 때문에 8회로 중단되기는 했지만 『'꽃씨' 노래 선물』은 한 개인이 사재를 털어 동요를 보급하기 위해 애쓴 획기적인

6 이재철, 『아동문학의 이해』, 형설출판사, 1983, 18쪽.

사건이었다. 김일로가 『'꽃씨' 노래선물』을 만들어 배포한 이유를 들어보면 그가 어린이들을 얼마나 사랑하는지 알 수 있다.

생각하고 보면 아름다운 삼천리 금수강산을 송두리째 안겨 주어야 할 이내 목숨보다 소중한 우리 어린이입니다. 어찌 인색할 수 있겠습니까. 푸대접할 수 있겠습니까. 파랗게 자라나는 뜻을 어떻게 꺾을 수 있겠습니까. 우리 어린이가 소원하는 참뜻을 찾도록 찾아내어 선물로 드리겠습니다마는 그도 아니라면 다시 골라 쉬질 않고 드리기만 하는 일을 스스로 맡아 보람으로 삼았기에 조금도 괴롭지 않습니다. 아름다운 노래를 찾아 부르는 사이 슬기롭고 착한 마음의 꽃씨가 우리 어린이 가슴 속에 싱싱하게 자라 환하게 피어난다면 다시 바랄 것이 없겠습니다. 뜻이 같아 모두 맞들어 주신다면 어찌 즐겁지 않으리까.[7]

어린이를 위한 그의 행보는 동요집 『꽃씨』 외에도 1984년 9월 18일 생을 마감할 때까지 200여 편의 동요 동시를 더 발표하거나 남겼다. 어린이들에게 글 쓰는 법을 가르치기 위해 『새로운 글짓기교실』[8]을 펴내기도 했다. 그런 점에서 김일로는 광주・전남 지역 아동문학의 선구자였던 셈이다.

그럼에도 불구하고 그는 광주・전남 문학사에서도 잊힌 작가에 속한다. 그 이유는 그가 "호랑이 행세를 하는 비겁한 행위 속에서 의식을 구하지 않는 고집 때문에 노장행색이 초란한 일상이었으나 꼬리를 흔들며 따

7 김일로・이동수・정판길, 「노래선물 「꽃씨」가 지닌 뜻」, 『노래선물 꽃씨』, 1960.5.1. 참고로 이동수는 목포사범 교수로서 김일로의 시에 작곡을 맡았고, 정판길은 제일인쇄소의 운영자로 인쇄를 맡았다. 이것은 책으로 만들어진 것이 아니고 작은 인쇄물이다.

8 김일로, 『새로운 글짓기 교실』, 삼성출판사, 1966.

『새로운글짓기교실』(삼성출판사, 1966)

라 나서는 강아지 행세가 역겨워 멍에를 걸머진 황소의 끈기를 섬겨"[9] 온 결벽증 탓이다. 그런 성격 탓인지 『광주 · 전남 문학인명사전』[10]에도 올라있지 않고 목포문학사[11]에도 간략한 언급에 그치고 있다.

4. 『송산하』, 새로운 시형의 창조

그는 동요와 동시만 창작한 것이 아니다. 그는 단시에 수상을 곁들여 『목포경제신보』에 3년여 동안 연재하였다.[12] 짧은 시 밑에 자신의 단상을 짧은 글로 담아 발표하였는데 그렇게 발표한 작품이 134편이나 된다. 짧은 시와 수상만 일주일에 한 편씩 썼다는 것인데 작가적 역량과 문학적 열정이 없다면 해낼 수 없는 일이다. 그렇게 오랫동안 연재를 기획한 목포경제신보사나 그렇게 매주 한 편씩 창작하여 연재한 김일로나 이들의 노력은 후대가 꼭 배워야할 일이다. 이렇게 오랫동안 연재할 수 있었던 또 다른 요인은 독자들의 호응이었다. 현란한 수사로 현혹하지 않은 시에다 편안하게 생각할 수 있는 수상을 곁들였으니 독자들은 연재되는 날을

9 김일로, 「청춘은 간직하는 것」, 『내 청춘의 초원에서』, 우림사, 1981.
10 『광주 · 전남문학인명사전』, 한림출판사, 2003.
11 목포 100년의 문학 발간 추진위원회, 『목포 100년의 문학』, 올뫼, 1997, 348쪽.
12 『목포경제신보』에 (1975.7.14~1978.5.8)까지 1주일에 한 편씩 발표하였다.

기다렸을 정도였다. 시집 『송산하(頌山河)』[13]는 그때의 작품들을 선별하고 거기에 7언 절구의 한시를 덧붙여 간행한 것이다. 이 외에도 많은 작품들을 발표하거나 육필로 남기고 있는데 가난하고 청빈하여 시집으로 엮어내지 못하였다. 시집 『송산하』는 새로운 장르를 개척하려 애쓴 그의 고투가 빛나는 시집이다. 그래서 필자는 그의 시를 '단시형 정형시'라고 이름 한다. 어떤 하나의 장르로 고착화 시킬 수 없는 그만의 독특한 시형을 구사하고 있기 때문이다. 그래서 그도 서문에 "어떤 형태의 틀에 들어갈 것인지 모"른다고 하면서 "철없는 사람의 눈에 비친 것 가슴에 고인 것을 나름대로 짤막하게 옮겨 보았을 뿐"[14]이라 하였다. 그의 '단시형 정형시' 한 편을 소개하면 다음과 같다.

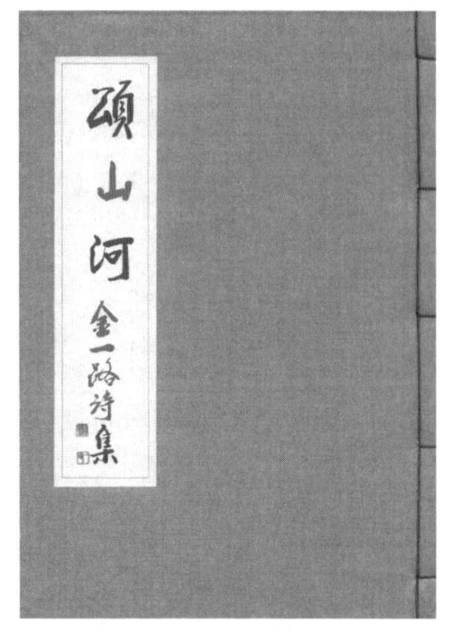

단시집 『송산하』(지식산업사, 1982)

봄이 뜰 앞에

왔다는데

아직은

꽃도 나비도

이웃하지 않는

긴 긴 하루

---

13 김일로, 『訟山河』, 지식산업사, 1982.
14 김일로, 「책머리에」, 『訟山河』, 지식산업사, 1982.

遲遲不來待春難

—「봄 1」

1연 6행에 7언 절구 1구로 구성된 이 시는 봄을 기다리는 마음을 짧은 시상에 담아내고 있다. 이 짧고 간결한 시는 일정의 경지에 이르러야 쓸 수 있다. 뛰어난 직관, 예리한 감성, 자연스런 운율이 녹아 있는 것이 김일로의 단시형 정형시의 특징이다. 깊이 생각하지 않아도 알 수 있고 이미지화되는 그러나 가볍게 넘어설 수 없는 깊이가 계속 따라 붙는다. 단순한 기표 속에 미끄러지는 기의는 그리 단순하지도 가볍지도 않다. 단순한 시상의 전개와 쉬운 시어는 동시와 가깝다가도 멀고, 범부의 단순한 생각 같다가도 선의 경지에 다다른 선사가 쓴 선시 같기도 하다. 그의 시에는 기표가 표상하는 것 이상의 기의 속으로 깊이 침투해야만 그의 사유와 만나게 되는 매혹이 있다.

사실 그의 단시들에는 제목이 없다. 위의 시도 설명의 편의상 작품의 번호를 붙였지만 시집에는 춘하추동의 4부로 나누어 작품 전체에 일련번호를 부여하고 있을 뿐이다. 즉 각각이 독립적인 작품이자 시집 전체가 한 편의 작품인 셈이다. 아래의 시는 〈자연 · 인간 · 환경〉이라는 맑은 서울을 위한 음악회에서 황의종이 곡을 붙여 국악관현악 반주에 독창으로 불려진 바 있는[15] 말하자면 시집 『산수송』의 서시격인 작품이다. 그가 그려내는 산하의 모습, 그가 사랑한 산하의 모습을

15 이 곡은 작곡가가 김일로의 시 「송산하」를 읽고 그 감흥을 남성독창과 국악관현악으로 작곡한 곡이다. '금수강산을 자랑하는 대한민국이 급변하는 세계 속에서 격랑의 소용돌이를 헤치고 무궁한 발전을 이루기를 기원하는 마음을 담아 작곡된 곡'으로 소개하고 있다. 〈자연 · 인간 · 환경〉은 2008년 3월 26일 세종문화회관 소극장에서 〈동해라, 찬란한 아침이 눈부셔라〉로 소개되었다.

상상해 봄이 어떠할까 싶어 전문을 싣는다.

동해(東海)라 출렁이는 청탄(淸灘)위에 솟아오는
영롱(玲瓏)한 원광(圓光)의 일출(日出)이 눈부셔라.
합장(合掌)한 이 손위에 눈부셔라.

서운(瑞雲)에 가려진 우람한 산하(山河)속에
목을기일게 느려 홰치는 장닭 한 마리
크낙한 한 소리에 아스라히 이어진 복지삼천리(福祉三千里)
향기로운 아침이 환하게 트이나니.

수향(樹香) 계성(溪聲)이 은은한 이곳은 우리 조국(祖國)
뜻을 모아 꽃을 심고, 노래하며 열매를 따는
어머니 영역(領域)같은 거룩한 이 강토(疆土)에
찬란한 이 아침이 이리 눈부셔라.

사슴처럼 모여 사는 여기, 드높은 가람(伽藍)은
청태(靑苔)낀 석탑에 천년세월(千年歲月)을 두고
정한(情恨)을 새겨오는 의(義)로운 겨레의 일월(日月)이거니,
천추만세(千秋萬歲) 금수산하(錦繡山河) 영광(榮光)의 일월(日月)이
이리 무궁(無窮)하거니.

—「송산하」 전문

5. 화가들과 함께, 서예가로

김일로는 어린이 같은 순수함으로 사람들을 감동시켰다. 오막살이 한 칸의 가난한 삶을 살았지만 결코 초라하지 않았던 그가 예술인의 삶을 초연하게 살았기 때문이고 많은 예술인들과 함께 문화예술을 향유하였기 때문이다. 특히 화가들과 교류가 깊었다. 그것은 그 순수함에서 기인한 것이었으리라.

김일로와 남농 허건은 목포의 문화 예술을 함께 이끈 주역이었다고 해도 과언이 아니다. 그 둘은 서로 잘 통하여 벗하며 친하게 지냈다. 1959년 3월 1일부터 10일까지 목포문화협회가 주최하고『목포일보』와 항도주간의 후원으로 '허남농(許南農) · 김일로시화전(金一路詩畵展)'을 목포 여정다실에서 개최하였다. 이 시화전을 축하하면서 수필가인 차재석은 "'시(詩)'와 '그림'이라는 두 개의 영역(領域)을 하나의 '다부로'에 공존(共存)시킨다는 것이 종래(從來)의 동양화(東洋畵)의 합작(合作) 비슷하면서도 실상은 달라야겠습니다. 그림을 보고 시(詩)를 쓰던지 시(詩)를 보고 그림을 그리던지 간에 어느 한편이 설명(說明)이나 묘사(描寫)에 그쳐버렸다고 할 것 같으면 굳이 '시화(詩畵)'라는 형식(形式)을 갖출 까닭이 없기 때문이지요. 그림과 시(詩)가 각기(各其) 그 기능적(機能的)인 방법(方法)으로 하나의 영역(領域)을 위해서 표현(表現)의 역(域)까지 올라섰을 때 비로소 우리는 시(詩)와 그림이라는 양면작전(兩面作戰)에 곰짝없이 사로잡"[16]힐 수밖에 없다고 하였다. 시인 권일송도 "아경(雅境)의 화벽(畵壁)에 그 운치(韻致)를 더하는 단구(短句)의 시가(詩歌)! (半含差, 半含嬌

남농 · 김일로 시화전 기념사진(1959년)

態)의 정조미인(情調美人)의 취향(趣香)이나 작흥(作興)을 그 안에 보는 듯하여 우아탈속(優雅脫俗)한 심경(心境)으로 현대(現代)의 숲에 우는 부엉이의 그 혈누(血淚)의 내력(來歷)조차를 곰곰이 캐내어 풀이할 수 있게 높은 고전(古典)의 뜻과 은근한 조화를 드리"[17] 우고 있다 하였다. 뿐만 아니라 '일로 · 아산 시화전',[18] '김일로 매정 이창주 시화전',[19] '김일로 시화전

---

16 차재석, 「蛇足」, 『허남농 김일로 시화전』, 1959.3.1.

17 권일송, 「가슴으로 느끼는 詩畵」, 『허남농 김일로 시화전』, 1959.3.1.

18 1964년 3월 3일부터 7일까지는 '김일로 아산 조방원 시화전'을 광주 아세아 다방에서 개최하였다.

(남농화 병제)',[20] '김일로선생 고희기념 시전',[21] '김일로 시 목각전'[22]을 열었다. 시화전은 시와 그림을 동시에 관람할 수 있을뿐만 아니라 시, 혹은 그림만이 갖는 상상력을 더 확장시켜주고 오래 기억할 수 있는 기회를 제공한다.

앞서 살핀 시화전이나 전시회를 함께 한 남농 허건, 아산 조방원, 매정 이창주 등은 누구도 범접할 수 없는 영역을 구축하고 있는 화가들이다. 김일로는 이들과 어깨를 나란하였는데 그림이 아니라 시였다. 김일로가 교류했던 화가들은 이들만이 아니다. 의제 허백련, 운보 김기창, 고암 이응노, 오승우, 임직순 등과도 교류가 잦았다. 그들의 영향을 받아서인지는 모르지만 김일로는 서예가로서의 면모 또한 뛰어난 사람이다. 그가 남긴 작품들은 수십 편에 이른다. 그의 장남 김강은 유품을 그대로 간직하고 있을 뿐만 아니라 운영하고 있는 한식당을 갤러리로 꾸며 전시하고 있다. 그는 실재로 1977년 봄에는 목포경제신보사가 주최한 '김일로 선생 초대 시전'을 용다방에서 개최하였고, 가을에는 민족문화협회의 후원과 지식산업사 협찬으로 한국문예진흥원 미술회관에서 '김일로 보벽시전'을 개최하였으니 서예실력이 어느 정도였는지 가늠할 수 있다.

김일로의 서예는 독특한 서체를 구사하고 있다. 꾸미지 않은 서체이기 때문에 글씨에는 천진난만함이 그대로 배어 있고, 그러면서도

---

19 1965년 4월 9일부터 23일까지는 '김일로 매정 이창주 시화전'을 해남 은하수 다방에서 개최하였다.

20 1971년 3월 27일부터 4월 3일까지 '김일로 시화전(남농화 병제)'을 목포 밀물 다실에서 개최하였다.

21 1979년 3월 19일부터 24일까지는 한국예총 목포지부 주최로 '김일로선생 고희기념 시전'을 황실다방에서 개최하였다.

22 1983년 2월 23일부터 3월 1일까지 한국예총 목포지부가 주최하고 한국 문인협회 목포지부가 후원한 '김일로 시 목각전'을 해태다방에서 개최하였다.

무언가 사로잡은 매력이 있다. 한글 작품은 천진난만함이라면, 한문 작품은 진중하고 차분하여 구도적이다. 이를테면 김일로체라는 독특한 서체라고나 할까.

6. 길을 마무리하며

처음 글을 시작할 때 한길을 걸었던 사람이라고 한 것은 그의 예술가로서의 삶을 들여다보는 것으로 해결되었으리라. 그런데 내어주다니 도대체 무엇을 내어줬냐고 물을지도 모르겠다. 특별한 직업, 밥벌이 없이 가난과 청빈을 살았으되 비굴하지 않고 꼿꼿한 선비의 길을 걸은 그것만으로 내어준 삶을 살았다고 할 수 있지 않을까. 특히 어린이에게 '웃음'을 선사하기 위해서 자신은 오막살이에 살면서 『'꽃씨' 노래선물』을 학교에 나눠준 것은 아무나 할 수 없는 일이기에 더욱 그렇다. 그의 문학적 출발이 어린들에게 웃음을 찾아주기 위해서였던 것처럼 모든 것을 다 바치고 싶은 존재는 어린이였다.

시와 노래와 글씨를 벗하며 어린이와 산하를 노래하였고, 광주전남의 문화예술 발전에 전심을 다했던 김일로. 아동문학가로 교육자로 시인으로 서예가로 종횡무진 하면서 생활인이기 보다 예술인이었던, 그리고 남 앞에 드러내기 보다는 겸손을 걸었던 그를 이제는 우리가 기억해야 할 차례다. 인간의 향기를 품고 평생 청빈을 살았던 김일로의 삶과 문학적 여정을 되새김질하고 그의 문학작품에 대한 본격적인 연구를 시작해야 될 때이다. 그가 남긴 동요와 동시, 그리고 단시형 정형시와 수필, 그리고 노랫말까지 흩어진 자료들을 모아 세상 속에 전집으로 나오는 날, 그는 광주전남문학사 뿐만 아니라 한국아동문학사와 한국현대문학사의 새로운 자리에 앉게 될 것이다. 그는 분명 광주전남의 소중한 문화유산을 남긴 남도의 시인, 예술인이다.

그가 남긴 유품들은 어느 문학인 못지않게 양적으로도 많을 뿐만 아니라, 질적으로도 우수하다. 그러나 부끄럽게도 그의 고향인 장성군에서는 문화유산이 많아서 있는 것도 관리하기가 어렵다고. 그래서 수천 점의 유품을 기증하겠다고 해도 문학관은 건립은 할 수 없다고 한다. 이것이 문화예술의 고장인 남도의 일그러진 모습이자 행정의 현주소이다.

제3장

자전거를 타고 오는 사람,

동요작가 목일신

1. 국민동요, 〈자전거〉를 부르며

웰빙바람을 타고 자전거길이 생기기 시작하더니 전국토를 자전거길로 연결한다는 소리가 들린다. 4대강 사업의 일환이란다. 물길을 직선화하고 있으니 자전거길 또한 직선이기 십상이다. 사정이 이러다보니 구불텅구불텅 언덕길 휘돌아 달리던 그런 길을 기대하는 것은 애초부터 무리인 셈이다. 정작 우리가 바라는 것은 물길의 흐름을 그대로 따라가는 자연스러운 길인데도 말이다. 자연스러움이 사라져가는 직선의 시대는 인간성마저 황폐화시키기 마련이다. 직선에 갇힌 세상에서 사람으로 살아가야 하는 현실은 우리를 숨 막히게 한다. 그럴 때면 곡선의 편안함과 그 부드러움, 그 안에서 평화가 있었던 그때, "따르릉 따르릉 비켜나세요 자전거가 나갑니다 따르릉" 노래를 부르면서 꼬부랑길을 내 달리던 어린 날이 떠오르곤 한다. 구불구불 시골길을 작은 먼지 일으키며, 휘파람도 불면서 달리던 모습을 그리는 것만으로도 입가에 조용한 미소 번지는 것은 곡선의 편안함 때문이다.

자전거 위에 올라 가을바람을 가르며 달리다가 잠시 푸른 하늘 올려다보면서 입에서 흘러나오는 노래를 흥얼거리면 멀리 산길을 휘돌아 오는 이의 가벼운 발놀림과 손놀림, 그리고 구불구불한 자갈길을 울렁울렁 넘어오는 몸들의 춤사위가 손에 잡힐듯 하다. 세발자전거를 타면서 부르기 시작하여 자식들에게, 자식들은 또 그 자식들에게 가르쳐 주며 함께 부르는 노래 〈자전거〉는 어른들이나 어린이들이나 할 것 없이 부르는 노래다. 이 노래는 1932년에 쓰고, 1933년에 곡이 붙어 입에서 입으로 전해지고 불리는 동요이다.

동요 〈자전거〉를 쓴 시인이 누구인지 아는 이는 드물지만 그가 나고 자란 곳은 전라남도 고흥이다. 부모님과 누이들과 동생들, 넓은 바다와 들녘을 친구삼아 뛰놀던 그 동산은 행복하였고 평화로웠다. 그의 부친이 세상을 떠나기 전까지는 그러하였다. 부친의 사목을 위하여 선교사들이 선물해준 자전거, 그 자전거가 집에서 있는 날은 부친이 먼 곳으로 사목활동을 가지 않는 날이었다. 그날은 소년이 자전거를 타고 산으로 들로 바다로 내달리는 날이었다. 자전거도 소년을 만나는 날이면 더욱 신이 나서 찌르릉찌르릉 소리를 더 크게 냈다. 그 자전거의 주인은 항일운동가이자 목사를 아버지로 둔 목일신이다. 목일신은 생전에 수백 편의 동요를 쓴 아동문학가이자, 교사였으며 탁구부와 정구부의 코치 겸 감독이요, 선수였다.

사실 동요작가 목일신을 아는 이는 드물다. 동요 〈자전거〉는 잘 알지만 작가는 알지 못한다. 아동문학을 변방으로 취급하는 한국문단의 탓이요, 아동문학을 연구하고 있는 연구자들의 탓이요, 지역작가에게 무심한 광주전남의 문단과 지역 연구자들의 탓이 크다. 입으로 노래는 부르면서 조금만 눈 돌려 보면 알 수 있는 것을, 눈 돌리지 않은 탓으로 그는 기억되기에서 소외된 것이다. 그럼에도 그는 여전히 살아서 우리들에게 노래로 남아있다. 이제나 저제나 호명될 날을 조용히 기다리고 있었을지도 모를 그를 낮은 목소리로 불러볼 일이다.

2. 고흥의 항일 운동가 목홍석

일제가 식민지 조선의 목을 비틀고 숨통을 조이던 어느 날이었다. 평양으로 향하던 중 서울에서 일어난 3·1만세운동을 목도한 젊은 목사는 그대로 발길을 돌려 고흥으로 내려온다. 서울 소식을 전하며 젊은 청년들을 모아 태극기를 만들어 독립만세 시위를 주동한다. 그리고 감옥에 갇혀 심한 고문을 받는다. 출감 후 고문 후유증으로 고통을 받다 세상을 떠난다. 그 사람은 고흥의 항일운동가 목홍석이다.

목홍석(睦弦錫, 1885.2.23~1928.4.20)은 목치숙(睦致淑)이라는 가명으로 독립운동에 참여한 항일 운동가이며, 목사였다. 목홍석은 일찍 개화하여 기독교의 목사가 되었고 목사가 된 후에도 평양까지 공부를 하러 다녔다. 그 먼 거리를 왕복하는 것은 절대자를 향한 믿음 때문이었다. 절대자를 향한 믿음의 평양행 도중에 서울에서 목도한 3·1만세 운동은 그를 교회운동에서 항일운동으로 전회하게 하였다.

그는 서울에서 3·1독립만세 운동에 참여한 뒤 가슴 속에 독립선언서 1부를 몰래 감추고 평양행 대신 그 길로 고흥으로 내려와 젊은이들을 규합하였다. 한편으로 교회의 신도들에게 독립만세운동의 필요성을 설명하고, 태극기와 독립선언서를 제작하여 동지들과 뜻을 모았다. 그리고는 고흥읍의 장날을 기하여 거사하기로 하였다. 거사일인 1919년 4월 14일, 그날따라 심한 폭우가 쏟아졌고 결국 거사는 실행에 옮기지 못 하고 만다. 그러나 거기서 멈출 수는 없었다. 그래서 준비한 독립선언서와 태극기 등을 광주지방법원 순천지청을 비롯한 기관에 보내 조선 독립의 당위성을 역설하고 독립의지를 분명히 하였다.

그로 인하여 목홍석은 주동자로 체포되었고, "군중(群衆)과 함께 조선독립만세(朝鮮獨立萬歲를 高唱)할 것을 기획(企劃)하고 작성한 선언서(宣言書)에 조선혈족동맹태업(朝鮮血族同盟怠業)이라고 쓰고 조선(朝鮮)의 독립(獨立)을 기하는 시위운동(示威運動)을 책동(策動)"[1]한 혐의가 씌어졌다. 그리고 징역 6월을 선고 받았다. 옥고를 치르는 동안 가해진 고문은 지독하였다. 형기를 다 채우고 출감한 이후 고문의 후유증은 이루 말할 수 없는 고통을 가져다주었다. 점차 건강은 나빠지고 몸은 병약해졌으나 고흥군읍내기독교청년(高興郡邑內基督敎青年) 등의 발기로 고

---

1 대구복심법원, 「목치숙 등 2인 판결문」, 1919.7.25.

흥기독교청년회(高興基督敎青年會)를 조직(組織)하여 회장으로 피선[2]되어 활동하였고, 고흥청년들을 규합하여 항일운동을 전개하였다. 그리고 그는 1925년 보성읍교회의 3대 조사로 부임하여 현 보성교 뒤에 교회를 설립하고 이전하기도 하였다.[3] 고흥기독청년회장으로 조선청년연합회 제1회 창립총회에도 참가[4]하였고, 고흥구락부와 장흥구락부의 활동도 멈추지 않았다. 그러나 일제의 그늘을 벗어나기도 전에 고문의 후유증은 끝내 그를 젊은 나이로 세상과 작별하게 하였다. 국가보훈처는 목홍석의 공적을 다음과 같이 기록하고 있다.

1919년 3월 3일 全南 高興郡 高興面 杏丁里에 거주하면서 平壤神學校 入學을 위하여 서울에 체류 중 서울의 독립만세운동에 직접 참가한 후 獨立宣言書 1매를 가지고 故鄕인 高興에 돌아왔다. 그는 고향에서 독립만세운동을 거사하기 위하여 同郡 南陽면 신흥리에 사는 예수教人 李亨淑, 손재곤, 최세진, 조병호, 이석완에게 국제정세와 독립만세운동의 필요성 등을 逆說, 찬동을 받아 고흥읍 장날인 4월 14일 擧事하기로 약정하였다.

1919년 4월 7일 동지 오석주에게 태극기 80여 매와 독립선언서 100여 매를 제작케하는 한편 고흥읍과 江東面內의 예수교인에게 연락하여 동지규합을 부탁하고 동월 10일에는 동지 韓翊洙에게 朝鮮獨立高興團고이름으로 자체선언서 10여 매를 작성하도록하여 거사일인 4월 14일 고흥 장터로 모이도록 하였다. 그러나 심한 降雨인하여 사위를 못하고 高興郡守 順天法院 支廳長과 順天憲兵分隊

2 『동아일보』, 1920.9.19.
3 보성읍교회, 「보성읍교회의 연혁」. 보성읍교회 카페 참조.
4 『동아일보』, 1921.1.18.

감독보조원 등에게 독립선언서를 우송하였다가 일경에 피체되었다.

1919년 6월 13일 광주지방법원 순천지청에서 소위 보안법 위반으로 징역 6월 형을 언도받고 공소하였으나, 같은 해 7월 25일 대구복심법원과 10월 2일 고등법원에서 기각당하여 옥고를 치렀다.

그후 1920년 8월 25일 고흥읍내 기독교 청년들의 발기로 高興基督靑年會를 창립, 총회를 열고 회장으로 피선되었으며 조선청년연합회에 가입하여 무학남녀 아동들의 계몽을 위하여 야학회를 설치하고 한글, 한문, 산술 등을 가르쳤다.

1923년 2월 26일 高興基督靑年會 주관으로 조선물산 사용을 장려하고 조선산 의복을 입게하며 토산품 사용과 단연실행운동을 전개하였다.

1925년 4월 19일 排日思想의 고취를 위하여 기독교의 교리를 전도하면서 교회 건립 확장과 찬조금 460여 원을 모집하였다.[5]

국가는 목홍석의 공훈을 기리어 사망한지 64년 만인 1992년 건국훈장 애족장을 추서하였다. 그의 장남 목일신이 사망한지 6년이 지난 뒤의 일이다. 고흥보통학교 학생이었던 소년 목일신은 부친 목홍석이 사망한 다음해에 쓴 〈우리아버지〉라는 동요는 아버지에 대한 그리움이 깊어서 차라리 아프다. 목홍석이 세상을 떠나자 "동리동리사람들 모다차저와 / 애처러운눈물을 흘"[6]렸다. 목홍석은 고흥에서 존경받는 목사이자 항일 운동가였던 것이다.

---

5 국가보훈처 국가공훈기록.

6 『동아일보』,1929.10.20.

3. 어린이 잡지의 독자에서 동요작가로

기독교의 목사요, 항일운동가인 목홍석은 목일신의 삶과 문학에 지대한 영향을 미쳤다. 목일신이 동요를 쓸 수 있게 결정적인 역할을 한 사람이기 때문이다. 목홍석은 10여 개의 교회를 개척하였다고 한다. 목일신의 이름이 '일신(一信)'인 것도, 전주에 있는 미션스쿨인 신흥학교에 다니게 된 것도 부친의 영향이었다. 목홍석은 자신의 절대자를 향한 믿음처럼 목일신에게도 이어지길 바라는 마음에서였다.

목일신(睦一信, 1913.1.18~1986.10.12)은 전라남도 고흥군 고흥읍 행정리 425번지에서 5남매 중 장남으로 태어났다.[7] 그의 호는 은성(隱星)이며, 필명으로 목옥순(睦玉順), 김소영(金素影) 등을 쓰기도 하였다. 필명

목일신

7 목일신의 위로는 누나가 1명 있고, 아래로 여동생 1명과 남동생 2명이 있다. 현재 여동생 목옥순은 서울에 거주하고 있다.

으로 쓴 목옥순(睦玉順)은 실재 여동생 이름으로 「눈 오는 밤」을 발표하였고, 김소영(金素影)은 『매일신보』 기자이자 시인이었던 김소운(金素雲)을 존경하여 비슷한 이름으로 작품을 발표하면서 쓴 것이다. 아버지 목홍석은 어린이 전문잡지인 『아이생활』, 『어린이』, 『새벗』 등을 사다 주면서 문학에 대한 취미를 돋궈주었다.

목일신이 처음으로 동요를 쓴 1920년대는 어린이가 타자에서 주체로 부상하던 시기였다. 식민치하에서 '어린이'가 미래를 전망하고 일제의 탄압을 교묘하게 교란할 수 있는 새로운 기표가 된 것이다. 그래서 식민담론을 거부하기에 가장 적합한 것은 식민지 제도교육을 역으로 이용하는 것이었다. 특히 창가의 곡조에 우리말 노래를 얹어 부르거나 찬송가에 노랫말은 얹어 부르는 식으로 전유하여 부른 것이 동요였다. 방정환이 주도한 잡지 『어린이』를 비롯하여 어린이 전문 잡지의 홍수시대를 연 것도 1920년대였다. 여기에 『조선일보』나 『동아일보』도 가담하여 '어린이란'을 따로 마련하는 등 새로운 주체에 대한 기대와 희망, 그리고 배일사상의 고취는 동요담론을 생산하는데 기여하였다.[8] 그것은 배일의 감정을 동반한 동요운동이었다.

1920년대부터 전개된 동요운동은 식민지 담론을 전유하여 탈식민화하기에 적합한 전략이었다. 마땅한 독물이 없었던 시기 어린이를 위한 전문잡지 홍수시대를 맞게 되고, 신문의 지면이 마련되자 독물을 생산할 수 있는 작가들이 부족한 상황이 연출되었다. 그것을 극복하기 위한 효과적인 방안으로 대두된 것이 독자들의 투고를 받는 것

8 이동순, 「1920년대 동요운동의 전개양상」, 『한국문학이론과 비평』 53, 2011 참조.

이었다. '독자투고란'의 개설은 자연스럽게 어린 독자들이 독물의 생산자가 되게 하였다. 정순철, 이원수, 윤석중, 윤극영도 어린이 독자에서 작가가 된 인물들이다. 목일신도 마찬가지로 어린이 잡지와 신문의 독자였다가 작가가 되었다.

목일신은 1928년 3월 14일 고흥의 흥양보통학교를 16회로 졸업[9]하고 전라북도 전주에 있는 신흥학교에서 퇴학당하였다. 1929년 광주학생독립운동에 동조하여 전주에서 삐라를 만들고 배포한 혐의로 체포 구금되었기 때문이다. 목일신이 어린이 잡지의 독물을 읽는 독자로서 창작자로 참여하면서 발표한 최초의 동요는 〈산시내〉이다.

깁흔산골작이
흘러나오는
외줄기기다란
산시내물은
언제나고요히
흘러갑니다

잔잔히흘으는
산시내물은
물구경하려온

9 현재 고흥동초등학교는 1911년 흥양보통학교로 개교하였으며, 1949년 고흥동국민학교로 개명하였고 이후 고흥서초등학교와 운대초등학교와 통합하여 현재 고흥동초등학교에 이른다. 목일신은 흥양보통학교 16회 졸업생이며, 남학생 60명과 여학생 8명의 졸업생 중 한 명으로 1928년 3월 14일 졸업하였다.(흥양보통학교 졸업대장 확인)

사람업서서

고요한숨쑤며

흘러갑니다

—「산시내」 전문[10]

어린이가 바라본 시냇물 흐르는 모습이다. 시냇물이 자연스럽게 흐르듯 화려한 수사나 말장난 같은 꾸밈이 없이 시냇물을 바라보는 어린 화자도 편안하기만 하다. 어린이였는데 글자 수를 창가의 7·5조에 맞추어 7자 5자로 배치하고 있다. 당시 제도 교육은 식민담론을 이식하기 위한 교육이 철저히 진행되던 시기였고 학교의 음악교재는 일본의 창가집이었다. 사정이 그러하다 보니 1920년대와 30년대 초까지의 동요는 창가의 7·5조에 얹어 불렀고 동요의 창작도 거기에 맞췄던 것이다. 목일신은 이런 사정을 알고 있었다. 그가 동요를 쓰게 된 배경은 이러하다.

당시 평양 신학교에 재학 중이시던 어버지께서 돌연 학업을 중지하시고 내려오셨는데 까닭인즉 그때 기미년 3·1운동에 가담하시어 평양과 서울에서 목이 쉬도록 만세를 부르고 오셨던 것이다. 또한 지방에서도 만세를 선동하였다고 하여 드디어 3년형의 감옥 생활을 치르셨는데 출옥 후에도 어린 우리들에게 때때로 나라를 빼앗긴 슬픔과 애국의 정신을 고취하여 주셨던 것이다. 그리고 그때는 일본말로 대화를 시키는 것은 물론, 학교에서 작문까지도 일어로 짓게 되었으나 나의 아버지는 될 수 있는 대로 우리말로 글을 지어 보라고 지도하여 주셨으므로 나는 때때로 우

10 목일신, 『동아일보』, 1928.8.1.

리말 작문이나 동요를 지어 보게 되었던 것이다.[11]

목일신의 부친 목홍석은 어린이 전문 잡지를 사다 주었을 뿐만 아니라 '우리말로 글을 지어보라고 지도'해 주었고, 글 쓰는 법을 손수 가르쳐주었다. 그래서 동요를 쓰기 시작하였다. 〈산시내〉가 『동아일보』에 실리게 되자 그는 동요 창작에 열심이었다. 그래서 1930년 1월 1일 〈참새〉[12]가 『동아일보』 신춘현상에 당선되었고, 1931년에는 『조선일보』에 〈물네방아〉[13]가 2등으로 신춘현상에 당선되었다.

동쪽하날붉으래
　　밝아오면은
참새들이 짹짹짹
　　날새엿다고
옹기종기나무에
　　모혀들안저
날새엿소날새여
　　일을하시요

서쪽하날붉으래
　　날이저물면

11 목일신, 「나의 습작시대 회고담」, 『배화』 68, 1974.
12 『동아일보』, 1930.1.1.
13 『조선일보』, 1931.1.1.

참새들이 짹짹짹

해가젓다고

오골오골숩속에

오혀들안저

해가젓소해가저

편히쉬시오

—「참새」 전문[14]

이때부터 목일신은 동요작가로 명성을 날리게 되었다. 목일신이 가장 많은 작품을 창작한 시기는 전주 신흥학교 재학시절이었다. "내가 작품을 가장 많이 썼던 시절은 중학교 2학년 때라고 생각되는데 그때는 하루에 보통 1, 2편의 작품은 꼭 지어왔으며 어떤 날을 3, 4편씩 지은 때도 있었는데 그 당시는 너무나 발표욕에 치중하여서 짓기가 바쁘게 신문사나 잡지사에 보내 버리게 되어 글을 지은지 2, 3일 후에는 『조선일보』나 『동아일보』에 발표"되었고 어린이 잡지로는 "『아이생활』에 가장 많은 작품을 발표"[15]하였다고 한다. 『아이생활』에 가장 많은 작품을 발표하게 된 것은 그도 그럴 것이 기독교단체에서 발행한 어린이 잡지였기 때문이다. 그는 넘치는 창작열을 주체하지 못해서 바다에 해수욕장을 가서도 시상이 떠오르면 "할 수 없이 손가락으로 모래사장에 다가 「바닷가에서」라는 동시를 써놓고서 그동안 바닷물에 스쳐 없어지지 않도록 빨리 집으로 달려와서 종이와 연필을 가지

14 목일신, 『동아일보』, 1930.1.1.(신춘현상 당선작)
15 목일신, 「나의 습작시대 회고담」, 『배화』 68, 1974.

고 가서 그 시를 다시 옮겨"[16]적을 정도였다. 이뿐만 아니다.

신흥학교 2학년 때 저 유명한 광주 학생 사건이 발생하였었는데 전국 방방곡곡에서 호응하여 실로 요원의 불길처럼 일어났었는데 내가 다시던 S중학교에서도 12월 12일을 기하여 다른 학교와 함께 열 두시 정오 싸이렌이 울림과 동시에 만세를 부르기로 하였으며 나는 문예부원이라고 하여 삐라에 쓸 글을 지어서 수백 장의 삐라를 써서 만들었으며 약속했던 싸이렌 소리와 함께 우렁찬 함성을 외치며 소리높이 만세를 불렀었는데 드디어 나는 한 시간 후에 일본 경찰에게 체포되어 백여 명의 학우들과 함께 형무소에 수감되었던 것이다. 나는 그때 2학년이었으므로 저급학년이라고 하여 1개월의 형을 받게 되었거니와 감방 안에서 춥고 배고픈 것도 괴로웠거니와 그 당신 나는 가장 창작욕이 왕성하던 때인지라 작품을 못 쓰게 되는 것도 큰 고민거리었던 것이다.

미리 준비하고 왔던 종이, 연필 등은 모두 압수를 당하였으나 몰래 감추어 둔 아자 작은 토막연필 하나는 가지고 있었으나 종이가 없었다. 그러나 감방 안에서 하루에 한 장씩 주는 손바닥만한 휴지 한 장씩이 있었는데 그것을 아끼고 아껴서 몇 편의 작품을 쓸 수가 있었다. 감방 안에서 아무 것도 보이지를 않고 감방 창문으로 보이는 하늘과 구름만이 보였으므로 「하늘」, 「구름」, 「꿈나라」 등의 작품을 써서 출옥 후에 『동아일보』에 발표했던 것이다.[17]

목홍석이 항일 운동가의 삶을 살다 갔듯이 그의 아들이었던 목일신도 마찬가지로 부친의 뜻을 이어가고자 하였다. 그는 광주학생운동에

16 위의 글.
17 위의 글.

참가하면서 손수 '삐라에 쓸 글을 지어서 수백 장의 삐라를 써서 만들었'고 '소리 높여 만세'를 부른 혐의로 '일본 경찰에게 체포되어 백여 명의 학우들과 함께 형무소에 수감'되었다. "전주 신흥학교 고등과 칠십여 명 삐라를 뿌리고 만세를 부르다가 삼십육 명이 검거"[18]된 사람 중의 한 사람이 목일신이었다. 그는 수감된 것이 고통스러운 것이 아니었다. 정작 고통스러운 것은 '작품을 못 쓰게 되는 것'이었다. 그렇다고 손을 놓고 있을 그가 아니었다. 그 안에서도 '손바닥만한 휴지를 아끼고 아껴서' 작품을 썼다. 그는 온통 동요 쓸 궁리만 하였다. 감옥 안에서까지 떠오르는 시상을 주체할 수 없었던 것이다. 그래서 〈자전거〉 같은 동요가 나올 수 있었다. 동요 〈자전거〉를 쓰게 된 내력과 원문은 다음과 같다.

> 내가보통학교 5학년 때에 선교회에서 우리 아버지에게 아주 멋진 자전거 한 대가 기증되어 왔었는데 나의 아버지는 그 자전거로 각처의 교회를 순회하시며 교역의 일을 보셨는데 쉬시는 날을 그 자전거를 나에게 양보하여 주시어서 나는 시오리나 되는 보통학교를 그 자전거를 타고서 다니게 되었던 것이다. 하루는 자전거를 타고 학교에 갔다가 집으로 와서 지어 본 것이 동요 〈자전거〉인데 그것을 『아이생활』에 발표한 것을 1년 후에 김대현 씨가 작곡한 것이다.[19]

찌르릉 찌르릉 비켜 나셔요
자전거가 나갑니다 찌르르르릉

18 『동아일보』, 1930.1.28.(전주 신흥학교학생들은 삐라를 만들어 뿌리고 만세를 부르는 등 시위는 지속되었다.)
19 목일신, 「나의 습작시대 회고담」, 『배화』 68, 1974.

저기 가는 저 영감 꼬부랑 영감
어물어물 하다가는 큰일 납니다

찌르릉 찌르릉 이 자전거는
울아버지 장에 갔다 돌아오실 제
오불랑 꼬불랑 고개를 넘어
비탈길로 스스륵 타고 온다오

찌르릉 찌르릉 이 자전거는
울 아버지 사오신 자전거라오
머나 먼 시골길 돌아오실 제
간들간들 타고 오는 자전거라오

— 〈자전거〉 전문[20]

동요 〈자전거〉는 노래로 불리면서 '영감'이 '노인'으로, '노인'이 '사람'으로 바뀌었다. 그리고 '찌르릉 찌르릉'이 '따르릉 따르릉'으로 바뀐 것이다. '영감'이 '사람'으로 바뀐 것에 대해서는 목일신도 좋다고 하였으나 '따르릉'으로 바뀐 것에 대해서는 약간의 섭섭함이 있었다고 한다. 1920년대의 자전거 경적소리와 현재의 자전거 경적소리가 달라진

20 목일신, 「자전거」, 『아이생활』, 1932.(현재까지 확인된 어린이 잡지 『아이생활』은 많은 호가 결호이다. 따라서 몇 호에 실려 있는지는 확인되지 않았다. 다만 목일신의 스크랩북에 발표 원문이 있고 아이생활에 발표하였다고 쓰고 있는 것으로 보아 1932년 발표 되었다는 사실은 확실해 보인다. 작곡가 김대현이 1933년 작곡하여 『아이생활』에 발표하였다는 것도 마찬가지다. 〈자전거〉는 김대현이 쓴 최초의 곡이다.)

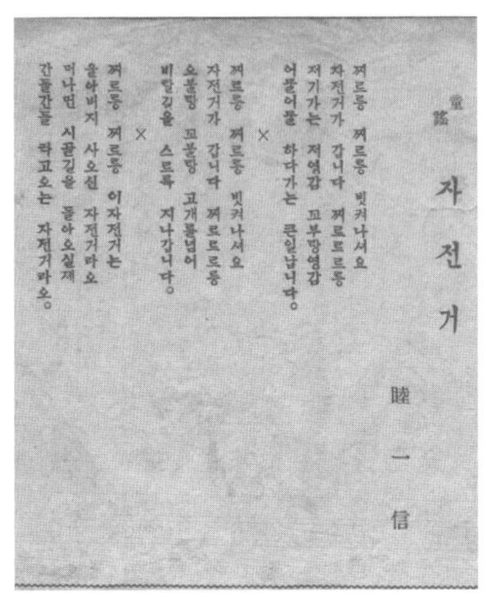

童謠 자전거

睦一信

찌르릉 찌르릉 빗켜나서요
자전거가 갑니다 찌르르르릉
저기가는 저영감 꼬부랑영감
어물어물 하다가는 큰일납니다。

×

찌르릉 찌르릉 빗켜나서요
자전거가 갑니다 찌르르르릉
오불랑 꼬불랑 고개를넘어
비탈길을 스르륵 지나갑니다。

×

찌르릉 찌르릉 이자전거는
울아버지 사오신 자전거라오
머나먼 시골길을 돌아오실제
간들간들 타고오는 자전거라오。

동요 〈자전거〉 원문

것에 기인한 것이지만 동요작가로서 자존심의 문제도 있었다.

그가 쓴 동요의 편수는 아직 정확하게 말할 수 없다. 그가 400여 편을 썼다고는 하였지만 어린이 잡지의 발표 원문을 확인할 수 없는 형편이다. 특히 『아이생활』같은 경우는 남아있는 것보다는 결호가 더 많기 때문에 작품의 발표여부를 정확하게 알 수 없다. 그러다보니 지금까지 원문을 확인한 것은 200여 편 정도에 이른다.

목일신은 동요만 쓴 것이 아니다. 1932년 조선일보사에서는 건전한 대중가요 신춘현상모집을 하였는데 목일신의 〈새날의 청춘(青春)〉이 당선되었다. 그리고 1933년 오케이레코드사 현상모집 가요 〈명사십리(明沙十里)〉가 당선되었고, 〈신농부가〉, 〈저달이 지면〉, 〈달빛이 지면〉 등과 함께 8편이 음반으로 제작되었다. 콜롬비아 레코오드사 현상모집에 민요 〈뱃노래〉와 〈청춘가〉가 당선되어 음반으로 제작되기도 하였다. 목일신은 후에 "내가 이 같이 아동 문학 작품이 아닌 작품에 손을 대게 된 것은 동요는 현상 당선 된 것도 상금이 10원이었는데 레코오드에 취입이 되면 한 편에 20원의 원고료를 받게 되었거니와 그 당시 한 달의 식비가 15원 정도였으므로 학비에도 다소 도움이 되었"[21]기

21 목일신, 「나의 습작시대 회고담」, 『배화』 68, 1974.

때문이라고 대중가요를 쓴 이유를 밝혔다. 감옥에서의 고문 후유증으로 일찍 사망한 아버지 목홍석의 부재는 장남인 그를 일찍 철들게 했던 모양이다.

그는 1933년 일본 오사카에 있는 간사이 대학으로 유학을 떠나 문과를 1937년 졸업하였다. 졸업을 하고 귀국해서 서울에 있는 JODK(경성방송국, KBS의 전신)에 5년간 근무하였다. 동요와 동화를 소개하고 읽어주는 일을 주로 하였다. 김소운, 이상과 함께 『아동문예』를 발간하기도 하였으며, 1955년 〈해병대노래〉, 1976년에는 〈고흥군민가〉를 작사하기도 하였다.

목일신의 동요는 100여 편이 노래로 만들어졌다. 동요 〈산새〉에 곡을 붙인 안기영은 당대 최고의 작곡가요, 성악가로 명성을 날렸고 『안기영 작곡집 3집』[22]에 발표하였다.[23] 목포사범의 교수였던 이동수는 『이동수 동요작곡집』[24]에 목일신이 목포여중에 재직하고 있을 때 동요 〈비누방울〉 등 11편에 곡을 붙였다. 당시 목포에 거주하던 허건, 김일로, 조희관, 박화성, 이동수 등 문화예술인들의 교류는 목포의 예술문화 뿐만 아니라 광주전남의 예술문화의 수준을 한층 격조 높게 하였다.

---

22 안기영, 『안기영작곡집3집』, 음악사, 1936.

23 안기영(1900~1986)은 작곡가이자 우리나라 최초의 성악가(테너)였고 고려대 교수였다. 콜롬비아레코드사에서 『안기영작곡집』음반을 취입하였다. 월북한 이후의 행적은 잘 알 수 없으나 평양음악무용대학 교수로 재직하다 81세로 사망하였다고 한다. 최근 그를 재조명하기 위한 노력들이 그의 고향인 청양에서 진행되고 있다.

24 이동수, 『이동수동요작곡집』, 항도출판사, 1954.

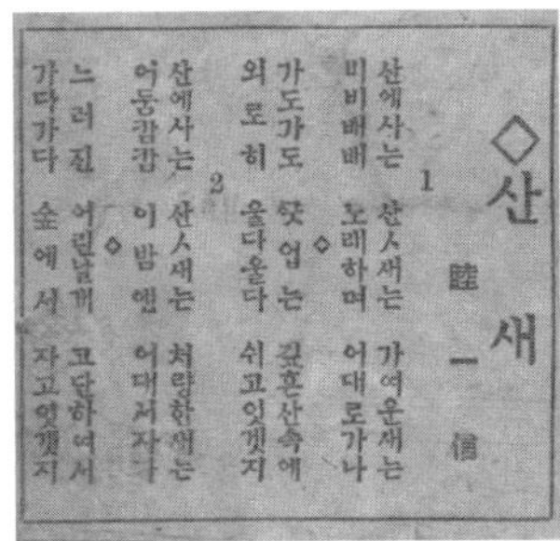

◇산 새

睦 一 信

1

산에사는 산ㅅ새는 가여운새는
비비배배 노래하며 어대로가나
가도가도 탓업는 깊흔산속에
외로히 울다울다 쉬고잇겟지

2

산에사는 산ㅅ새는 처량한새는
어둥캄캄 이밤엔 어대서자나
느러진 어린날개 고단하여서
가다가다 숲에서 자고잇갯지

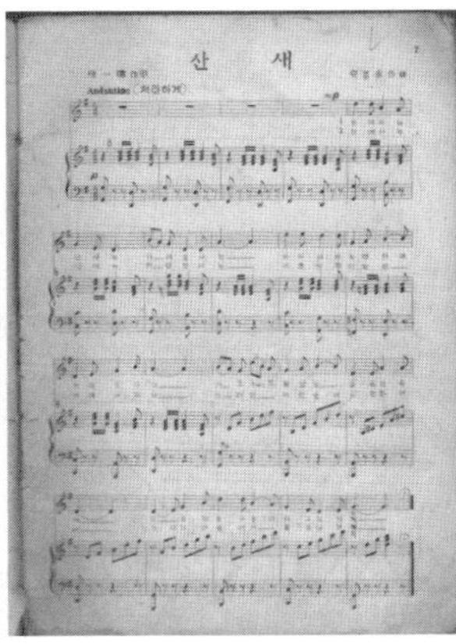

동요 〈산새〉와 안기영의 작곡집

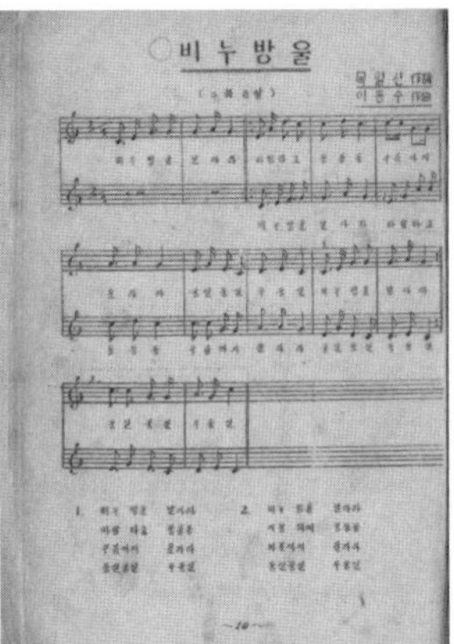

동요 〈비누방울〉과 이동수의 작곡집

4. 국어교사, 탁구부 코치, 그리고 정구부 감독

목일신은 부친 목홍석이 사망한 가운데도 일본으로 유학을 다녀왔다. 가난과 싸워가며 온갖 일로 학비를 감당해가면서 한 공부였다. 유학 후 잠시 방송국과 어린이 잡지 발간에 참여하긴 하였지만 평생을 교직에 종사하면서 후학을 길렀다. 그는 1943년부터 순천 매산중을 시작으로 목포여중과 이화여중고를 거쳐 마지막 배화여중고에 정년할 때까지 교사로서의 삶에 충실하였다. (매산중학교의 발령대장에는 그에 관한 기록이 없는 대신 순천여중의 「응원가(應援歌)」를 쓴 것으로 보면 순천여중에 재직하였을 것으로 추정된다. 이후 1948년 목포여중으로 자리를 옮겨 1954년 11월 18일까지 재직하였다.[25] 그리고 1954년 12월부터 서울이화여고로 전근하였다가, 1958년 배화여중으로 자리를 옮겨 정년퇴직을 할 때까지 교육자의 길을 걸었다.)[26] 그가 교육자의 길로 들어서면서 가르친 것은 국어만이 아니었다.

일제치하였지만 손기정이 올림픽 마라톤을 제패하여 국민들에게 힘과 용기를 주었던 것처럼 1950년대 한국전쟁 이후 실의에 빠진 국민들에게 희망을 주었던 것도 운동선수들이었다. 목일신은 국어교사이기도 하였지만 목포여중에서부터 탁구부 코치였다. 그는 위쌍숙과 위순자 쌍둥이 자매를 국가대표로 성장시킨 장본인이다. 목일신이 서울 이화여고로 전근하게 되자 위쌍숙과 위순자도 이화여고로 전학하

25 목포여중 발령대장 확인.
26 배화여중고에서 재직하는 것은 1958년 4월 1일부터 1978년 2월 28일까지였다. 배화여중고에서 정년퇴직한 것이다.

였다. 이들은 "바로 맞은편 짝에 있는 이화여고 교수관사에 있다고 하며 서울에 친지들이라고는 통 없으나 부모님들 이상으로 친절을 베풀어 주시는 목선생님"덕택으로 운동에 전념할 수 있었다고 한다. 목일신은 "위양들이 목포여고에 다닐 때부터 현재 이화여고에 이르기까지 계속하여 그들의 코치를 담당"[27]하였다. 그는 대한민국 탁구사에 길이 남을 국가대표선수로 길러냈고, 이 선수들이 아시아 대회를 석권함으로써 국민들에게 희망을 쏘아올리게 하였다. 특히 "씽가폴에서 개최된 제 삼회 아세아 탁구선수권대회 남녀혼합 탁구복식 전에서 이경호와 위쌍숙이 우승하여 피스 평화상을 획득"[28]함으로써 한국탁구사에 신기원을 이룩하게 하였다.

> 英國選手의 第一人者를 慘敗시키고 일본선수 田中[다나까]를 노・아웃시킨 기록 등은 우리 運動史에 오래도록 길이 빛나리라고 믿는다. 앞으로도 여러 나라 선수와 맞서야할 푸로가 많이 남아있으니, 더 한층 조심하여 最後의 勝利를 거두고 오기를 祈願하고 싶다. (…중략…) 그대들이 木浦에서 훈련받고, 또 梨花의 뜰에서 鍛鍊받은 그 精氣이야말로 곧 倭人의 손 아래 넘어져간 柳寬順 언니의 넋이기도 하단다. 우리는 더 이상 남에게 깔보임을 당하여서는 안된단다. 우리의 힘, 우리의 實力으로 世界對 世界로 맞서보아야 하는 때가 드리어 그대들 위에 다가온 것이란다.
>
> 魏孃 더 쓸 것이 많은 것같은데 붓을 드니 여러 가지 雜念이 떠올라 이만 붓을 놓겠다. 故鄕에서 父母님 모두 上京하시어서 每日 라디오 앞에 계신단다. 무거

27 『국민보』, 1956.5.16.
28 『동아일보』, 1954.12.23.

운 짐은 大部分 이루었으니 이제는 가벼운 느낌으로 나머지 勝利를 거두고 오기를 하느님께 기도하고 있겠다.[29]

교사 목일신의 면모를 잘 보여주는 글이다. 그가 정성을 다해 키운 것은 탁구선수만이 아니었다. 그는 연식정구부 감독이기도 하였다. 배화여고와 배화여중의 연식정구부 감독으로 선수들을 이끌어 대회에 출전하였다.[30] 실제로 그는 탁수선수와 정구선수로 활약하기도 하였다고 한다. 이처럼 목일신은 다재다능한 능력의 소유자였다. 그의 부친 목홍석이 야학을 설치하여 문맹퇴치에 앞장섰던 것처럼 목일신도 교사로서 제자들을 가르치는데 열심이었기에 이룬 성과였다. 목포여중을 졸업하고 미국에서 아동문학가로 활동하고 있는 목일신의 제자 정해정이 그를 그리워하는 데는 다 이유가 있었다. 정해정의 글이다.

목일신 선생님은 학교 안에 있는 일본식 건물인 사택에서 사모님과 단 둘이서 사셨다. 수업이 끝나면 나를 종종 부르셨다. 햇볕이 들지 않은 어둑어둑한 다다미방에서 나를 무릎에 앉히시고 물으셨다. "나는 무슨 색깔이냐?" "연초록색이요" 앞에서 뜨개질 하시던 사모님은 슬하에 자식이 없어 어딘지 고독하게 보여 보라색이라 했을까? 2학년에 올라가면서 목일신 선생님은 서울 이화여중으로 전근 가셨다. 그후 오랜 세월이 지나면서 선생님의 깨끗한 동요를 대할 때마다 뭉클 선생님 생각이 새싹처럼 돋아나곤 했다. 그럴 때마다 선생님을 뵈온 듯 꼬마

29 목일신, 「遠征中인 選手를 激勵」, 『書簡文全書』, 학원사, 1959.

30 『동아일보』, 1960.6.18.(『동아일보』 주최 38회 여자연식정구대회에 배화여중 배화여고의 2부 감독으로 선수들을 이끌었다.)

여중생으로 되돌아가 선생님의 안부가 궁금하기도 했다. 그러나 50년이 훨씬 넘은 지금까지 선생님을 만나 뵌 적은 한 번도 없다. 사실은 살아 계신지조차 모르고……[31]

5. 나오며

목일신은 한국아동문학사에 핵심적인 활동을 한 동요작가였다. 그리고 국어교사로, 탁구부 코치로, 연식정구부 감독으로 열심인 생애를 살다갔다. 일제치하의 그늘 속에서도 부친을 잃었지만 그는 삐라를 만들어 광주학생운동에 가담하였고, 그리고 유학을 하였다. 그의 부친이 그러하였던 것처럼 교육자로서, 그리고 한 사람의 신앙인으로서 철저하게 믿음을 고수하고, 기독교인의 삶을 살았다. 그가 경기도 부천시 소사구 범박동의 신앙촌에 거주하였던 것도 기독교인의 삶에 순명하는 삶을 살기 위해서였다.

그가 생전에 살았던 경기도 부천시에서는 오랜 전에 그를 기리는 행사들을 진행해왔다. 생전에 살았던 거주지에는 기념비가 세워져 있을 뿐만 아니라 부천중앙공원에 시비가 세워져 있다. 그 뿐만 아니라 목일신을 기리기 위하여 거주지 주변 학교 이름조차도 '일신초등학교'

31 정해정, 「정해정의 문학서재」, 미주한인문인협회.

와 '일신중학교'로 명명하였다. 평생 아동문학가로, 교육자로 살았던 그가 부천 시민이었음을 영원히 기리기 위한 부천시의 정책이다. 왕복 8차선 도로의 이름도 '일신로'로 하겠다고 요청하였다 한다. 그러나 생전의 목일신은 늘 조용히 살기를 원했기 때문에 미망인은 '일신로'로 쓰는 것만은 허용하지 않았다고 했다. 학교의 이름을 허용한 것은 목일신이 교사였기 때문이었다고 했다.

그가 나고 자란 원초적인 공간인 고흥군에서도 그의 문학적 공적을 기리지는 사업이 한창이다. 고흥동초등학교 교정에는 '누가누가 잠자나', 고흥종합문화회관에는 '자전거' 시비가 세워져 있고, 5회째 '목일신동요제'와 '동시대회'를 개최하고 있다. 고흥군이 적극적인 의지를 가지고 있는 만큼 얼마 지나지 않아 목일신 문학관을 비롯하여 생가까지 복원이 되지 않을까하는 기대를 가져본다. "따르릉~ 따르릉~" 자전거 경적 소릴 울리며 고개를 넘어 오는 소년의 바큇살에 햇볕이 찬란하다.

제4장

온몸으로 전라도를 노래한,

시인 김악

1. 광주사람, 그의 이름은

누가 그의 죽음에 대해 말할 수 있을까. 그의 죽음은 진짜 심장마비였을까. 그의 딸이 백방으로 수소문하고 뛰어다녔어도 풀 수 없었던 의문이 지금이라도 풀리기만 한다면 ……. 그는 동경미술학교를 다닌 화가였고 야구선수였고 시인이었다. 이 확실한 사실 외에는 그가 무슨 일로 영어의 몸이 되었고, 그리고 어떻게 생을 마감하였는지 알지도 알 수도 없다.

바람처럼 왔다가 바람처럼 가는 것이 목숨이라고는 하지만, 삶과 죽음은 하나라고 하지만, 정말 사람의 목숨이 스쳐지나가는 바람에 불과하고, 생사일여라는 관념적이고 철학적 사유로 정리되는 것일까. 살아내야 하는 현실에서는 이런 말들이 가당키나 한 것인가. 적어도 필자가 만나본 딸에게 그의 죽음은 살아가는 내내 고통이고 아픔이며 말로 꺼내놓을 수 없는 뼛속 깊이 스며있는 한이었다. 딸의 말처럼 정말 억울하게 죽어간 '한 마리의 개'였다면 몇 마디 언어로 정리될 수 없는 무한의 언어가 필요할 것이고, 의문의 종착점까지 닿으려면 시간이 필요할 것이다. 그의 죽음으로 인해 그의 아들은 입을 다문 채 예술가로서 조용한 삶에만 충실하다. 그리고 그의 예술적 재능을 이어받은 후손들은 예술계에서 활발한 활동을 하고 있다. 그가 이 땅에서 살았다는 흔적을 증언하듯이 말이다.

그의 흔적을 처음 만나 곳은 모 대학 도서관이었다. 켜켜이 쌓인 세월의 먼지를 뒤집어 쓴 채 누구에게도 호명 받지 못한 책더미 속에서였다. 누군지 알지도 못하지만 다음에 혹시나 필요할 지도 모른다는 생각에 무조건 제본을 해두었던 시집 가운데 『영토(領土)』[1]와 『키르쿡크의 석유(石油)』[2]가 있었다. 그리고는 한동안 잊고 있었다. 그러다가 어느 날 『광주문학사』,[3] 『광주 · 전남문학동인사』[4]에서 그의 이름을 보았다. 『광주 · 전남 문학인명사전』[5]에도 올라와 있지 않은 그 사람은 광주사람이었고 이름은 김악이었다.

1 김악, 『키르쿡크의 石油』, 동원사, 1959.
2 김악, 『領土』, 동해당, 1956.
3 광주문인협회, 『광주문학사』, 한림, 1994.
4 박형철 편, 『광주 · 전남문학동인사』, 한림출판사, 2005.
5 박형철, 『광주 · 전남 문학인명사전』, 한림, 2003.

2. 국경을 초월한 사랑, 그리고 시작된 불행

광주사람인 그는 광주서중 출신이며, 광주서중에서 야구부 코치와 감독을 지냈으며, 해외원정경기를 다녀온 국가대표 선수였다. 그리고 일본 동경미술학교에 유학한 화가였으며, 시집 2권을 낸 시인이다. 그의 화려한 이력에도 불구하고 그는 불행한 사람이었다. 광주의 부잣집 장남으로 태어난 그는 다재다능했으나 일생은 행복하지 못했고, 생애의 마지막도 교도소에서 마감하는 파란만장한 삶을 살았다.

광주사람인 그의 이름은 김악(金岳)으로 본명은 김흥수(金興洙)였다. 광주시 동구 학동 172번지에서 아버지 김천석과 어머니 김주화 사이에 1917년 10월 15일 11남매의 장남으로 태어났으나 여동생 1명을 뺀 다른 동생들은 어려서 모두 사망하였다. 동생들의 연이은 사망은 그를 더욱더 귀하게 자라게 했다. 그는 광주서석초등학교와 광주서중을 졸업하였다.[6] 그리고는 일본으로 유학을 떠났다.

그가 일본행을 하면서 그림 외의 다른 생각을 하지는 않았다. 그에게 그림은 자유로운 영혼을 더욱 자유롭고 충만하게 해주는 것이었다. 그래서 일본행을 선택한 터였다. 그런 그에게 일본은 그림을 그리는 학생만의 시간을 허락하지 않았다. 오직 그림만이 목표였던 어느 날 아름다운 사랑이 찾아온 것이다. 일본 동경미술학교 재학 중에 문

---

6 광주일고에 확인한 결과 광주고등보통학교 학적부는 6·25 때 소실되어 확인할 수 없었지만 총동창회명부에 13회 졸업생으로 기록되어 있어 광주고등보통학교를 졸업한 것이 확인되었다. 편의상 광주서중으로 기술하기로 한다.

학소녀 마츠모토 마사코[松本正子]를 만난 것이다. 마츠모토 마사코는 그를 무척이나 사랑하였고 그도 또한 마찬가지였다. 서로의 영혼까지도 사랑하는 사이가 되자 그들은 결혼을 결심하였다. 그러나 국경을 초월한 결혼은 말처럼 쉽지 않았다. 더욱이 일제 식민치하에서 이들이 자유롭게 사랑을 나누기란 쉬운 일이 아니었다. 특히 그때는 일본은 우월의식을 앞세우고 있었던 때였고, 우리는 그들의 지배 아래 신음하는 처지에 있었기 때문에 그것을 초월하는 일은 결코 녹록한 일이 아니었다. 사랑을 뒤로 한 채 깨끗하게 헤어지든지 아니면 한 사람의 희생이 있어야만 했다. 그럼에도 둘이 헤어지는 일이 불가능하다는 것을 안 마츠모토 마사코의 부친 마츠모토 세이쿄쿠[松本正旭]는 그에게 일본으로 귀화할 것을 종용하였다. 그래야만 결혼을 승낙하겠다고 선언한 것이다.

이에 그는 깊은 고민의 나날을 보낸 끝에 그녀와의 결혼을 위해 일본인으로 귀화하였다. 그가 마츠모토 세이쿄쿠의 호적에 입적한 것은 1940년 7월 7일이었고, 그리고 7월 20일 혼인하였다. 그가 일본인으로 귀화는 하였지만 그 귀화는 결혼을 위한 일시적인 귀화였을 뿐, 결혼을 한 후에 그는 부인과 함께 광주로 돌아왔다. 그들의 결혼생활은 행복하기 그지없었다. 무등산을 뒤에 두고 광주천이 내려다보이는 곳에서 부잣집 장남으로서 누릴 수 있는 것들을 누리며 인생의 가장 행복한 시간을 만끽하였다. 그들은 무럭무럭 자라는 사랑을 키우기에 여념없었고 그 사랑은 4남매라는 결실로 영글었다.[7] 그러나 그런 행복의 시간도 그

---

7 김악이 일본인 아내 마츠모토 마사코[松本正子]와 사이에 낳은 4남매는 아들 김박, 김수자, 김신자, 김경희다. 이들은 모두 예술적인 재능을 물려받아 아들 김박은 『스포츠서울』에 15년간

리 길지 않았다. 해방과 함께 찾아온 일본인에 대한 냉대를 마츠모토 마사코가 견딜 수 없어했다. 사랑이라는 이름으로 그것을 견디기에는 이겨낼 수 없는 무게였다. 결국 마츠모토 마사코는 일본으로 돌아갔고 그에게 머물렀던 행복은 산산조각이 나고 말았다. 김악에게 부여된 행복의 시간은 그것으로 끝이었다.

둘째 딸 김경희의 결혼식

마츠모토 마사코는 일본으로 돌아간 후 급기야 한일 간의 국교가 단절되면서 영혼까지도 사랑했던 이들은 다시 만날 수 없는 사이가 되고 말았다. 그의 호적등본에는 1950년 12월 18일 마츠모토 마사코가 사망한 것으로 정리되었다. 하지만 딸 김경희에 의하면 "내가 3살 때 떠난 어머니인데 30년이 흐른 뒤 김포공항에서 처음 어머니를 만났다. 어머니는 한없이 미안하다고 했다. 공항이 울음바다가 되고 말았지만 나는 한 번도 어머니를 미워한 적이 없다"면서 마츠모토 마사코는 아직 생존해 있다고 했다.

김악에게 일본행은 가장 충만한 행복을 주었지만 동시에 그가 불행의 어두움 속에서 영원히 헤어나올 수 없게 한 불행의 시작이었다. 마츠모토 마사코가 돌아간 후 술과 함께 두주불사의 나날을 보냈다. 그림도 팽개쳐 놓고 생활도 팽개치다시피 했다. 그랬지만 그 무렵부터

만평을 연재했으며, 딸 김경희도 동양방송 공채2기로 미술부에 근무하였다. 일본에 거주하고 있는 딸 김수자도 동생 김경희에게 주고받은 편지에 그림을 그려서 보낼 정도로 미술방면에 재능을 갖고 있다. 김악의 3세들도 화가로 활동하고 있다.

쓰기 시작한 시가 그를 위로해 주었다. 시를 쓰는 남자가 된 것이다. 그러는 사이 또 다른 사랑이 그를 찾아왔다. 그 사랑의 시작은 완도중학교의 여교사였던 김만례를 정영범이 중매하면서 시작되었다. 김만례는 시를 쓰는 그가 좋아 4남매의 아버지라는 것도 문제가 되지 않았다. 그도 뿌리칠 이유가 없었다. 김만례는 "아무것도 가진 것이 없지만 행복하게는 해줄 수 있다는 말에 감동을 받았다"고 한다. "시인이라는 것이 매력적이었다"고 늘 얘기했다. 결혼식은 사전 준비 없이 갑자기 치러졌다. 완도중학교 운동장에서 『전남일보』 사장인 김남중의 주례로 1954년 12월 18일 결혼식을 하였다. 그는 새로운 삶을 꿈꾸었다. 그러나 그것도 오래가지 못하였고 김만례는 결국 아들을 데리고 떠났다. 이후 그는 삶에 회의를 느끼게 되었고 4남매를 혼자 거두면서 생활고까지 겹쳐 "하꼬방 집으로 돌아가면 악형님의 자식들은 잠들지 않고 "아버지, 밥먹어" 하고 보리죽을 내밀던 — 참으로 안타까운"[8] 생활을 했다. 그렇게 그는 삶을 마감할 때까지 행복과 먼 거리에 있었다.

3. 다재다능함, 시대를 넘고자

그는 다재다능한 사람이었다. 특히 예체능에 능하였던 사람이다. 광

8 임학송, 『전남일보』, 1957.2.10.

주서중에 진학하여 야구선수로 활약하면서 야구부 주장을 한 것만 보더라도 운동을 잘 했다는 것을 알 수 있다. 그는 후로도 계속 야구선수로 활약했다. 『광주고보 · 서중 · 일고 80년사』에도 그가 1935년부터 1945년까지 야구선수로 활약했음을 정리하고 있다. 이 기록에 따르면 광주고보 야구부가 창설된 것은 1924년이며 "1935년에는 갑자원대회 조선지역호남예선에서 준우승을 차지했다. 이 대회에서 일본인 학교인 대전중과 대전에서 결승전을 벌였는데 고보가 처음엔 1 대 0으로 앞섰으나 일본인 심판의 일방적인 편파 판정에 의해 2 대 1로 역전패하고 말았다"고 기록하고 있다.

그리고 그가 일본에서 유학을 중단하고 귀국한 후인 1946년도에는 광주서중의 야구부 감독으로 야구단을 이끌었다.[9] 뿐만 아니라 그는 하와이 원정 야구대회에 전조선 야구군 유격수로 선발되어 하와이 원정경기에 다녀왔다.[10] 그리고 이어 열린 조 · 미쟁패 대야구전의 전조선군 대표로 미군 14군단사령부가 선발한 전미 주둔 선발전을 거친 미군과 '조미간 최고선수권 결정전'에도 대표선수로 활약하였다.[11] 이후 대한야구협회 주최 전국 도시대항 야구대회에 빠짐없이 참가하여 실력을 뽐냈으며 제7회 대회에서는 광주군이 서울군에게 3대9로 패해 준우승에 머물렀지만 그는 4할 2리의 타율을 기록하여 타격상을 받기도 하였다.[12] 그는 남전에서도 1955년까지 실업야구선수로 활약하였다.

---

9 광주제일고등학교 · 광주제일고등학교동창회, 『광주고보 · 서중 · 일고 80년사』, 2003, 726~729쪽.
10 『동아일보』, 1947.11.12.
11 『자유신문』, 1948.7.2.
12 『동아일보』, 1952.10.10.

그가 쓴 『전남일보』 1955년 7월 10일 자에 「자유중국야구단(自由中國野球團)을 맞이하여」라는 기사는 중국의 야구선수단과 광주지역의 야구선수단의 경기를 미리 분석, 예견하고 있는 글로 본인이 '선수단의 주장'이며 포지션이 '유격수'라고 적고 있다. 광주고보 졸업생인 안중일[13]도 "체구는 크지 않았지만 몸이 날렵했다. 유격수를 봤는데 운동장에서 연습하는 것을 보면 날렵하기 그지없었다"고 기억했다. 1956년 9월 2일 자 『전남일보』에 「야구에 대한 인식」이라는 기사에 본인이 '광주군 주장'이라고 쓰고 있을 뿐만 아니라 "왜정 때에 우리 야구단이 하와이 원정을 하였는데 그 당시 전남 출신의 선수로 박석윤, 박석기, 현 마산감독이신 이선구 ……"라고 기술하고 있다. 이를 종합해보면 그는 한국 초창기 야구사에도 중요한 역할을 한 존재였다.

그는 어렸을 때부터 미술에 재능이 있었다. 그는 일본 동경미술학교에 유학하여 화가의 길을 걸었으나 화가로서의 그의 흔적은 남아있지 않다. 일본 동경미술학교에서 유학 중 결혼하여 귀국함으로써 대학을 중퇴하고 말았지만 호남 예술계의 거장인 오지호 화백의 제자로 자주 무등산에 올라 그림을 그린 것이나[14] 수채화에 뛰어난 실력을 갖고 있었다는 딸의 증언 등이 화가 김악을 뒷받침한다. 추상미술의 선구자인 광주사범의 양수아와 함께 1951년 호남예술위문단의 일원으로 지리산에 입산했다가 하산할 만큼 양수아와는 각별한 관계[15]였다.

---

13 안중일, 인터뷰, 2010.7.22.(안중일은 광주고보 26회 졸업생으로 광주전남 백범김구선생기념사업회장을 맡고 있다.)

14 "지산동의 오화백 댁은 무등산의 서록에 자리한 초가 삼간으로 초라하기 이를 데 없었다. 민혁이 맨 처음 이 집을 찾은 것은 김악시인과 동행했을 때다. 그후 김시인은 옥사하고 말았지만 해학이 남다른 시인이었다. 높은 토방머리에 올라 작은 술상 마루에 오화백을 빙 둘러앉아 풋고추에 막걸리잔을 기울였던 기억이 새삼스러웠다." 안도섭, 『방황의 끝』, 은혜미디어, 1996, 159~160쪽.

그의 작품은 유족에게도 남아있지 않아서 화가로서의 흔적이 남아 있다면 좋았을 텐데 하는 아쉬움이 남는 대목이다. 다만 손철의 수필집 『손철』 2에 있는 손철의 초상화가 그의 작품이 아닌가 조심스럽게 추정된다. 그림에 있는 사인 'A · Kim'은 김악의 이니셜이 아닐까 싶어서인데[16] 현재로서는 김악이 남긴 작품이라고 단언하기 어렵다.

4. 온몸으로 사랑한 전라도, 시로 품다

1950년대의 역사적 조건은 인간실존의 문제가 절박했던 시기였다. 전쟁으로 인해 폐허가 된 공간은 작품을 통해 재현되었다. 전쟁의 기억은 민족적 비극의 기록이었다. 종군작가단의 작품은 전쟁터의 모습을 담은 일종의 현장 기록적 성격을 띠고 있고, 후방 작가들 작품은 전쟁이 훑고 간 뒤의 처참한 산하와 인간 군상들을 담은 인상 기록적 성격을 띠고 있다. 그는 한국전쟁기 최초의 순문예지였던 『신문학』에 작품을 발표하면서 문학적 출발을 보여준다. 동인활동과 병행하여 지

15 딸 김경희는 "사상적인 문제로 지리산에 있었다기보다는 다치고 아프고 배고픈 이들을 그냥 두고 올 수 없었다고 자주 이야기하였다. 아버지는 언제나 모든 사람은 평등하다고, 어렸을 때 집안일을 거들던 이들에게도 공부를 가르쳐 주었으며 그들이 해야 할 일들을 우리들에게 시켰다. 아버지는 그런 분이다. 그것은 사람은 모두 평등하다는 가르침이었다. 술을 마시고도 항상 같은 이야기였다"고 한다.

16 손철은 전남대 의대 교수를 역임한 소설가이자 수필가로 광주전남 지역시인들인 김악, 박흡, 이해동, 허연 등과 동인활동을 함께 하기도 했고 절친했던 것으로 알려져 있다.

방의 신문에 작품들을 발표하면서 시작활동은 더욱 활발해졌다. 그의 시는 전쟁이 핥고 간 뒤의 처참한 산하와 인간군상들을 담아내고 있는데 집중된다. 한 시대를 겪고 난 뒤의 작가들의 의식 속에 녹아 있는 기억은 작품을 통해 재현되고 호명된다. 특히 김악의 시들은 크게 전라도에 대한 사랑으로 일관된다.

그의 고향에 대한 애착은 전라도의 사상과 감정에 대한 내밀한 감응을 포착하고 있다. 시의 제목들만 보더라도 그가 얼마나 '전라도'에 천착하고 있는지[17] 선명하게 드러난다. 그것의 중심에 '영산강'이 있고, '영산강'을 중심으로 살아가는 사람들이 있다. 영산강은 전라도에서 발원하여 전라도를 빠져나가는 전라도의 젖줄이다. 이 지점에서 '향토의 시인'[18]이라는 호칭과 맞닿는다.

> 몇천년은 보자. 西으로 西으로 흐르는 江.
>
> 무너진 대들보 핏덩어리 왼통 山을 이루던.
>
>
> 우리의 땅에 상기도 絶糧의 흙탕물이 …….
>
>
> 몇천년은 보자. 西으로 西으로 흐르는 江.

17 김악의 두 번째 시집 『키르쿡크의 石油』는 6부로 구성되어 있으며 23편의 시가 실려 있다. 『키르쿡크의 石油』의 출판 기념회는 1959년 6월 12일 전일회관에서 개최되었다. 『전남일보』의 기사는 "아직 전남 문단이 불모의 상태에 있을 때 시집 『영토』를 발간하여 많은 시학도들에게 刺戟을 주고 계속해서 꾸준히 정진해 온 우리 향토의 시인 김악 (…중략…) 세계의 관심을 집중케하고 있는 시대적 상황 속에서 세계인으로서의 건전한 호흡을 하면서 향토를 사랑하는 진실한 정신으로 엮어낸 시집"이라고 적고 있다.

18 박흡, 「키르쿡크의 석유와 애향시인 김악－잡초같이 모질게 살려는 의지」, 『전남일보』, 1959.6.13.

地殼을 허비고 핥고 찢고 그 羊肉의 乾布를.

몇천년은 보자. 피의 홍수를 그 最后의 밤을.

아, 榮山江 流域에 全羅道사람들은 살았구나.

〈그것은-〉 저 倭奴의 밥이 된 北間島나 가라후도(樺太)
北極의 氷雪과 함께 쫓겨난 할아버지나 맏딸마저도.

몇천년은 보자. 오랜 꿈이 사라져버린 어느 날 난데없이 터져버린 太極알은 그리고 殘忍한 地獄圖와 廢墟의 焦土는, 긴긴 暗黑이 暴君처럼 휩쓸어간 十二月 먼 曠野여.

山, 山은 돌아누운채 이따금씩 들리는 뻐꾸기의 울음이사 계곡의 바위새마다 봄을 토하는 뻐꾸기의 울음이사

마구 구름을 쫓는 慘酷한 流浪이 끝나고 매마른 얼굴들이 팅팅 부어가고 있을 때 쇠갈퀴같은 손톱으로 자갈을 긁는다. 黃土길에 뼈다귀를 묻는다. 대들보에 돌과 흙더미를 …….

모진 飢餓속에서도 살아왔다. 肉皮를 들어내고도 엄동설한속에서도 살아왔다. 기어이 살아왔다. 그 鼠族의 떼와같이 …….

인젠 無慘할 수 없는 것이여. 우리모두 이 天涯의 孤獨속에서 칡뿌리같이 얽힌 人生들.

보자 몇천년은, 西으로 西으로 흐르는 江.

榮山江 流域에 상기도 살벌한 구린내를 풍기며 억세게 죽지 않는 全羅道사람들-.

―「전라도사람들」 전문

창랑한 산하, 폐허된 농촌이며 처참한 맥력, 절규에 신음하는 농민들이며 도시로 떠나가는 전라도 가시네며 포화에 무너진 살벌한 초토며 기아 속에 피육을 드러내고 살아가는 향토사람들, 이런 숨막히는 우리의 현실을 그는 눈에 심지를 켜고 직시하며 그 속에서 호곡하고 몸부림치며 노래하고 목마르게 구원을 바라며 뜨겁게 사랑하고 있는 것이다.[19]

시인 김악이 노래한 전라도 사람들은 '억세게 죽지 않는' '모진 기아 속에서도' '육피를 들어내고도' '엄동설한 속에서도' 기어이 살아온 사람들이다. '칡뿌리'와 '영산강'은 '전라도사람들'을 형상화한 기표들이다. 언제나 정의를 세운 곳에는 더 가혹한 형벌이 가해져왔듯이 전라도는 늘 고난과 배제의 자장 안에 있었다. 그래서 전라도의 역사는 유배의 역사이며 정의의 역사였다. 그러나 "억세게" "몇천년은" 죽지 않고 '영산강'과 함께 이 땅을 지켜왔고 앞으로도 "억세게 살아갈 전라도 사람들"이다. 그러므로 전라도 사람들은 민족의 영원성을 담보하는 사

19 박흡, 앞의 글.

람들이기도 하다. "꽃봉오리를 꺾듯이낭자하게 / 십자가(十字架)에 매" 단 "빌라도의 폭력(暴力)"(「무제(無題)」)은 비극적인 역사가 낳은 폭력의 구체적 현현이다. "나의 어머니- / 조국(祖國)이여 / 오늘, 사특한 자(者)를 버리기 위하여"(「조국(祖國)」) "힛트러-의 것도 제국주의(帝國主義)의 것도 / 더군다나 독재주의의 것도 / 아닌 너도 너도 아닌 / 아득한 날부터 부르짖었던 우리의 것"(「그날이 오면 : 八·一五에 부치는 노래」)을 목 놓아 부르고 있다. "그의 작품에는 불의를 보고 참지못하는 '레지스탕스 정신'이 깃들어 있"는데 "유신직후 그가 당국에 체포되었다는 소식은 들었지만 워낙 사회분위기가 얼어붙었던 때라 모두 쉬쉬"[20]했지만 "피와 대결의 시"[21]를 썼다. 다음의 시는 그런 결과의 산물이라고 할 수 있다.

꽃봉오리 三月을 피어서

진정 시들기도전

---

20 「독재 항거하다 처연히 쓰러져」, 『광주일보』, 2009.11.7.(1950년대부터 조선대 국문과 교수로 재직했던 김봉영의 회고담이다.)

21 임학송, 「피와 대결의 시-『영토』를 내신 김악 형님께」, 『전남일보』, 1957.2.10. 임학송은 조선대학교 대학원을 졸업하고 전남일보에 근무하였으며 문공부 국립영화제작소 감독과 KBS TV 드라마 연출가, 서울예술대학교 방송연예과 교수를 역임하였다. "조그마한 영토 위에 그래도 싸움은 계속하고 있었읍니다. 날카로운 절규와 그리고 창칼이 부디치는 금속성 소리며-며칠간을 까마-득하게 먹을 것을 잊어버린 초라한 전사의 모습과 사체로 배를 채우던 적과 가마귀떼들만이 눈부시도록 하늘을 날으고저 쪽 강변에 대진하고 있을 따름입니다. 마음약한 '떼끼촌'의 아가씨들은 그리운 그 님이 돌아오길 기다리고 옷고름에 눈물을 남몰래 닦고 울타리 넘어 기다리디 지친 눈빛을 세울 때가 한 두 번이 아니었습니다 (…중략…) 이제 낡은 비극은 끝났습니다. 새로운 비극 — 그것은 희극일런지도 모르겠습니다 — 만이 남아 있습니다. 끝끝내 '대결'하다 쓰러지면 피를 흘리며 '콩크리트' 바닥에 '시'를 적던 악형님, 삶과 인생과 그리고 숙명이란 원수를 앞에 놓고 '대결'이라는 반항을 계속하고 정열에 윈놈을 불사르면서 굽히지 않는 의기를 우리도 배워야겠습니다."

모난 짐승의 발톱에 채여

네 벌건 상채기는

밤이면 밤마다

입술에 묻어나오는 빨간 피사

이 어둠 막막한 하늘은 뒤덮이고

뻑뻑 기어서라도 살자꾸나.

너도 나도 고양이나 쥐는 될 수 없는 '인간'들

오늘도 가슴마다 血肉의 등불을 켜면

멀리서 손짓하는 山새의 울음이여

아, 전라도가시네야.

—「뒷골목에서」 부분

앞에서 '전라도'를 끈질긴 생명력을 지닌 공간으로 상징하였듯이 '전라도가시네' 역시 그 연장선상에 있다. 이처럼 그의 시는 전라도에 대한 애착과 사랑으로 일관된다. 우리 땅의 역사를 짊어지고 전라도 땅에 기대어 영산강처럼 어우러지는 전라도 사람들의 끈질긴 생명력은 그가 시를 쓰기 위해 몸부림쳤던 것과 닮았다.

5. 시인으로 살다가, 교도소에서

그는 두 권의 시집을 남김으로써 시인이었음을 증언한다. 그는 1951년 9월에 창간된 『신문학』동인으로 김현승, 박흡, 이동주, 이수복 등과 함께 활동하였다. 그리고 1953년에는 이병기, 김해강, 신석정, 백양촌, 박흡, 이석봉, 김현승, 박정온, 서정주와 함께 『시와 산문—호남11인집』에 참여했다. 그 이전에 김현승의 제안으로 동인지 『시인지대』를 결성하고 작품을 모았는데 발간을 앞두고 전쟁으로 인해 작품이 분실되어 무산되면서 "전남 최초의 동인지"[22]의 지위를 갖지 못하였다. 이때 작품을 모은 시인은 김현승, 박흡, 이동주, 심인섭, 김악, 강대경, 박기동, 박정온이었다.

또한 그는 『초점시』동인으로도 활동하였다. 이경인에 의하면 『초점시』동인은 김악의 제안에 의해 1957년 3월에 발족하였으며 회장은 김평옥, 부회장은 이경인이 맡았다. 회원으로 김악, 임학송, 조성원, 최인수, 고철, 박석창 등이 참여하고 있다.[23] 『초점시』동인들은 『전남일보』 주최, 광주사범대학 후원으로 신성다방에서 광주전남 최초의 시화전을 열었다. 오지호, 양수아, 박래현, 조복순, 강용운, 배동신, 박행남 등의 광주화단을 이끌었던 화가들이 동참했다. 김악은 "6·25한

22 박정온, 「해방공간—6·25 전후의 광주·목포의 문인들」, 『광주전남문학동인사』, 한림, 2005, 72쪽.
23 『초점시동인』의 이경인에 의하면 김평옥은 조선대 철학과 교수, 김악은 남전의 영업주임, 이경인은 『호남신문』 문화부장, 조성원은 서석초등학교 주임교사, 최인수는 고등학교 국어교사, 박석창은 『전남일보』 문화부장, 임학송은 조선대 대학원 국문학 전공중, 고철은 호남신문사 기자로 활동하고 있었다.

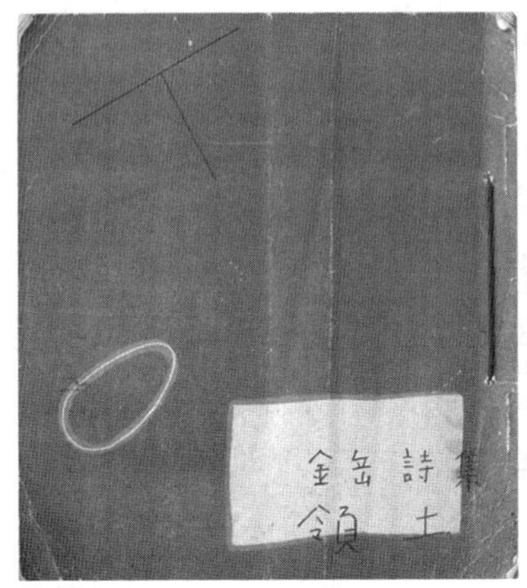

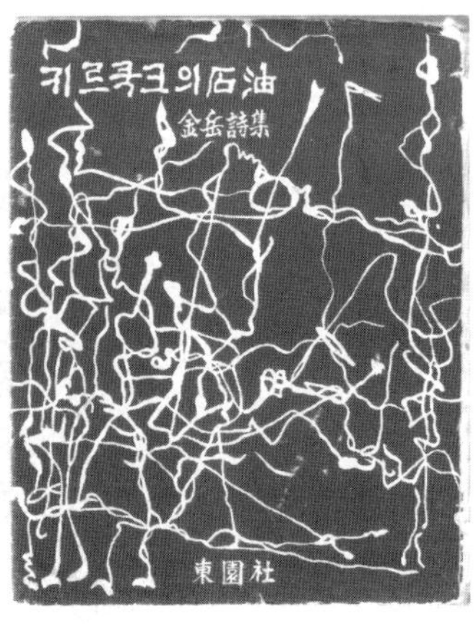

시집 『영토』와 『키르쿡크의 석유』

국전쟁 때 한 동산 입산했다가 하산한 사람으로 작품 제목이 「백골(白骨)의 시」였고 전란의 와중에 자신이 몸소 체험한 것을 시로 형상화한 작품"[24]을 전시하였다.

김악의 첫 시집 『영토』는 1956년에, 두 번째 시집인 『키르쿡크의 석유』[25]는 1959년에 발간하였다. 그가 동인지 활동으로 창작에 열중하고 있으면서도 더 좋은 시를 쓰기 위해 노력한 흔적은 첫 시집 『영토』 후기에서 여실하다. 박남수의 시 「원자(原子)에 부치는 노래」를 보고 내용이나 기교에 있어서 놀래지 않을 수 없어서 단 한 편이라도 뱉어내고 싶어 했다.[26] 그러나 그는 문단과는 거리를 두었다. 김악이 문단

---

24 이경인, 「초점시동인회–이 고장 최초로 시화전 전시」, 『광주전남 문단 동인사』, 한림, 2005, 94쪽.

25 『키르쿡크의 석유』의 표지 그림과 시집의 컷은 오지호 화백의 아들인 오승우 화백이 21살 때 그린 그림이다. 딸 김경희는 오승우 화백이 예술의 전당에서 〈십장생도〉 전시회를 할 때 만났다. 그래서 21살 때 그린 그림이며 아버지로부터 김악 시인에 불행한 죽음에 대해 들어 알고 있다고 했다 한다. 딸 김경희는 시집이 3권 발간되었던 것으로 기억하고 있다. 그러나 시집의 존재 여부는 아직 확인되고 있지 않다.

26 김악, 「후기」, 『영토』, 1956, 동해당, 99쪽.

과 거리를 둔 이유는 다음의 글에 잘 나타나 있다.

> 반골기질이 강한 김악은 시를 써온 지 삼십여 년- 이른바 추천이니 현상이니 하여 등장하는 중앙문단과는 담을 쌓고 혼자 시집을 내는 것으로 자족하는 시인이었다. (…중략…) 그는 문단이라는 것과는 등을 돌리고 시를 쓰는 고집스러운 시인이었다. 그는 평소 문단 무용론을 주장했다. 문단이라는 것이 잡지나 무슨회를 만들어 끼리끼리 상 나눠 먹기, 무슨 특혜 해가며 흉하게 돌아가는 꼴을 아예 보기 싫다는 것이었다.[27]

김악의 문학정신의 일면을 엿볼 수 있는 윗글은 또한 한 영혼의 외로운 몸짓이었음을 짐작하게 한다. 천상 시인이었던 그는 1970년 어느 날 행방불명되었는데 서대문형무소에 수감되었다가 대전교도소로 이감되었다.[28] 안도섭에 의하면 주로 술에 의지하고 살았는데 그의 단골 술집인 '진주집'에서 합석한 사람이 정보원인 줄 모르고 동안 썼던 대학노트를 보여주었다가 바로 수감되게 되었다고 적고 있다.[29] 면회를 간 큰 딸에게 "무식한 이들과 대화할 수 없어 침묵했더니 다른 문인들은 다 빠져나갔는데도 나는 2년을 구형받았다"고 한다. 혼자 수감된 것은 아니었던 듯하지만 저간의 사정은 알 수 없다. "들은 소문으로는 술집에서 술에 취해 북한 체재를 고무 찬양하는 등 허튼 소리를 하다가 기관원에게 끌려가 재판 끝에 형을 받다 대전교도소에서

27 안도섭, 『방황의 끝』, 은혜미디어, 1996, 115쪽.

28 "당시 많은 시인들이 함께 들어갔지만 다 풀려 나오고 천상병 시인과 아버지만 구금되어 실형을 받았다." 김경희, 「아버지 김악 시인의 재조명을 고대하며」, 오마이뉴스, 2002.12.28.

29 안도섭, 「시인의 죽음」, 앞의 책.

영어생활을 하다가 참혹하게 병사했다"[30]는 것을 통해서 짐작할 뿐이다. 증언과 정황으로 보면 그는 불의와 타협하지 않았던 사람인 듯하다. 그랬던 그는 출소 한 달여 앞둔 1973년 4월 5일 심장마비로 사망하였다.[31] 가족들에게 인계된 시신은 화장하여 금강에 뿌려졌다. 박정온은 그를 '진보성향의 시인'이자 의리의 사나이로, 그리고 박정희 정권 당시 미발표 시를 압수당한 것으로 기억하고 있다.[32] 그가 감옥에서 썼다는 유고는 남아있지 않다. 따라서 그의 삶과 시인으로 걸어온 길을 온전히 정리하기란 쉬운 일이 아니다.

6. 그날을 기다리며

그는 광주사람인 화가였고 국가대표 야구선수였으며 시인이었다. 그리고 교도소에서 사망하였다. 그의 육신은 부서져 금강에 잠들었고, 그의 죽음에 대해 자식들은 풀리지 않은 의혹을 안고 산다. 그의 모든 불행은 아름다웠던 사랑으로 넘실거렸던 결혼생활이 어긋나면서 시작된 것인지도 모른다. 그의 막내딸은 지금도 피멍든 가슴으로 목 놓아 사부곡을 부른다. 그래도 아무 일 없는 듯 금강은 유유히 흐르고 흘

30 이경인, 앞의 글, 97쪽.

31 호적등본에 의하면 "1973년 4월 5일 오후 1시 5분 대전시 중촌동 1번지 대전교도소에서 사망, 동년 5월 11일 보고"로 사망사항이 기재되어 있다. 교도소 안에서 심장마비로 사망했다고 한다.

32 박정온, 「해방공간―6・25 전후의 광주・목포의 문인들」, 앞의 책, 71쪽.

러 역사가 되어 간다. 그의 자식들은 언제쯤이나 그의 죽음과 정면으로 만날 수 있을런가. 그날이 오면 서로 가슴 맞대며 괜찮다 괜찮다고 어깨라도 다독거리며 껴안을 수 있으려나. 그리하여 그의 영혼이 시인이라는 이름으로 편안해 질 수 있으려나…….

김악과 그의 딸들(무등산에서)

한 사람의 파란만장한 일대기를 들여다보면서 상념들이 깊어진다. 말하고 싶은 것은 말할 수 있고, 말해야 하는 것은 말해야 하는 시대가 된지도 오래인데 여전히 문을 닫아걸고 있는 미공개 기록(정보)들은 언제나 걸어 나오려나. 온 세상은 하나가 되어 가는데 아직도 여전히 어둠 속을 헤매고 있는 것들에게 문을 활짝 열어주는, 언젠가 올 그날을 기다려 보자.

제5장

지역 문화예술의 들꽃으로,

수필가 조희관

1. 들어가며

자연은 한없이 소박하여 아름다움의 향기를 담담하게 피 올린다. 벼랑 끝에 서 있는 한 그루의 소나무는 고고하여 외롭고, 작은 꽃대궁 밀어 올려 피어난 꽃은 순수하여 더 아름답다. 봄이면 돋아나는 새순은 무럭무럭 자랄 뿐 녹음을 뽐내지 않아 순결하다. 키 작은 민들레나 제비꽃도 있는 자리를 지킬 뿐 화려한 치장으로 현혹하지 않아서 정답다. 우리 사는 세상도 있는 그대로 저마다의 아름다움을 품어줄 수 있다면, 그래서 더 향기로울 수 있다면 서로를 향한 따뜻한 시선이 어깨동무하리라.

그러나 불행하게도 우리가 사는 세상은 너를 밟고 올라가야한다. 나는 너보다 더 좋은 대학을 나와야하고 더 높이 올라가야 하고 더 많이 가져야하는 세상이 되었다. 그 틈바구니에서 학생들은 사람이 되어가는 것이 아니라 공부하는 기계가 된 지 오래이고, 고통과 분노와 절망을 견디려 애써 보다가 서릿발 같은 외로움에 몸을 던져 하늘꽃이 되고 마는 숫자가 늘어만 간다. 만약 그가 지금 이 세상을 보면 '제발 미친 짓들 좀 그만두라'고 부르짖었을 것이다. 그는 평생을 풀꽃처럼 향기롭게 그렇게 살다 갔으니 …….

조희관!, 조희관은 한글학자였고 교육자였으며 수필가요, 출판인이었다. 그의 다양한 이력의 뒤에는 광주전남, 특히 목포 문화예술의 꽃을 피게 한 밑거름이었다는 데 있다. 그가 없는 목포의 문화예술은 상상할 수 없다고 해도 과언이 아니다. 그의 자리는 그만큼 큰 것이었다. 그러나 그는 서서히 잊혀져가고 있다. 목포문학관에는 그를 위한 추모비만 세워져 있을 뿐, 그의 삶과 행적을 보여줄 만한 것은 없다. 한 지역의 문화는 한 사람의 것일 수 없고 한 사람의 전유물이 될 수는 없다. 그렇지만 한 사람이 어떤 역할을 하였느냐에 따라 많은 부분에 영향을 끼친다. 특히 나라가 한국전쟁 중이었고 혼란한 시기였음에도 아랑곳하지 않고 정신적인 갈망을 채우는 것에 우선한 삶을 산 것은 특별한 향기로 남았다. 흙벽이 무너진 집에서 살면서도 어떻게 하면 학생들의 개성을 살릴 수 있을까, 정신적인 것을 채워줄 수 있을까 하는 것으로 밤을 지새운 사람, 그는 가난하게 살았지만 고고하였고 순결하였다. 누구의 도움도 받기를 거부하였고, 병이 깊었어도 치료를 거부한 채로 세상을 내려놓았다. 그가 세상을 떠난 지 55년이나 되었다. 그때 가르친 어린 여학생들은 칠순의 노인이 되었다. 칠순의 여학생들은 아직도 그를 위한 연가를 멈추지 않는다. 그것을 찾아 있는 그대로의 아름다움이란 어떤 향기를 남기고 있는지 맡아보려 한다.

2. 영광에서 태어나, 지역문화운동의 중심에서

조희관은 전라남도 영광군 영광읍 남천리 172번지에서 1905년 9월 16일에 태어났다. 배재고보를 졸업하고 연희전문 문과 2년을 중퇴하였다. 중국 북경에 있는 호스돈 대학에 유학하였다. 그에 대해 대한민국 인사록은 (1949년 현재) "전남 목포부 호남정 1의 10번지, 서울연희전문학교 문과졸업, 동아일보 지국 소공예품 등 경영, 해방 후 광주사범학교 교유, 목포상업학교 교두를 거쳐 현재 목포상업학교 교장"이라고 기록하고 있다. 연희전문 문과를 중퇴한 것인지 졸업한 것인지 불분명하지만 국가기록원의 대한민국 인사록 이전의 행적은 『동아일보』를 통해서 확인할 수 있다.

交通은 不便하도다 그러나 당지에 入하면 靑年會가 잇스며 學院이 잇스며 勤勞隔友愛會가 잇스며 幼稚園이 잇으며 소성회가 잇스며 少年部가 잇스며 小作人會가 잇스며 殖産組合이 잇스며 金融會가 잇스며 婦女夜學會가 잇어서 '現代의所在文化的施設이라는 것은 物質的方面을 制外하고는 그 機關이 完全할뿐

아니라 그 內容이 또한 充實하다[1]

『동아일보』는 영광을 이와 같이 소개하면서 '호남의 이상향'이라고 하였다. 이 때 영광에는 시조시인 조운이 거주하면서 청년회활동을 적극적으로 이끌었던 때였다. 시인 조운처럼 조희관도 영광에서 활발한 활동을 하였다. 그는 외지에서 학교를 다니는 영광학생들이 귀향하여 조직한 영광유학생학우회 회원이었다. 영광유학생학우회에는 영광보통학교 운동장에서 야구전, 음악회, 연극회, 웅변회를 열었는데 조희관은 '먼저 건전한 신체를 어드라'로 강연하였고[2] 영광읍 소성회 회원으로 연예부장[3]을 맡기도 하였으며, "체육장려운동정신(體育獎勵運動精神)의 함양(涵養)"을 목적으로 조직한 영광운동구락부의 총무로 선출[4]되어 활동하기도 하였다. 뿐만 아니라 영광청년회를 발전적으로 해체[5]하고 영광청년동맹을 창립[6]하였는데 그는 영광청년동맹 3회 정기대회에서 서기로 선출[7]되어 활동을 하였다. 이로 미루어보면 그는 일찍부터 지역문화운동의 전방에서 앞장서서 활동하였다는 것을 알 수 있다.

그러다가 1928년 6월 18일 『동아일보』 영광지국 기자로 임용되었고[8] 1930년 1월 26일 『동아일보』 영광지국장[9]이 되었으나 1930년 9월

1 『동아일보』, 1922.7.31.
2 『동아일보』, 1922.8.23.
3 『동아일보』, 1926.2.2.
4 『동아일보』, 1927.10.5.
5 『중외일보』, 1927.12.10.(영광청년회의 해체일은 1927년 12월 5일)
6 『중외일보』, 1927.12.14.(영광청년동맹 창립일은 1927년 12월 10일)
7 『동아일보』, 1929.5.1.
8 『동아일보』, 1928.6.18.

29일 사임[10]하고 1930년 10월 1일 다시 기자로 취임[11]하였다. 그는 『동아일보』 지국장의 자리보다 글을 쓰는 기자가 더 적성에 맞았던 것으로 보인다. 한편으로 그때 이미 글쓰기의 매력에 빠진 것으로 추정되며, 또한 국어의 문법에도 많은 관심을 기울이며 연구를 하고 있었던 것으로 추정된다. 그래서 "484주년 한글날을 기념하여 한글회와 조선, 『동아일보』 영광지국 합동주최로 300여 매의 삐라를 산포"하고 밤 여덟시부터 영광유치원 강당에서 학술강연회 자리에서 '『개정철자법(改正綴字法)』은 어떠한 것인가'를 강연하였다.[12] 그 자리에는 "정사복차림의 경관 5명이 임석하여 감시"하고 있었고 "200여 청중이 참석하여 성황"을 이루었다. 그 자리에는 조운과 김형모도 있었다. 조운은 '어(語), 문(文)관 관개론(關槪論)', 김형모는 '된말, 안된말, 실없은말'을 강연하였다.[13] 조희관은 영광군 영광면(현 영광읍)면장에 허옥이 취임하여 '서무'로 배치되어 영광면에서 근무하였다.[14] 정종이 회고하는 조희관은 영광면에 근무하면서 청년들의 활동과 항일을 뒤에서 지원한 것으로 기억된다. 당시 정종은 영광유치원의 원감을 맡고 있으면서 농번기 농촌탁아소를 경영했는데 그 당시를 다음과 같이 기록하고 있다.

그 험악하고 예측을 불허의 시대, 더구나 패색이 짙어 가는 전쟁의 막바지에, 그러나 삼박자가 들어 맞았기에 그것이 기적적으로 가능했던 것이다. 그러한 기

9 『동아일보』, 1930.1.26.
10 『동아일보』, 1930.9.29.
11 『동아일보』, 1930.10.1.
12 『동아일보』, 1930.11.22.
13 『동아일보』, 1930.11.22.
14 『동아일보』, 1935.12.3.

적이 가능하게 된 배경에는 아무래도 희관씨의 상부에 대한 조언과 협조가 뒤따랐을 것으로 믿어진다. 그는 본디 어린이를 사랑했고 어린이 교육의 중요성을 인식·실천도 한 경력의 소유자이었기로, 숨은 방패막이가 되어 준 것이 분명하다. 군의 그 방면의 책임자를 대동하고 경영실태를 참관하되 결코 사무적인 형식상에서가 아니었다.[15]

조희관이 뒤에서 지원하고 있었기에 농촌지역의 탁아소를 운영할 수 있었다는데서 일제의 탄압은 가혹하게 전개되었음을 알 수 있다. 조희관에게 영광면의 서무 자리는 차라리 항일활동을 지원할 수 있는 좋은 자리였다. 그는 어린학생시절부터 지역문화운동에 앞장섰던 인물이고 청년회와 청년동맹활동에 적극적이었다는 데서 볼 수 있듯이 겉으로는 일제의 정책에 동조하는 것으로 보이면서 항일활동의 '숨은 방패막이'가 되어주었던 것이다. 그런 그였기에 영광공산당사건, 즉 일명 '영광체육단사건'에 연루된 것은 당연하였다. 이와 관련하여 정종은 "전 영광의 지식인과 항일 투쟁 경력자 또는 실질적 지도자들을 일망타진 하여 필적을 조사한다는 시나리오를 꾸며 감금·고문·송치한다고 하는, 전 영광을 공포의 도가니로 밀어 넣은 음모사건, 또는 대규모의 조작극"이 있었는데 조희관은 "모양새를 갖추기 위한 들러리로 검거한 대다수의 위장 용의자들이 풀려나 직장으로 되돌아갈 수 있었듯이, 여기 희관씨도 예외는 아니었"고 "복역 운운의 추정은 전적으로 무근한 오기"[16]라고

15 정종, 「소청, 조희관—그 문학과 인간 그리고 삶의 세계」, 『고향의 시인들과 시인들의 고향』, 동남풍, 1994, 84~85쪽.

16 위의 글, 99쪽.

주장하였다. 그러나 조희관은 1939년 2월 4일 치안유집법위반으로 예심면소 판결을 받은 사실이 확인되었다.[17] 이 사건의 주범으로 몰린 조운과 위계후도 같은 날인 1939년 2월 4일 예심면소 판결을 받았다. 이로 미루어 보면 정종의 주장은 사실과 다를 수 있다. 또한 조희관이 쓴 일기에는 복역 중에 당한 고문과 그 고통이 매우 사실적으로 묘사되어 있다[18]고 한다. 문화운동가로서 화려하고 활발하였던 영광에서의 생활은 첫부인(정금옥)과 사별, 그리고 찾아온 사랑 J와 1년여에 걸친 연애는 1941년 2월 1일 J가 떠나면서 끝이 났는데 "그립던 날들은 이제 마지막 끝이 왔다. 이 생각이 더 나를 울렸다"[19]고 기록하였다. 그리고 두 번째 부인(김매실)과 1942년 3월 10일 재혼한 후 이주하면서 고향인 영광에서의 생활도 끝이 난다.

항도여중 문예반 졸업식

17 국가기록원, 「1939년 조희관 형사사건부 판결문」, 1939.2.4.
18 조희관의 일기는 장손(조하민)이 소장하고 있다고 한다. 일기의 일부분은 『철없는 사람』(세종출판사, 1983)에 「연가」라는 제목으로 수록되었다.
19 조희관, 「연가」, 『철없는 사람』, 세종출판사, 1983, 203쪽.

3. 한 송이 들꽃으로, 교육자의 길을 걸으며

그는 고향인 영광을 떠나 광주사범학교에서 교사로 재직하다가 1946년 근거지를 목포로 옮겨 목포공립상업학교에서 교장을 거쳐 1947년 7월 20부터 1950년 11월 15일까지 목포항도공립여자중학교 교장이 되었다. 그리고 학교의 교훈을 '한 송이 들꽃을 보라 남을 시새워하지도 아니하고 스스로 자랑하지도 아니하며 한껏 제 빛을 나타내라'로 선정하였다. 순 한글로 된 이 교훈은 주체적인 여학생이 되기를 바라는 뜻을 담아 개성을 존중하고 문화적 감성을 키우는데 역점을 둔 교훈이었다. 그렇기 때문에 항도여중 학생들의 뜨거운 환영을 받았다. 그리고 〈부용산〉의 작사자 박기동 선생과, 작곡자인 안성현을 교사로 초빙하여 살아있는 교육에 박차를 가하였다.

한마디로 해서 항도여중은 좀 별난 학교였다. 질이 좋은 학생들과 질이 좋은 교사들, 그리고 교장 선생님의 독특한 교육방침, 이런 것들이 한덩어리가 되어 굴러가다 보니, 때로는 시대를 너무 앞서 간다는 사회적인 비난도 있었다. 그 중의 한 가지가 예술제였다.

목포극장을 빌려서 연극 · 무용 · 독창 · 합창 · 시낭독, 이러한 레퍼토리를 무대에 올렸다. 연극은 훗날 영화감독으로 진출한 엄주선 선생, 무용은 옥파일 선생, 음악은 안성현 선생, 그리고 시 낭독은 내가 지도를 했다. 무용을 지도한 옥파일 선생은 만주의 하얼빈에서 백계로인(白系露人)으로부터 러시아의 정통 발레를 배운 사람이었는데, 그의 인체예술의 극치를 보여주는 아름다운 춤 솜씨는 우

항도여중 졸업식 기념사진

리를 황홀하게 했다. 인물욕심이 대단했던 조교장 선생님은 어디서 수소문해서 이런 유능한 교사를 초빙해왔는지 모르겠다. (…중략…) 지금 말한들 무슨 소용이 있을까만 참 좋은 학교였다. 나는 지금도 때때로 그 시절의 그런 학교, 그런 분위기의 학교가 있으면 그 학교에 가서 남아 있는 삶의 정열을 쏟고 싶다는 생각을 하곤 한다.[20]

조희관 선생은 6·25 전 항도여중 교장을 역임한 한글학자로 파묻혀있는 본디 우리말 발굴하는 데 남다른 정열을 기울이고 있던 분이었다. 항도여중 교장을 맡고 있을 때 여성교육에도 독특한 지론과 신

20 박기동, 「항구에 핀 꽃」, 『부용산』, 동아인제대 남도문화관광진흥센터, 2002, 188쪽.

념으로 목포여성교육의 황금시대를 이뤘다.[21]

박기동과 차재석은 이구동성으로 그의 교육관을 높이 사고 있다. 박기동은 '교장 선생님의 독특한 교육방침'이 '때로는 시대를 너무 앞서 간다는 사회적인 비난'도 있었지만 '참 좋은 학교'였다고 술회한 후 '그런 학교, 그런 분위기의 학교가 그 학교에 가서 남아 있는 삶의 정열을 쏟고 싶다'고 할 만큼 그의 교육열은 대단했다. '목포여성교육의 황금시대'를 연 그였지만 어디로 향할지 모르는 어수선한 시대의 조류는 조희관에게도 다가왔다. 그때는 남북의 이념갈등이 가장 극심하였던 때였으니 언제 어디서 목숨들이 잘려나갈지 모르는 엄혹한 시절이었다. 그런 시대에 조희관이 박기동을 항도여중으로 초빙한 뜻은 학생들에게 꼭 필요한 선생이었기 때문이다. 박기동은 시대의 부침을 많이 겪은 희생자 중의 한 사람이다. 그가 누이의 죽음을 슬퍼하면서 쓴 시 「부용산」에, 후에 월북한 안성현이 곡을 붙인 노래는 특히 산사람(빨치산)들이 많이 부르면서 불행은 그림자처럼 따라 다녔다. 박기동과 안성현은 항도여중의 국어교사와 음악교사로 근무한 동료였다. 그 노래가 후에 많은 이들이 애창하는 노래가 될 줄은 그때는 그들도 몰랐다. 그렇게 항도여중 학생들과 행복한 교육에 젖어 지내던 어느 날 조희관은 급히 박기동을 병원으로 입원시킨 후 다시 광주로 피신시켰다. 시대의 미친바람은 정상을 비정상으로 만들고 비정상을 정상으로 만들어 갔기에 조희관은 교사들에게 피해가 갈 것을 우려해 스스로 학교를 그만 두었다. 그래도 그는 행복하였으리라. 그는 그런 사람이

21 차재석, 「목포문학의 뿌리를 더듬으며」, 『三鶴島가는길』, 세종출판사, 1991, 137쪽.

었기에 가난 속에서도 목포가 문화예술의 밀알이 되는 삶을 살 수 있었으니 …….

4. 우리말로 겨레를 키운, 한글학자

앞서 항도여중의 교훈에서도 확인한 것처럼 우리말에 대한 지극한 사랑은 그가 쓴 『샘』[22]에 그대로 담겨있다. 그는 연희전문학교에 재학시절 최현배선생의 제자로 최현배의 한글사랑을 그대로 전수받았다. 그런 영향 때문인지 "한문의 영향을 받기 이전의 우리민족의 피와 땀과 웃음과 울음이 스며 베어있는 순수한 우리말을 파내는 것을 천직으로 여기셨고 민중의 감정을 저버리고 조작해 놓은 억지 어휘에는 반대"[23]하였다. 그가 광주사범 교사시절에 쓴 『샘』을 한국전쟁이 끝난 후에 책으로 발간하였는데 「머리말」은 지금 우리말의 정체성을 다시금 생각하게 한다.

우리말 연구서인 『샘』(항도출판사, 1952)

---

22 조희관, 『샘』, 항도출판사, 1952.

23 차재석, 「못박힌 敍情」, 『三鶴島가는길』, 세종출판사, 1991, 115쪽.

우리 말을 약 먹듯 배울 것은 아니라고 생각한다. 장대 하나 가지고 올라 가면 오지랖과 골마리에 넘치도록 밤을 딸 수 있는 내 동산인 것이다.

적어도 파불은 먼지 낀 표본 장과 돋보기 거울이 아니고도 우리를 곤충의 세상에 끌어 넣어 주었다.

나는 이런 것을 생각하며 이 원고를 썼다. 이 원고가 쓰인 지는 오래다. '무우 한 개에 일원'이었다는 때다. 아뭏거나 국어 교본 한 권 없던 세상이다. 그 눈바람 치는 새벽에 숙사의 이층에서 촛불을 가려가며 교재 준비를 하던 일을 기억한다. 지나 새나 학생을 데리고 국어에 살던 시절이었다.

그때 원고를 지금에 낸다. 더는 몰라도 국어의 세상만은 오히려 그때보다 어두운 속에 있음을 믿는 까닭이다. 많은 이들의 가르치심을 받들리라.[24]

그는 우리말만 있으면 온갖 것들을 채울 수 있는 '내동산'으로 비유하고 있다. 그는 '아뭏거나 국어 교본 한 권 없던 세상'일 때 '눈바람 치는 새벽에 숙사의 이층에서 촛불을 가려가며 교재 준비'를 한 '국어에 살던 시절'의 산물인데 그로부터 해방이 되고 한국전쟁을 겪은 후에야 책으로 발간했다. 그 뜻은 그의 말대로 '국어의 세상만은 오히려 그때보다 어두운 속에 있'다는 위기감 때문이었다. 이 대목에서 우리는 우리말을 얼마나 아끼고 사랑하는지 잠시 생각해 볼 일이다. 그가 우리말에 대해 갖고 있는 긍지와 자부심은 따를 자 없을 만큼 대단하였다. 그래서 우리말의 어원을 밝혀 정리한 것인데 첫 장은 우리말을 도외시하고 있는 것에 대한 문제를 제기한다.

---

24 조희관, 「머리말」, 『샘』, 항도출판사, 1952.

나서 우줄울줄하며 그 어미를 알아보며 "엄, 엄…" 하다가 마침내 "엄마"하면서 그 어미를 부르기는 우리 아이다.

겨레가 생기며 말이 생겼다고 해도 좋고, 말이 생기며 겨레가 생겼다고 해도 좋다.

그만큼 그 겨레 그 말은 한데 결린 것이다.

그랬기에 아무리 세월이 흐르고 시대가 바뀌었기로, "마마, 媽媽"하고 그 어미를 부른 우리 갓난이가 일찍이 한자의 세상에 없었고, 또한 알파베트가 세도를 쓰는 이 시절이라고 해서 "맘마, mamma" 하고 그 어미를 불렀다는 우리 갓난이는 아직 안 났다.

그렇건만 한자 아니면 의지를 못하겠다고 하고, 잉글리쉬 아니면 공부할 맛이 없는 것이 요즘 세상이다.

말이 자라지 않고 겨레가 자라지 못하는 것이 진짓이라면 이대로 맡겨 두어서 이 겨레가 자랄 수 없음은 분명하다.

분명하지마는 분명한 이것을 위해서 기를 쓰고 덤비는 우리 아이가, 우리 사람이 너무도 적다.

왜 이렇게 얼 빠진 짓을 이 겨레가 제창 저지르고 있을가?

도대체가 우리 말은 말이 아니고, 우리 글을 우리 글이 아닌 성 싶다.

그는 우리말을 대하는 태도부터가 문제라는 것을 아기가 태어나 가장 처음 배운 말이 '엄마'이지 '마마'나 '맘마'가 아니라는 것으로 일침을 놓고 있다. 그는 우리 '말'을 '겨레'로 보았다. 그래서 우리말을 갈고 닦아서 써야 '겨레가 자란다'고 본 것이다. 우리말은 우리말이어야 하고 우리글은 우리글이어야 한다는 것이다. 그래야만 "우리 독특한 문화꽃이 우리말의 샘물로 자라" "문화꽃 밭"이 될 수 있다고 주장한다.

한편으로 "그동안 과연 '한글전용'을 위해서 우리는 민간이나 정부나 어떠한 힘을 써본 것이냐 다만 '보기 사납다'는 이유에서 '한글전용'을 미워하는 기성세대(既成世代)가 '볼 수 없는' 한자(漢字)를 마구 써서 자라오르는 세대(世代)의 웅중을 꺾고 있는 현실"을 지적하면서 한글전용에 앞서서 해결해야 할 문제들을 조목조목 짚고 있다.[25] 그는 글로 겨레가 자라게 한 사람이다. 그래서 그의 수필은 더욱 빛이 난다. 우리말로 우리글을 쓰고 있기 때문이다.

5. 고고한 가난, 문화예술의 꽃대궁을 밀어 올리고

항도여중학교를 퇴직하고 나서 한 일은 항도출판사를 운영하는 것이었다. 교육자였던 그가 출판사의 취체역 사장으로 자리를 잡은 것은 차범석의 동생인 차재석의 권유에 의해서였다. 차재석은 편집책임자로 조희관은 사장으로 호흡을 맞추었다. 그리고 그들은 광주전남의 후배들의 예술 활동을 적극적으로 도왔다. 목포에서 출판사를 운영한다는 것은 모험이었다. 중앙에서도 출판하기 어려웠던 한국전쟁기에 지역에서 출판사를 운영하고 많은 책과 문예지를 출판한다는 것은 상상하기 어려운 일이었다. 그러나 조희관은 그것을 가능하게 했던 만

25 조희관, 「한글制限에 앞서는일 – 한글전용의몇가지문제 상」, 『조선일보』, 1956.11.9; 조희관, 「한글制限에 앞서는일 – 한글전용의몇가지문제 하」, 『조선일보』, 1956.11.10.

큼 하나의 사건이나 다름없다. 시인 최하림은 문화의 꽃대궁을 올린 중심에 조희관이 있었음을 다음과 같이 쓰고 있다.

해방의 혼란상 속에서도 목포의 문학 · 미술 · 음악 · 연극은 타도시에 비해서 비교적 활기를 유지, 목포상업학교 항도여중 문태중 등이 민족학교의 면모를 보이면서 활발하게 움직였고, 그곳 교사진들도 이후에 시인 소설가 화가들이 된 조희관 박기동 박정온 백두성 백영수 등이 모여들었다. 그중에서도 항도여중의 교장으로 부임한 조희관 선생님은 핵심적인 존재였다. 최현배의 제자(연희전문)로서 한글학자이며 수필가였던 그분은 목포에 정주하면서 김우정 이영식 강보현 등을 길렀고, 6 · 25 직후에는 차재석 선생님이 출자한 항도출판사 사장으로 있으면서 각종 잡지 시집 에세이 들을 출간하였다.[26]

조희관은 목포의 '문학 · 미술 · 음악 · 연극은 타도시에 비해서 비교적 활기를 유지'하는 핵심적인 존재였다. 박기동, 박정온, 백두성, 백영수 등은 이후 영향력 있는 문화예술인들이 되었는데 그 중심에서 그들을 지원하고 격려했으며, 항도여중의 제자들과 김우정, 이영식, 강보현 등도 지원하고 격려하고 시인, 소설가, 화가들로 길러냈던 것이다. 어쩌면 다음과 같은 평가는 당연한 것이다.

그가 그때 목표에 왔다는 것은 이 지역 문화예술계의 행운이었다라고 말해도 그 누가 이의를 제기하지는 못할 것이다. 왜냐하면 그때까지만 하여도 목포는 극

---

26 최하림, 「중용의 지혜를 지닌 스승」, 『三鶴島가는길』, 세종출판사, 1991, 321쪽.

심한 혼란을 겪고 있어서 누구 한 사람 교육이나 문화에 깊은 관심을 두고 있지 못했었다. 이럴 때에 목포에 온 소청 조희관은 교육자로서, 한글학자로서, 수필가로서, 그리고 이 고장의 문화운동의 선구자로서 목포를 예향으로 가다듬기 시작했기 때문이다.

그 각박하고 어렵던 시절, 척박했던 항도 목포 이 땅에 한 알의 밀알을 떨어뜨린 그의 문학정신은 훗날 풍성한 밀밭을 이루어 목포가 예술의 원조도시로서 전국적인 명성을 얻는데 톡톡한 몫을 한 것이었다.[27]

그가 목포에 정착하면서 목포가 문화의 꽃을 피우는데 결정적인 역할을 한 것은 분명하다. 목포는 한국전쟁을 겪은 50년대 중반까지 광주전남의 문화예술의 중심지였다. 일찍 개항한 탓에 서구문물의 유입이 용이했고, 유학생들의 출입이 잦았을 뿐만 아니라, 목포는 타 지역에 비하여 인문지리학적으로 문화예술인이 정착하기에 좋은 곳이었다. 박화성은 영광유치원에 근무하던 시절부터 인연을 맺었던 조희관에 대해 다음과 같이 기억하고 있다.

아아 조희관! 참 불행한 文學人…… 그를 처음 만난 곳은 영광이었다. (…중략…) 항도여중의 교장으로 부임한 조희관 씨는 제일 먼저 나를 찾았고 그 호인답지 않은 용모는 여전하나 그 용모가 지닌 성품은 인자하고 친절하고 겸손하여서 누구이거나 敬畏心을 일으킬 만큼 양심적인 교육가로 변해 있었다.(…중략…) 어쨌건 조교장이 이끄는 항도여중이 창립되면서부터 거리에도 새바람이

27 김병고, 「수필가 소청 조희관」, 『목포예술인들의 빛과 그림자』, 뉴스투데이, 2008, 25쪽.

휙휙 지나는 듯이 항도의 분위기마저 서늘하게 들떠있는 듯하였다. 학생들도 끔찍하게 아끼고 사랑하는 慈愛로운 교장이며 주옥같은 문장을 누에가 비단실 토해내듯이 뽑아내던 뛰어난 隨筆家인 조희관 씨도 秀才는 단명이라는 범위를 못 벗어나 애처롭게 이 세상을 뜨고 만 것이다.

나의 장편소설 『고개를 넘으면』이나 『벼랑에 피는 꽃』도 집필 당시 그에게 소설의 구상과 내용을 대강 알려서 그에게 제목을 지어주기를 요청했더니 그는 며칠씩이나 숙고를 거듭하여서 두 장편의 作名을 창안해냈다. 나는 봄만 되면 지금은 그도 故人이 된 李元壽 씨의 「고향의 봄」이 아닌 조씨의 「고향의 봄」 노래를 외어보곤 한다.[28]

박화성이 기억하는 조희관은 '불행한 문학인'이며 '주옥같은 문장을 누에가 비단실 토해내듯이 뽑아내던 뛰어난 수필가'였다. 조희관의 수필에 대한 많은 평들은 박화성의 평가와 다르지 않다. 특히 유려한 문장을 으뜸으로 꼽는다. 그의 문장은 이미 영광에서 지역문화운동을 하던 시절부터 갈고 닦은 것에서 시작되었다. 또한 한글에 대한 남다른 사랑의 산물이다. 그가 쓴 글에서는 한자어를 찾아보기 힘들 정도로 한글만 사용하려 애썼다. 그가 남긴 『철없는 사람』[29]과 『다도해(多島海)의 달』[30]은 그

『다도해의 달』(항도출판사, 1951)

28 박화성, 「나의 文友錄 : 春園과 月灘」, 『동아일보』, 1981.2.18.
29 조희관, 『철없는 사람』, 항도출판사, 1954.

의 글 솜씨가 녹아있는 특별한 수필집이다. 『철없는 사람』은 순수한 수필집이고, 『다도해의 달』은 한국전쟁 중에 해군 목포경비부의 선무공작의 일환으로 진행된 선무기록이다. 그는 여러 섬을 순회하면서 한국전쟁의 비극을 옮긴 이 수필집에는 칠산 앞바다를 지나던 심정을 다음과 같이 쓰고 있다.

> 지금 그 고향은 모두 재밭이 되고 사람은 없고 八十된 내 아빠가 한 막집에서 병든 몸을 누이고 그애들도 다 죽고 없을 거야 하면서도 혹은 살아서 찾아 줄 아들의 모양을 꿈마다 그리고 있을 내 불쌍한 고향이 거기다.
>
> 내 늙은 아빠의 병든 품에 지금이라도 뛰어가 내 설움 이르고 그의 눈물 씻거 드리고 싶은 맘 불길 같건만 육지로도 바다로도 아직도 교통이 터지지 않았다는 저 칠산 바다 저편의 내가 없는 고향…….[31]

그는 고향도 모두 불에다 재가 되었을 것이지만 아직도 '八十된 아빠'가 살아계실 것 같은 고향이며, '살아서 찾아 줄 아들의 모양을 꿈마다 그리고 있을 불쌍한 고향'이다. 아빠의 품에 안겨 위안 받고 위안하고 싶은 심정은 아버지에 대한, 고향에 대한 그리움이 헤아릴 수 없는 심정이 절절하게 드러난다. 그에게 고향은 '병든 아빠'였다. 그리고 영광에서 "유치원의 교사가 무너져 내렸을 때 전국적으로 놀라운 여론이 소용돌이 쳤"던 때를 떠올리면서 한국전쟁은 "떼송장이 예사여서 길에 쓰러진 시체를 보고도 어린애도 반눈도 깜짝 않"[32]는 사실을

---

30 조희관, 『多島海의 달』, 항도출판사, 1951.
31 조희관, 「불행한 섬」, 『多島海의 달』, 항도출판사, 1951, 12쪽.

목도하고는 가슴 아픈 현실을 더욱 아프게 쓰고 있다. 산다는 것과 죽는다는 것을 초월하지 않고는 볼 수 없는 광경들을 글로 옮길 때의 심정은 이성을 마비시켜야만 했다. 그래서였을까. 그는 항도여중을 떠난 뒤에는 경제적 활동의 생활비조차 감당할 힘이 없을 정도의 고고한 가난을 살았다. 돈에 대해서 "내가 천대를 하는데 제가 추파를 보내올 리는 없"[33]다고 한 것처럼 그는 물질적인 욕망으로부터 벗어나 있었다. 그랬기 때문에 그는 많은 제자들과 문화예술인들의 자리를 지켜줄 수 있었던 것은 아니었을까. 그가 수필가로 명성이 난 탓에 그의 시는 여기 저기 산포해 있다. 박화성이 기억하는 조희관의 시 「고향의 봄」은 수필가가 아니라 시인이라는 이름이 더 어울리게 한다.

조그만 시냇물 목맺혀 울고

금잔디 속잎나는 깊은 골짜기

진달래 발그스럼 피었으렷다

송살땀 흘리며 넘던 그 산길

아아아아 내 고향 두메의

봄이 그리워.

— 조희관, 「고향의 봄」 전문[34]

---

32 조희관, 「달빛」, 『多島海의 달』, 항도출판사, 1951, 29쪽.
33 조희관, 「돈」, 『철없는 사람』, 항도출판사, 1954, 39쪽.
34 박화성, 「나의 文友錄 : 春園과 月灘」, 『동아일보』, 1981.2.18.

6. 아름다운 뒷모습을 남기다

조희관의 이른 사망은 많은 이들을 슬프게 하였다. 정종,[35] 박정온,[36] 천경옥,[37] 이수복,[38] 박화성[39]은 조시를 썼다. 그리고 항도여중의 제자들은 조희관을 그리워하며 존경을 멈추지 않고 "소청 조희관 교장 선생님! 한 번 제자는 영원한 제자입니다"면서 "그 커다랗고 인자하신 눈매와 정이 흘러넘치는 목소리로 심혈 기울여" "넓고 포근한 가슴에 파묻혀 뿌듯하던 그때를 떠올려 그리워할 뿐"이라고 노래하고 있다.

한 사람이 이 땅에 와서 어떻게 살다갔느냐 하는 것은 뒷모습을 보면 안다. 살아생전에 제 아무리 많은 부와 명예를 가졌다고 하더라도 뒷모습이 아름답지 않다면 그는 불행한 사람이요, 잘 못 살다간 사람이다. 부와 명예 없이 살았을지라도 아름다운 그림자를 남긴 사람은 행복한 사람이요, 잘 살다 간 사람이다.

조희관!!, 그는 가난하였지만 청빈함 속에 고고한 학으로 살다갔으니 그야말로 아름다운 사람이다. 그런 탓에 이승에서의 삶을 허물하는 이가 없는 줄 안다. 그래서 항도여중의 제자들은 아직도 손수건을 적신 채 그리움을 삭이고 있다. 그가 남긴 아름다운 그림자는 또 다른 아름다움을 만들어 긴 그림자를 남길 터이다. 이렇듯 한 사람의 삶은 영원한 유산이 되어 흐르고 흘러 이어져 갈 것이다.

---

35 정종, 「불멸의 별－조희관님의 영전에」, 『전남일보』, 1958.9.2.
36 박정온, 「故小靑先生의 靈前에」, 『전남일보』, 1958.10.12.
37 천경옥, 「당신의 拒否의 壁 : 故 曺喜灌先生 靈前에」, 『전남일보』, 1958.11.5.
38 이수복, 「哭 小靑先生」, 『전남일보』, 1958.11.11.
39 박화성, 『전남일보』, 1958.10.23.

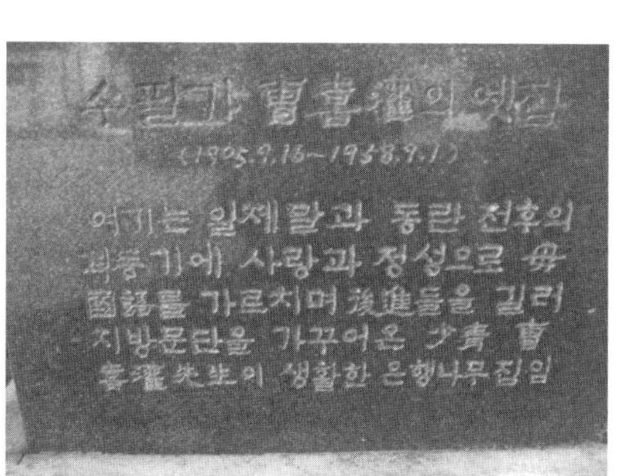
수필가 曺喜灌의 옛집
(1905.9.16~1958.9.1)
여기는 일제말과 동란 전후의
격동기에 사랑과 정성으로 母
國語를 가르치며 後進들을 길러
지방문단을 가꾸어온 少靑 曺
喜灌 先生이 생활한 은행나무집임

소청 조희관 선생추모비
1905~1958
한글사랑과국어순화운동을 실천하신수필가로서문예
지발간과출판사경영을통하여목포문학의텃밭을가꾸
신선구자이셨으며 옛 항도여중고장재임시에는 창의력
계발과 정서함양에힘쓰시어학생들의가슴속에꿈과감
동을심어주신선생님의문학정신과교육열을기리고자
후배 예술인과 제자들의뜻을모아 이추모비를세운다

조희관의 생가와 추모비

여전히 그의 아름다운 그림자를 서성이는 제자들이 있고, 그를 그리워하는 막내딸은 날마다 사부곡을 부르며 소청문학상을 만들어 12회까지 이어왔다. 지금은 제정문제로 중단된 상태지만 조희관의 자리 찾기에 분주하다. 그가 태어나 살았던 영광의 '은행나무집'이 변함없이 그를 추억하며 기다리듯이 이제는 유족과 제자들만이 아니라 광주전남 지역의 자치단체가 나서서 그의 자리를 찾아줄 때가 되었다. 그가 있어 풍요로웠던 광주전남의 문화예술이 다도해의 달로 떠오르도록 말이다.

그래서 조희관을 보내면서 이수복이 썼던 시는 각별하다.

당신은 당신의 마주막 日誌에서 스스로를
지나치게 謙虛하셨읍니다 그러나 辱스런 榮光을 拒否하신
당신은, 음성과 손결이 유달리 다수었었읍니다.
(…중략…)
가녀린 겨레의 言語에다 숨결을 돌려 주리라던 것이
당신의 純金같은 念願이었고, 知己를 來日에다 기대한 것이
당신의 기다림이었으니
당신이여, 당신이 풀이한 母國語의 血液은
머지않아 줄기차게 循環하리다.

—戊戌十一月八日—
小青先生永訣式에서

— 이수복, 「곡(哭) 소청선생(小青先生)」 부분[40]

---

40 이수복, 「곡 소청선생」, 『전남일보』, 1958.11.11.

제6장

광주의 혼으로, 어린이와 민족을 노래한,

시인 김태오

1. 들어가면서

광주전남 지역의 시문학사는 다시 써야 한다. 광주전남의 문학사라고 할 만한 연구서가 나온 것은 아니지만 그동안의 저술된 몇 권의 책들도 전면 수정을 해야 한다. 그동안 광주가 매몰시켜버렸을지도 모른 한 사람의 시인을 호명하고 호출하여 제자리에 앉혀줘야 할 사람이 있기 때문이다. 광주전남 지역의 시인을 거론하면서 단 한 번도 호명된 적이 없는 사람, 광주에서 태어나고 자란, 광주전남 최초의 시인이 있기 때문이다.

광주전남의 사람들은, 연구자들은 광주전남 최초의 현대 시인을 누구로 알고 있는가 묻는다면 조운과 박용철과 김영랑, 그리고 김현승이나 정소파를 떠올릴 것이다. 이 시인들 모두 광주전남 혹은 한국시문학사에 기여한 바 크다. 그런데 그들 보다 먼저 태어났고 먼저 시를 썼으며 광주를 온몸으로 사랑하였던 시인이 있었다면 이 시인이 차지하고 있었던 자리는 자연스럽게 그에게 비워줘야 할 것이다. 그가 그의 자리를 찾으면 광주전남의 현대 시문학의 출발은 훨씬 더 거슬러 올라가야 한다.

불행하게도 그 사람을 기억하는 광주사람은 없다. 오로지 한 사람 정소파시인은 기억하고 있었다. 정소파시인은 그가 양림에 살았다고 했다. 지금의 양림교회 근처라고 했다. 생전에 만나고 싶었지만 그 사람 가까이에 갈 수 없었다고 했다. 워낙 큰 사람이었기 때문이라고 했다. 그를 기억했던 정소파시인 마저 세상을 떠나버렸으니 이젠 그를 기억하는 광주사람은 없는 셈이 되었다. 그가 나고 자란 광주는 어떻게 그를 까맣게 잊었을까?

그는 분명히 광주에서 태어나서 광주에서 자랐고, 광주에서 전국 최초의 소년운동을 시작하였으며 온몸으로 민족운동에 앞장섰던 사람이다. 민족운동가로, 시인으로, 그리고 교육자로 살았던 사람인데 어떻게 그를 매몰시킬 수 있었는지 이 한 사람의 행적을 더듬어 정리하면서, 이것이야말로 지금 광주의 자화상이 아닌가 싶어 쓸쓸함이 몰려오기도 하였다.

광주가 대한민국의 문화수도라는 이름을 얻은 것도 몇 해가 지났다. 문화와 예술을 사랑한 사람들의 영원한 고향 광주, 그동안 문화와 예술을 사랑하는 고장으로 불린 것은 바로 사람을 사람으로 인정하는 것에 있었다. 인간이 인간을 통제하고 감시하는 지시와 복종과 억압이 아니라 인간의 본성을 막힘없이 분출하여 꾸밈없되 절제하여 승화시킨, 그것이 춤추며 넘실거릴 수 있었던 것은 올곧음의 지성과 삭이고 삭여낸 감성이 조화를 이룬 덕분이다. 지성과 감성이 빚어낸 절대적인 조화 위에서 수천 년을 이어온 광주전남의 문화와 예술은 지금에 이르러 문화수도라는 이름을 갖다 주었다. 그것을 담아낼 그릇이 아시아 문화의 전당이다.

김태오

문화수도를 상징하는 아시아 문화의 전당은 광주도심의 모습을 바꿔가면서 화려한 비상을 꿈꾸며 작업이 한창이다. 그 화려한 그릇 안에 채울 준비에도 바쁜 줄 안다. 그 안에 문학의 한 자리도 있기를 바란다.

2. 김태오, 최초의 소년운동 희생자

광주전남 최초의 시인으로 자리매김 되어야 할 사람은 바로 시인 김태오이다. 김태오는 1903년 7월 16일 전라남도 광주군 광주읍 금계에서 김윤흥(金允興)과 김덕연(金德然)의 차남으로 태어났다. 유족들로

부터 받은 제적등본의 본적을 서울로 옮기기 이전의 주소는 '광주시 동구 학강동 124번지'인데 몇 차례의 행적구역이 개편된 탓에 그가 태어난 정확한 주소는 확인되지 않았다. 김태오는 광주에서 태어나 자라고 생활하는 동안의 거의 전부는 민족운동에 투신하는 것으로 일관하였다. 그의 민족운동은 어려 층위로 나뉘어 살피고 연구되어야 하지만 자세한 것을 다 적을 수 없어 그 대강만을 정리한다.

그가 처음으로 민족운동에 나선 것은 광주의 3·1운동 때 부터였다. 부동교 아래 작은장터에서 열린 광주의 3·1운동 당시 광주의 학생대표로 독립선언서를 등사하여 뿌리면서 시민 수천명과 함께 만세시위에 참가한 것이 그 시작이었다. 그리고 1919년 여름 '양파정'에서 동지 10여 명이 모여 소년단 조직하여 소년운동의 고고의 성을 울리면서 본격적인 민족운동에 나섰다.[1] 이는 전국에서 처음으로 소년운동의 기치를 올린 일대의 사건이다. 그러나 그동안의 소년운동사는 진주에서 소년운동이 시작된 것으로 기록하고 있어서 소년운동사의 수정이 필요하다.[2]

그뿐만 아니라 김태오는 광주어린이회에서 주최하여 양림기념각에서 열린 '어린이날 기념식'에는 500여 명의 청중이 모인 자리에서 토론회 사회를 봤으며, 1927년 5월 17일 오월회와 소년운동협회가 서로 손을 잡고 경성에서 발기대회를 열었을 당시의 "참가단테는 사개련맹테와 륙십사개 단테이었다. 창립준비위원으로 김태오와 남천석, 방정환, 정홍교 최청곡 제씨외 칠인"[3]이 선출되어 활동하면서 "조선(朝鮮)의 어린 영(靈)들을

1 김태오, 「少年運動의 當面課題(4)」, 『조선일보』, 1928.2.12.
2 최명표, 『한국 근대 소년문예운동사』, 경진, 2012, 184~190쪽.

위(爲)하야 아동 옹호 기관(兒童 擁護 機關)인 소년운동(少年運動)의 고조(高調)를 의미(意味)한 소년회(少年會) 간판(看板)이 지금(只今)에 이백여 단체(二百餘團體)"[4]의 통일에도 앞장섰다.

그에 더하여 정지용, 윤극영, 한정동, 신재항, 고장환, 유도순 등과 함께 '조선동요연구협회'를 창립[5]하여 동요운동을 전개하였으며, 1927년 10월 16일 조선소년연합회 창립대회에서 위원장에 방정환(方定煥), 부위원장에 전백(全伯), 강석원(姜錫元), 최청곡(崔靑谷), 정홍교(丁洪敎)와 중앙집행위원으로 선출되어 활동하였다. 그 후 김태오는 '광주 피의자 사건'의 2차 검속에 걸려 강석원, 김만년, 김판암, 김재천, 박광신 등과 함께 구금되었다가 방면되었다. 또한 전남소년연맹의 집회를 일경이 불허하여 비밀리에 무등산 증심사에서 회합을 갖던 중 40여 명이 검거되었다. 그때 대부분 석방되었으나 김태오를 비롯하여 유혁, 조병철, 강자수, 고장환, 정홍교 등만이 보안법 위반으로 재판에 회부되어 금고 4월형을 선고받았다.[6] 이로써 이들과 함께 김태오는 조선소년운동가의 첫 번째 희생자가 되었다.[7]

김태오는 민족운동을 하는 한편으로 북문밖교회(중앙교회)의 광주서북여자 야학원원장[8]으로 학생들을 가르치면서 광주소년연맹의 위원장으로, 신간회 광주지회의 임원으로 활동하였다. 1927년 10월 29일 광주 흥학관에서 열린 신간회 광주지회 창립총회에서 오방 최흥종이

---

3 『동아일보』, 1929.1.4.
4 『동아일보』, 1927.7.29.
5 『동아일보』, 1927.9.3.
6 『동아일보』, 1928.8.26.
7 『동아일보』, 1929.1.4.
8 『동아일보』, 1929.1.7.

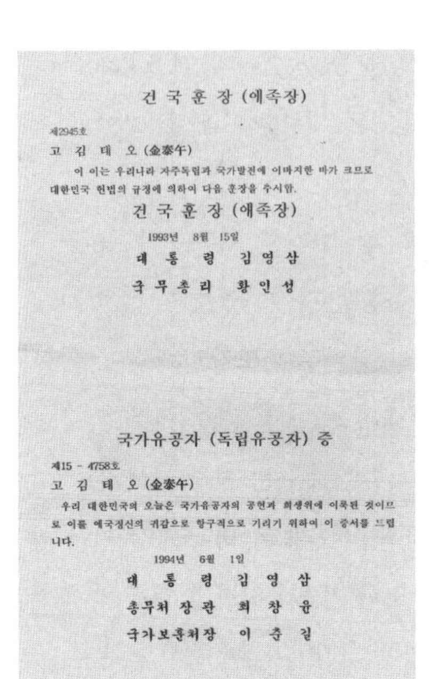

건 국 훈 장 (애족장)

제2945호

고 김 태 오 (金泰午)

이 이는 우리나라 자주독립과 국가발전에 이바지한 바가 크므로 대한민국 헌법의 규정에 의하여 다음 훈장을 수시함.

건 국 훈 장 (애족장)

1993년 8월 15일

대 통 령 김 영 삼

국 무 총 리 황 인 성

국가유공자 (독립유공자) 증

제15 - 4758호

고 김 태 오 (金泰午)

우리 대한민국의 오늘은 국가유공자의 공헌과 희생위에 이룩된 것이므로 이를 애국정신의 귀감으로 항구적으로 기리기 위하여 이 증서를 드립니다.

1994년 6월 1일

대 통 령 김 영 삼

총무처장관 최 창 윤

국가보훈처장 이 춘 길

건국훈장 증서

회장, 정수태가 부회장으로 김태오는 간사로 선출되었다.[9] 광주청년동맹 창립총회에서 위원으로 선출되어 활동하였으며, 최영욱, 서노득, 최홍종, 조중건 등과 광주기독교청년회 임원으로도 활동하였다.[10] 그는 광주의 여러 사회단체에서의 활발한 활동은 결국 "경성의 소년운동단체의 간부직을 맡고, 소년운동과 관련된 논전을 서슴지 않"[11]은 기반이 되었다. 그는 일본의 니혼대학에서 돌아온 후에『조선일보』광주지국 총무 겸 기자로 활동하기도 하였다. 이상이 김태오가 광주에서 활동한 민족운동의 대략이다. 따라서 김태오가 전개한 민족운동은 여러 층위에서 연구되어야 할 것이다. 국가는 김태오에게 '1963년 3월 1일 대동단 사건'으로 건국공로훈장 단장을 수여하였으며, 1993년에는 건국훈장 애족장을 수여하였다. 국가보훈처의 공훈록은 그의 공적을 다음과 같이 기록하고 있다.

광주사람이다. 1919년 3·1독립운동 다시 광주에서 학생대표로 독립선언서를 등사하여 뿌리면서 시민 수천명과 함께 만세시위에 참가하였으며, 1922년 5월 김

9 『동아일보』, 1927.11.1.

10 『동아일보』, 1928.5.3;『중외일보』, 1928.5.3.

11 최명표, 「'조선적' 소년운동의 논리와 실천－김태오의 소년운동론」,『한국근대소년운동사』, 선인, 2012, 211쪽.

정련(金正連)등과 함께 한국독립단(韓國獨立團)을 조직하고 독립결사대(獨立決死隊)를 편성하여 군자금 모집과 일제 관공서 폭파 등의 활동을 벌였던 것으로 전해진다. 1927년 10월 16일 서울에서 방정환, 고장환, 등과 함께 조선소년연합회를 조직하고 중앙집행위원 겸 교양부 부원으로 선임되어, 우리 민족의 장래 기둥이 될 어린이의 보호와 계몽에 힘썼다. 그 후 신간회 광주지회 간사, 광주청년동맹 소년부 집행위원, 광주소년동맹 교양부 집행위원, 광주기독교청년회 간사로 활동하였다. 또한 1928년 8월 5일 정홍교, 고장환 등과 함께 광주소년회관에서 전라남도 소년연맹 창립대회를 개최하려 하였으나 일경의 집회 금지 조치로 실패하자 그날 밤 광주 증심사에서 수십 명의 동지들과 모임을 갖고 위 소년연맹의 조직에 관한 협의를 하던 중 피체되어, 동년 9월 29일 광주지방법원에서 소위 보안법 위반으로 금고 4월을 받고 옥고를 치렀다. 출옥 후 1936년 12월 서울에서 조선아동애호연맹이 창립될 때 준비위원에 선임되어 활동하였다. 그 외에도 〈비야비야 오너라〉 등의 동요를 창작하여 보급하고 우리말로 된 어린이책 『설강동요집』을 펴내는 등, 일제의 소위 황민화정책에 대항하면서 어린이들의 민족정서 함양에 힘썼다. 정부에서는 고인의 공훈을 기리어 1993년 건국훈장 애족장을 추서하였다.[12]

국가공훈록을 토대로 광주는 김태오의 민족운동을 구체적으로 조명해야하며, 그가 광주에서 전개했던 활동과 성과들도 역사적으로 조명되어야 한다. 또한 그가 소년운동의 출발을 알렸던 '양림정'과 '증심사'도 항일독립운동사적지로 지정해야 한다.[13] 아무리 친일파들의 후

12 국가보훈처, 『국가공훈록』.

13 독립기념관 한국독립운동사연구소가 펴낸 『광주전남 독립운동사적지』 1・2(국가보훈처・독립기념관, 2010)에는 '양파정'과 '증심사'는 사적지로 올라와 있지 않다. '양파정'은 '홍학관'과 더불어 민족운동을 위한 모임들이 잦았던 장소였고, 증심사도 마찬가지로 민족운동을 위한 모임

손들이 권력을 장악하고 마음대로 역사를 훼손하려한다고 하더라도 '역사를 망각한 민족에게 미래는 없다'는 사실을 상기하면서 체계적이고도 실증적인 역사를 써야한다. 그래야만 역사는 도도하게 흘러 우리에게 건강한 미래를 안겨줄 것이다.

3. 동요이론가, 동요작가로 투신하고

일제치하에선 여러 방면에서 민족운동이 전개되었다. 해외로 망명하여 온몸으로 항일에 앞장섰던 사람들이 있는가 하면, 사회주의이론으로 무장하여 항일운동을 편 사람들이 있었고, 독립군을 조직하거나 비밀결사체를 조직하여 일본을 무력화시키기 위하여 진력한 사람들이 있었다. 그리고 작품으로 항일운동을 전개한 작가들이 있었고, 우리말을 지키려 몸부림친 한글학자들이 있었다. 살아있는 모든 것들이 민족운동에 앞장섰던 그때 또 다른 형태의 민족운동으로 동요운동이 전개되었다. 어린이를 주체로 부상시키며 많은 작품들이 발표되었는데 이 때 발표된 많은 동요들은 지금도 우리가 부르는 노래들이 많다.

그때 김태오는 동요이론가이자 동요작가였다. 그는 특히 동요창작과 관련한 동요의 이론체계를 확립하려 애썼다. 그가 쓴 「동요 잡고

이 잦았던 장소였던 만큼 사적지로 지정되어야 할 것이다.

단상(童謠 雜考 斷想)」[14]을 비롯하여 수편의 글에는 동요의 장르개념과 동요를 창작하는 방법 등을 자세하게 기술하고 있다. 「현대 동요 연구(現代 童謠 硏究)」[15]에는 동요에 대한 개념을 이렇게 규정하고 있다.

> 동요란 것은 예술적 냄새가 풍부한 어린이들 노래이니, 마치 종달새가 맑아케 개인 푸른 하늘을 볼 때 노래 부르지 않고는 견댈 수 없는 것과 같이, 제절로 터저 나와서 부르는 어린이들 시(詩)를 동요라고 한다. 영원히 없어지지 않는 아동성이 잇고, 가장 숭고한 예술적 가치가 잇는 것은 물론이오, 어운(語韻)까지 음악적이어야 하며, 따라서 동요 유희로 할 수 잇는 것이어야 할 것이다.

위의 글에서 보여준 동요의 개념에 이어 동요를 잘 쓰려면 첫째로 "느낌[感興]이 생기고 사랑스러운 맘[愛着]이 생기고 노래 쓸 맘이 생기는" "예술감"이 있어야 하며, 둘째로 "한번 놓치면 붓잡기가 어려운" "상상(想像)의 시상(詩想)"[16]이 있어야 한다고 주장하였다. 그의 동요창작이론은 그가 동요를 쓰면서 깨우친 것이기도 하다. 그가 쓴 동요에는 한자가 들어 있지 않다. 그의 『설강 동요집(雪崗 童謠集)』[17]에는 동요를 쓴 시기를 밝히고 있는데 처음으로 동시를 쓴 해는 「그림자」, 「겨울아침」, 「눈온아침」 등을 쓴 1917년이다. "가난하고 설음 많은 우리 농향(農鄕)의 어린이들을 어떠한 방법으로써 앞길을 열어줄까함"[18]에서 쓰기 시작한 것이다. 김

---

14 『동아일보』, 1929.7.1~7.4.
15 『아이생활』, 1932.7~1932.10.
16 김태오, 「現代 童謠 硏究」, 『아이생활』, 1932.10.
17 김태오, 『雪崗 童謠集』, 한성도서, 1933.
18 「머리말」, 위의 책, 5쪽.

태오의 동요 중에 잘 알려진 동요로 〈봄맞이 노래〉와 〈강아지〉가 있다.

동무들아 오너라 봄맞이가자
너도나도 바구니 옆에끼고서
달래냉이 씀바귀 나물캐오자
종다리도 높이떠 노래부르네

동무들아 오너라 봄맞이가자
시냇가에 앉아서 다리도쉬고
버들피리 만들어 불면서가자
꾀꼬리도 산에서 노래부르네

— 〈봄맞이 가자〉 전문[19]

우리집 강아지는 복슬강아지
어머니가 빨래가면 멍멍멍
쫄랑쫄랑 따라가며 멍멍멍

우리집 강아지는 예쁜강아지
학교갔다 돌아오면 멍멍멍
고리치고 반갑다고 멍멍멍

— 〈강아지〉 전문

---

19 발표당시의 원문의 제목은 1930년에 쓴 〈봄맞이노래〉이며, 원문이 부분적으로 수정 되어 약간 다르다.

아마 이 동요들을 모르는 사람들은 없을 것이다. 〈봄맞이 가자〉는 시골의 봄 풍경을 아주 잘 드러내주는 동요로 지금은 볼 수 없지만 동무들과 들로 산으로 나물캐러 다녔던 시절을 잘 보여주는 동요이다. 〈강아지〉는 부르면 시골집에서 함께 살았던 강아지들이 늘 따라다니던 추억이 되살아나게 한다. 강아지와 함께 마을을 돌았던 기억을 더듬게 하고 어린이가 되게 만드는 것이 동요의 힘이다. 욕심 없이, 티 없이 맑게 뛰어놀았던 어린 시절을 그대로 옮겨놓은 동요야말로 이 시대를 살아가는 사람들에게는 필요

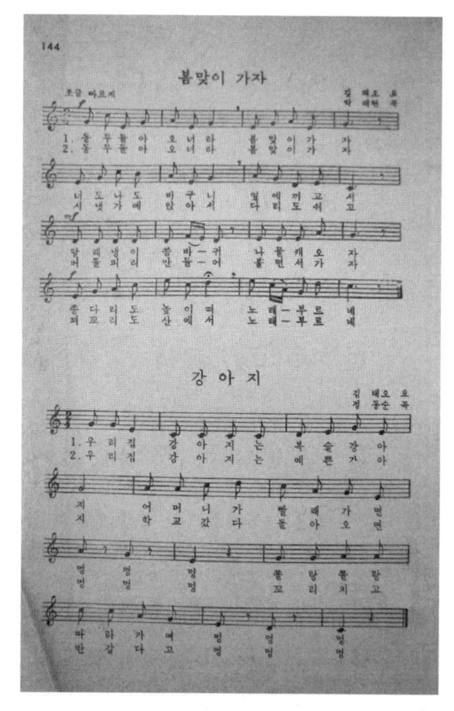

동요 〈봄맞이 가자〉, 〈강아지〉 악보

한 노래이다. 그는 "깜아케 이저버렷든 아동쩍 생각이 은근히 가슴 속에 떠돌"[20]아 마음의 평화를 가져다주는 동요를 "소년문학 건설의 기초"로 인식하고 있었고, 그의 내면은 동심으로 가득하였다. 따라서 그가 행한 민족운동과 동요쓰기는 하나의 틀 안에서 움직인 정신의 반영이다. 한편 일본경찰의 불허가 출판물로 판정되어 출판하지 못한 『동방(東方)의 광명(光明)』도 동요집으로 추정[21]되나 그 동요집은 미간되고 말았다.

---

20 김태오, 「童謠 雜考 斷想」, 『동아일보』, 1929.7.1.

21 「불허가 출판물 목록 삼월분」, 『조선출판경찰월보』 55, 1936.3. 『아이생활』(1933.3)의 「아이벽신문」의 집필자 저서 소개란에 '설강동요시집 『동방의 광명』(미간)'으로 표기되어 있고, 『설강동요집』은 이미 간행한 뒤임을 미루어보면 일제가 불허한 책은 두 번째 동요집에 해당한다. 그

4. 광주의 혼으로, 광주를 노래하며

그는 천상 광주사람이다. 광주를 떠난 뒤 광주에서 잊힌 사람이 되었을지언정 그는 광주를 떠난 적이 없다. 그의 시적 출발도 광주였고 시의 종착점도 광주였기 때문이다. 그가 쓴 많은 시편은 고향에서 출발하여 고향으로 귀착된다. 그래서 정인섭은 시집 『초원』[22]의 서문인 「『초원(草原)』의 정영(靜影)」에서 "향수가 그 어느 작품에서든지 직간접 느껴진다"면서 "정드린 고향을 떠날 수 없는 시경을 그 창작기저로 하고 있어 그것을 상상이라는 꿈과 낭만적인 수법"으로 표현하고 있다고 간파하였다. 시 「회고(懷古)의 정(情)」에서 그것을 확인할 수 있다.

> 동무여!
>
> 그때가 발서 옛날이엇구려!
>
> '아까시야' 욱어진 楊林숩속으로 거닐면서
>
> 꽃 香氣맡으며 노래부르노라면
>
> 매암이는 덩달어서 가닥으로 어우러질 때
>
> 우리는 다시금 발을 돌리어
>
> 웃텅을 벗어붙인채 불모래 강변을 내달어
>
> 물속으로 와닥닥 뛰어들어가-
>
> 헤염치며 크나큰 波紋을 일으키고

러나 두 번째 동요집은 미발행으로 끝난 것으로 추정된다.

22 김태오, 『草原』, 청색지사, 1939.

물장구치고 물싸홈하고 그리고 또-

물을 한숨에 쑥 드리켯다가 확 내품어 버리면

七色 무지개 아름답게 설 때에

우리는 손뺵치며 뛰지 안엇는가요

앗다 벌거벗고 자유롭게 놀던 그때 말이여요

동무여!

그때가 발서 옛날이엇구려

(…중략…)

솜뭉치갈은 하-얀 눈송이가

시름없이 퍼붓는 어느 겨울날-

학교에 가서 여러 동무들과 눈싸홈하고

집에 도라오아서 동무와 같이 눈사람 만들어 놓고

이웃집 아이들에게 자랑하던 그때라던지

여러 동무들이 방망이 몽둥이

잡히는 대로 메어들고 씩씩하게

산에 뛰올나 노루며 토끼잡든 그때

앗다! 기운차게 뛰며 놀던 그 無等山말이여요

—「회고의 정」 부분[23]

김태오의 시에 자주 등장하는 공간은 단연 '양림'과 '광주천'과 '무등산'이다. 양림은 지금의 사직공원 주변의 동산으로 그가 처음으로 동

23 김태오, 「懷古의 情」, 『동광』, 1931.5.

지들과 더불어 소년운동을 시작하기로 결의한 곳 '양파정'이 있는 양림동산이다. '광주천'은 지금은 물놀이할 수 없는 곳이 되었지만 그때는 수정처럼 맑은 물에서 '웃통'을 벗고 물장구를 치며 벌거벗고 놀았던 곳이다. '무등산'은 김태오가 기운차게 뛰어놀 수 있었던 곳이다. 노루를 잡으러 뛰어다녔고, 토끼몰이를 하러 뒹굴었던 곳이다. 이 시에서 뿐만 아니라 그가 쓴 많은 시에는 고향인 광주에서의 추억과 향수로 가득 차 있다. 다음의 글에서는 광주의 역사를 가슴에 안고 있는 그를 보게 된다. 다소 길게 인용함으로써 그가 품은 광주의 모습이 어떠한 지를 가늠해 보기로 한다.

오늘은 달 밝은 밤, 그리고 八月 秋夕이다. 아직 南國에는 기러기의 消息은 없으나, 제법 싸늘한 바람에 寒氣가 도는 품이 北天에서 기룩기룩 달 밝은 밤, 높다란 秋空을 훑고 그야말로 맑은 主人公인 기러기가 날러오는 듯한 맑은 밤이다. 그러기에 나는 밤잠을 이루지 못하고 두 벗과 가치 瑞石城 문허진 옛터 社稷壇에 올라 울적한 懷抱를 씻으러 햇던 것이다.

秋夕달 하루밝기로

楊波亭에 오르놋다

문허진 옛城터에

明月따라 逍遙할제

풀숲에 귀뚜라미만

구슬프게 울더라

光州川 구비지고

無等山이 높앗는데

金忠壯 어데가고

鄭錦南은 어데갓노

蒼空에 一輪明月도

수심짓고 가니라

이러한 卽興詩를 지어 보며 옛날의 歷史的 遺跡을 더듬어 보는 이 나의 가슴에는 싸늘한 傷處를 남길 뿐이다.

하얀 달빛은 자최없이 大地 우에 떨어지고 잇고나. 그리고 저편 老松이 푸르른 곳에 달빛이 새여 나리여 꿈같은 그림자를 던지고 잇고나. 불어오는 가을바람에 솔닢이 洋琴을 치고, 온갖 잡풀 욱어진 풀에서 가을의 뭇버레들이 애닯은 심포니를 演奏하고 잇다. 眞珠 같은 이슬방울이 반짝반짝 光彩를 내는 풀밭을 거닐고 잇을 때, 달빛은 유난히도 히고 푸른 빛으로 이 땅을 노려보고 잇더구나. 뭉게뭉게 서리어 깊은 잠 속에 빠진 듯한 그윽한 밤이다. 나는 다시금 발을 돌리어 不動橋 쇠다리에 앉은 몸이 되엇다.

푸른 밤 그 中에도 맑은 달밤 힌빛과 푸른 빛으로 繡노은 듯한 맑은 月影이 물우으로 떨어지는구나. 그리고 가벼운 微風이 살살 물 우로 기어가는구나. 달은 물 우에서 하늘하늘 춤을 추고, 물결은 金波銀波를 이루며 실줄기 같은 문의를 짓고 노래하며 흘러가면서 잇구나.

(…중략…)

아! 맑은 달밤이다. 더럽고 밉고 거문 것은 다 쫓기고, 푸른 빛 맑은 빛으로 씻은 맑고 푸른 밤이다. 물아! 끝없이 흐르라. 달아! 한없이 맑고 푸르라. 달은 웃고,

물은 노래하고, 나뭇가지는 춤추리라.

아! 거룩한 달밤. 聖母 마리아와 같은 聖靈이 나타나 愛와 平和를 속삭이는 듯한 神秘로운 달밤이다. 저쪽 楊林 건너편에는 자는 듯 꿈꾸는 듯한 蒼白한 실안개가 감돌고 잇는 밤이로구나.(下略) —秋夕날밤에

—「예 城터의 仲秋明月」[24]

그가 이 글을 발표할 당시 중앙보육학교 교원으로 재직하고 있을 때로 추석을 맞이하여 고향에 내려와서 쓴 글로 추정된다. 그는 친구 2명과 같이 '서석성(瑞石城) 문허진 옛터 사직단(社稷壇)에 올라 울적한 회포(懷抱)'를 풀고 '옛날의 역사적 유적(歷史的 遺跡)을 더듬어' 쓴 즉흥시에는 역사의 뒤안길을 걷는 이의 쓸쓸함과 애달픔의 '수심'이 가득하다. 역사가 흐른 뒤에도 기억하고 전승해야 할 할 시대정신을 상실한 것에 대한 회한이 아닐까 싶기도 하다. 하지만 수심을 걷어내고 광주천에 스민 달빛과 나눈 대화에는 추석날 밤의 풍경과 하나 된 심정이 한없이 평화롭다. '부동교(不動橋) 쇠다리'에 앉아 '푸른 밤 그 중(中)에도 맑은 달밤 흰빛과 푸른 빛으로 수(繡)노은 듯한 맑은 월영(月影)이 물 우으로 떨어지는구나. 그리고 가벼운 미풍(微風)이 살살 물 우로 기어가는구나. 달은 물 우에서 하늘하늘 춤을 추고, 물결은 금파은파(金波銀波)를 이루며 실줄기 같은 문의를 짓고 노래하며 흘러가면서 잇구나'에서 절정을 이루는 달빛과 광주천의 조우는 그의 결 고운 언어가 빚은 명문이다.

그의 이와 같은 맑은 심사는 「달밤」에도 담겨있다. 나운영이 곡을

24 『동아일보』, 1934.9.27.

붙여 가곡으로 유명한 작품으로 전문은 다음과 같다.

燈불을 끄고 자려하니
휘양창 窓門이 밝으오.

門을 열고 내여다 보노니
달은 어여쁜 仙女 같이
내 뜰우에 찾어 오다.

달아 내사랑아
내 그대와 함께
이 한밤을 얘기하고 싶고나.

○

어데서 흐는 短簫소리
淸涼타 달밝은 밤이오.

솔바람이 선선한 이밤에
달은 외로운 길손 같이
또 어데로 가려는고.

달아 내사랑아,

내 그대와 함께

이 한밤을 同行하고 싶고나.

—「달밤」 전문

아마도 그가 쓴 가장 널리 알려진 시는 「달밤」일 것이다. “나운영은 중앙여자전문학교의 부학장인 시인 김태오 선생에게서 시집 『초원』을 받아 보고 그 중 「달밤」이 마음에 이끌리어 구상 끝에 16일 밤 「달밤」을 완성하여 19일 JODK(경성중앙방송국)의 방송을 통해서 첫선을 보였는데, 독창자는 그의 아내 유경손이었고, 피아노 반주는 나운영 자신이 하였다.” 김태오는 “홍난파 선생에게 바이올린 레슨까지 받았던 분인지라 남달리 음악을 깊이 이해”[25]하고 있었다. 추석날 달밤의 광주를 노래하였던 그가 「달밤」이라는 시를 쓴 것은 우연이 아닌 필연이었다. 아름답고 정겨운 달밤의 풍경을 읊은 것은 그 추석날의 밝고 맑은 달빛을 보고 쓴 것이라면 지나친 과장일까. 그의 시는 광주 아닌 것이 없다고 해도 과언이 아니다. 온통 산과 들을 노래하고 있는 것은 그가 태어나 젊음을 바쳐 살았던 광주에서 비롯된 것이다. 그래서 그는 광주의 혼으로 살았던 사람이며, 고향으로부터 자유롭지 못했던 사람이다. 언제 썼는지 모르는 육필의 한 조각에는 옮기다 만 노래의 한 소절이, 광주를 떠나 살면서 내내 그리워하였을 그의 심사를 대변하는 듯하다.

“타향사리 몇해든가 / 손곱아 헤어보니 / 고향떠나 十여 년에 / 청춘만 늙고”

25 이항숙, 「가곡순례」, 『새농민』, 1988.9, 56~57쪽.

5. 잊힌 문학가, 교육자로 헌신하다

광주에 거점을 두고 전국을 오가며 민족운동을 전개하면서 교직에 몸을 담은 것은 1921년 의주 양실학원에서 시작되었다. 그리고 광주의 숭일학교에서도 재직하였다. 그랬던 그가 1931년 4월 중앙보육학교의 교원이 되면서 서울생활을 시작하였다. 일본의 니혼대학 법문학부를 졸업하였고, 그동안의 활동, 즉 아동문학이론가로서, 동요작가로서 활동하였던 면모를 살려 중앙보육학교의 교원이 된 것이다. 중앙보육학교는 1945년 중앙여자전문학교로 바뀌었고 김태오는 임영신과 공동설립자 겸 교수로 참여하였다. 그리고 1947년 5월에 재단법인 중앙문화학원 종신이사, 1948년 중앙대학교 설립자 겸 교수(부학장)으로 이어진다. 그리고 1954년 2월부터 1956년 3월까지 중앙대학교 총장서리로 재직하였다. 그동안 중앙대학교는 공식적으로 승당 임영신이 설립한 학교로 알려졌지만 김태오 또한 공동설립자였다.[26] 중앙여자전문학교에서 종합대학교로 승격을 준비할 때 남녀공학으로 바꾸어야한다고 주장한 사람도 그였다고 한다. 이렇게 보면 김태오가 중앙대학교가 오늘에 이르기까지 기여한 바는 크다. 그가 문학가로서의 삶과 멀어지게 되고 교육자로서 연구에 집중하게 된 것은 중앙여자전문학교의 설립자 겸 교수가 되면서부터였다.

이후의 삶은 교육자로 전념하였고 연구에 몰두하는 것으로 일관하

---

26 중앙보육학교 교원부터의 이력은 생전에 그가 남긴 이력서에 따른 것이다.

였다. 그의 첫 연구서는 『미학개론』[27]이다. 미학의 개념조차 서 있지 않았고 아무도 관심이 없었던 때에 이 책을 펴낸 것은 "첨단"이었고 "당시에 이런 고민을 했다니 대단"[28]한 것이었다. 김지하도 미학을 전공하게 된 계기를 술회하면서 다음과 같이 진술하였다.

> 그때 미학과는 지금처럼 인문대학 소속이 아니라 미술대학 소속이었다. 집에서는 공대나 의대를 원했는데 어렸을 때부터 그림 그리기가 좋았다. 부모님은 화가가 되는 것을 원하지 않았다. 고민 끝에 대학교수가 되면 안정된 밥벌이도 되고 취미도 살릴 수 있을 것 같았다. (강원 원주)중학교 다닐 땐 여러 번 도미술전람회 같은데서 입상도 하고 특선도 했다. 어느 전람회에선가 '미학개론(김태오)'이라는 책을 부상으로 받았는데 중학교 땐 어려워서 읽을 엄두를 못 내고 있다가 (서울 중동)고등학교 때 우연히 집어 들었다. 그때도 뭐가 뭔지는 잘 모르겠는데 파보면 재미있는 학문이라는 생각이 들었다.[29]

김지하가 미학과에 입학하게 된 동기가 김태오의 『미학개론』이었다는 사실은 많은 의미를 함축한다. 김태오의 큰 사위 이근엽에 의하면 "국무총리를 지낸 고건이 서울대학교 총학생회장이었을 때 김태오의 '미학개론'을 수강하였다. 5·16군사 쿠테타에 항의하기 위해 시위 현장에 나갈 때에는 김태오 선생에게 만큼은 꼭 양해를 구하고 나갔

---

27 김태오, 『美學槪論』, 정음사, 1949.

28 진중권, 「김태오 『미학개론』 읽기」, 『인문학의 싹』, 인물과사상사, 2011, 344쪽.(『미학개론』의 초판은 6·25한국전쟁 때 모든 것이 불에 타 소실되는 바람에 수정 보완하고 10장 「딜타이와 하이데거 시론」을 증보해서 1955년 재판을 냈다. 진중권은 『미학개론』 재판(정음사, 1955)을 텍스트로 삼았다.)

29 허문명, 「허문명기자가 쓴 김지하와 그의 시대」, 『동아일보』, 2013.4.9.

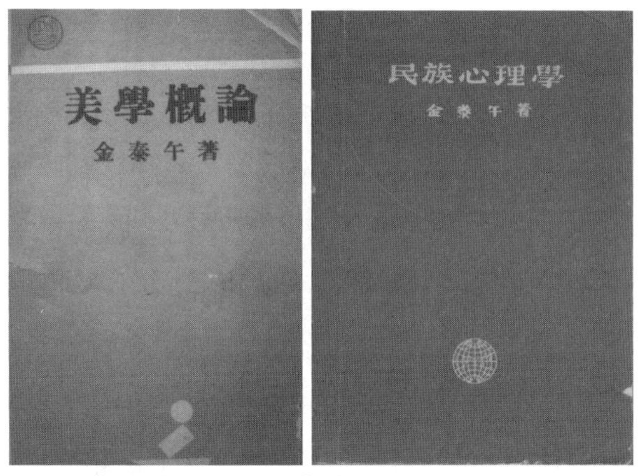

『미학개론』(정음사, 1949), 『민족심리학』(동방문화사, 1950)

다. 그만큼 존경받는 교수였다"고 한다. 그는 중앙대학교를 떠난 뒤에는 서울대학교에서 강사로 학생들을 가르쳤고 오늘날의 서울대학교 교육학과도 그의 노력에 힘입은 바 크다고 알려져 있다.

그러니까 그는 우리나라 '미학'과 '심리학', '교육학' 분야에서 초석을 다진 학자였다. 그가 저술한 책은 다양한 분야에 걸쳐있을 뿐만 아니라 그 성과 또한 큰 것이었다. 미학과 심리학, 교육학, 철학 네 분야에 걸쳐 깊이 있는 연구를 진행한 것은 학문적 열정을 짐작하게 한다. 그의 연구는 『미학개론』에서 시작하여 『민족심리학(民族心理學)』(동방문화사, 1950), 『심리학(心理學)』(동국문화사, 1954), 『교육학개론(敎育學槪論)』(을유문화사, 1955), 『교육심리학(敎育心理學)』(을유문화사, 1956) 등의 연구서로 집적되었다. 그의 연구는 선구적인 것이었고 도전적이었다.

6. 이젠 광주가 김태오를 호명할 때

김태오는 민족운동가였으며, 아동문학가이자 비평가로, 시인으로, 그리고 다양한 분야를 넘나드는 학자이자 교육자였다. 이 글에서는 그를 소개하는 측면에서 개괄적으로 활동의 대강만을 쓸 수밖에 없었으나 그를 만나려면 다층적이고 깊이 있는 접근을 해야 그의 전모를 알 수 있을 것이다. 특히 그가 앞장섰던 민족운동 활동과 실천은 광주정신의 출발점이 어디에 있었던가를 가늠할 수 있는 측면이 있다는 점에서 그 역사적 의의는 밝혀야한다. 그의 민족운동은 위로부터가 아니라 아래로부터 즉 소년으로부터, 민중으로부터, 지방으로부터였다는 점에서 특히 그러하다.

그는 분명 광주가 낳은 사람이며, 그 또한 광주를 사랑한 사람이다. 그가 서울로 이주하여 광주와는 거리를 두고 살 수밖에 없었지만 그는 천상 광주사람이었다. 그가 세상을 떠나던 날 '고 설강 김태오박사 영결식'을 알리는 행사지에는 「고향」이라는 시가 실려 있다. 그가 평생 광주를 그리워하며 살았다는 증거가 아닌가 싶다.

> 내 홀로 뫼에 오르니
>
> 淸凉한 鄕愁가 서려 ……
>
> 먼 하늘로 떠도는 구름
>
> 故鄕 찾아 가리.

송아지 뛰노는 草原에는

풀피리 소리도 어울렸다.

꿩 날리고 꼴망태 메고

아리랑 조로 도라 들다.

마을앞을 흐르는 시냇물아

배뱅뱅 도느냐 물레방아야

앞산 버꾸기 지금도 우느뇨

파랑새 훨 훨 날러라.

그옛날 행복은 한낱 꿈결이어

그래도 못잊는 내 故鄕

흰구름 떠도는 저 하늘가에

내 맘을 매여 두다.

—「故鄕」 전문

그는 늘 그리워한 고향에 와 있을까?

이제 우리는 아시아 문화수도인 광주의 위상을 위해서라도, 특히나 광주전남의 많은 작가들이 문학사에 소외되었다는 점에서라도 그을 호명하는데 앞장서야할 것이다. 그는 세상을 떠난 뒤에도 소년운동의 시작을 알리며 목소리 높이 울렸던 양림동산의 그 '양림정'에 올라 시대와 역사를 논하며, 어린이들을 위한 동요를 쓰면서, 시를 쓰면서, 아래로 부터의 운동을 실천하라고 '부동교' 다리에 앉아 달빛 스민 광주천의 아름다움을 내려다보기도 하면서 우리들을 지켜보고 있을지도 모른다. 이젠 우리가, 광주가 김태오를 호명할 때다.

제7장

지역문단의 숨은 공로자, 시인 이경인

1. 들어가며

현대문학사에 광주전남 지역문학의 위상은 높을지라도 1950년대 이전에는 광주전남의 문인은 많지 않았다. 근대 초기는 찾아보기 힘들고 1920년대에 이르러서야 김우진, 조운, 박화성이 이름을 올리고 있다. 김태오와 목일신은 최근에야 존재가 알려졌다. 그리고 1930년대에 '시문학파'와 더불어 임학수와 여상현이 중앙에서 활동을 하기는 하였지만 납월북 문인이 되는 바람에 조명이 미미하였다. 조종현은 동요와 시조로 문단에 이름을 올려 활동하였으나 승려였기에 새로운 문인들의 등장은 시간을 요구하였다. 김현승도 1930년대에 등단하였으나 작품 활동이 활발해진 것은 1950년대에 이르러서다.

1950년대는 한국전쟁 중에 결성된 문총구국대 전남지부가 지역문학의 구심점이 되면서 많은 문인들이 등장하였다. 한국전쟁의 비극이 오히려 문화예술인을 결집시키는 역할을 함으로써 지역문단의 창작 활동이 활발해지기 시작하였다. 거기에다 많은 문예지가 출현하여 그것을 추동하고 견인하면서 경쟁적인 창작활동의 기반이 되었다. 지역 신문들도 '문예릴레이'를 펼치면서 문학에 대한 관심을 높임으로써 창작의 활동이 활발하게 이루지는 데 일조하였다.

1950년대 광주에는 3개의 신문사가 있었다. 1946년에 창간된 『호남신문』과 1947년에 창간된 『동광신문』, 1952년에 창간된 『전남일보』는 지역의 언로를 담당하면서 지역 문인들에게 지면을 제공하였다. 이렇게 지역의 신문들이 지면을 할애한 데에는 지역의 문화를 중요시 했던 문화부장들의 역할이 있었다. 특히 이경인과 허연, 이해동이 그 주역들이다. 언론인으로서의 사명에 충실하면서도 문화예술에 대한 남다른 안목을 지면할애로 보여주었다. 이들은 광주전남문학의 숨은 공로자들이다.

본고는 숨은 공로자 중의 한 사람인 이경인을 호명함으로써 그의 작가적 활동을 추수해 보려한다. 그는 언론인으로 각별한 위치에 있기는 하지만 광주전남 지역문단이 형성되던 시기 담당하였던 역할도 지대하였다. 특히 초점시동인을 결성하여 활동하였던 한 사람으로 1957년 시집 『생명(生命)의 분류(奔流)』을 낸 시인이자 수필가였다. 한국문인협회 전남지부의 부회장을 역임하기도 하였으니 그의 문학적 위치를 가늠할 수 있다.

2. 언론인으로, 문화의 텃밭을 놓고

이경인

이경인(1927.4.20~2007.1.3)은 전남 영광군 영광읍 도동리 40번지에서 부친 이근표와 모친 진주정씨 사이에서 9남매의 막내로 태어났다. 이경인은 막내였던 탓에 양친을 일찍 여의었다. 그는 "어버이에 대한 사무침이 남달리 절실한 사람이다. 일찍이 어버이를 여의어 어버이의 사랑도 제대로 못받"았을 뿐만 아니라 "효도할 기회 또한 잃어버렸"[1]음을 아파했다. 그는 어린 나이에 부모의 도움 없이 홀로 견디면서 안으로 단단해져 갔다. 그는 끊임없이 자신을 곧추세운 덕분에 영광에서 고등학교를 마치고 1948년 조선대학교 법과를 졸업하기에 이른다. 그리고 잠시 교직에 종사하였다. 가르치는 기쁨도 컸으나 그것보다는 언론사의 기자가 되는 길을 선택하였다. 그때부터 평생을 언론인으로 살았다.

그가 뜻을 두고 언론사에 입사한 1953년 8월이었다. 『전남일보』의 기자로 첫발을 내딛으면서였다. 1955년 2월부터 『호남신문』으로 자리를 옮겨 1956년 2월 교정부장이 되었고, 1957년부터 1962년 8월 31일 『호남신문』이 폐간될 때까지 문화부장으로 재직하였다. 그리고 1969

1 이경인, 「빛 바래진 효사상」, 『광주문학』, 2004 여름, 163쪽.

호남신문사 동료들과 함께

년부터(1971년 8월 3일부터) 『전남매일신문』 논설위원으로 1981년 11월 29일 종간일까지 논설위원으로 재직하였다.[2] 『전남매일신문』 논설위원으로 재직하는 동안 전남매일신문사 부설 전매통일문제연구소 자료조사역도 겸임하였다.[3] 『전남일보』와 『전남매일신문』은 5공화국의 강제통합조치에 의하여 『광주일보』로 통폐합되면서 이경인은 1982년 광주일보사에서 정년을 맞이하고 퇴직하였다. 30년 동안 언론사에 몸을 담고 평생 필봉을 휘두른 그는 정년퇴직 후에도 『광주일보』, 『동아일보』 비상임 논설객원위원으로 활동하였다. 그는 출판·언론부분의 공적을 인정받아 전라남도로부터 '전남도 문화상'을 받았다.

이경인은 언론인이었지만 한편으로는 지역문단의 활성화에 크게 기여하였다. 일일이 열거할 수 없지만 (『호남신문』이 소장된 곳이 없어서 전모를 확인하기 어렵기도 함) 대략을 살펴보는 것으로 그가 어떤 역할을 하

2 광주전남언론인동우회, 『광주전남언론사』, 삼화문화사, 1991, 382~442쪽.
3 위의 책, 420쪽.

였는지 들여다보기로 한다.

그가 『호남신문』의 문화부장으로 재직하며 첫 번째 한 일은 박봉우의 소설 「백조의 연가(戀歌)」를 연재한 것이다. 그리고 독자와 학생문예원고를 모집하였으며 한편으로 '호남어린이란'을 문화면에 넣기도 하였다. 이어 단편 소설 릴레이를 시작하였는데 임병주의 「안개속의 별」, 승지행의 「목과(木瓜)」, 임수일의 「각혈(咯血)」, 이문희의 「광인무(狂人舞)」를 연재하면서 문화면을 풍부하게 장식하였다. 또한 김금남의 「소요의 길」, 이해동의 「수박과 여치」, 임병택의 「물」, 서태관의 「매미와 여치와 개미」, 정소파의 「태양에의 대결」, 정봉래의 「번하회제」 등의 수필을 연재하였다. 뿐만 아니라 각 학교와 직장문예를 연재하였고, 해외작가들의 단편소설을 연재하기도 하였다.[4] 이렇게 활발하게 연재한 각종의 연재물은 독자들의 큰 호응을 받았다. 그것이 꼭 문화부장 한 사람이 이룬 성과라도 말하기는 어려울지 모르나 시대를 읽는 문화적 안목이 작용한 것은 분명 사실일 것이다. 한 사례로 시인 고은이 자주 찾아왔던 일화를 보면 알 수 있다.

> 초점시동인의 시화전이 있은지 서너달 뒤 허연과 함께 승복을 입은 30세쯤 되어 보이는 젊은 중이 신문사로 나를 찾아왔는데 허연이 나에게 인사를 시켰다. 차 한 잔 하자기에 다방으로 갔었다. 고은이 동광사(東光寺)에서 수행을 하고 있는데 문학수업을 하고 있다는 허연의 소개말이었다. 이윽고 세 사람은 선술집에 가서 막걸리를 마시고 헤어졌다.

4 위의 책, 173~177쪽.

이틀 뒤 고은이 신문사를 찾아와 시 2편을 써왔는데 검토를 해서 웬만하면 신문지상에 실어달라는 것이다. (…중략…) 이튿날 그의 시를 읽어보았다. 「산사의 종소리」였던가 싶은데 간결하지는 못하나 표현기법이 특이한 데가 있었다. 그래서 문화면에 실어주었다.

그러자 이튿날 또 찾아왔다. 우리는 예의 애꾸눈 집으로 갔다. (술집 여주인의 눈이 사시여서 그렇게 불렀다) 웬만큼 술기운이 돌자 중답지 않게 입담도 좋았고, 남녀간에 얽힌 와이담(외설)도 잘했다. (나는 마음 속으로 저런 사람이 어떻게 행자가 되었으며 중다운 중노릇을 할 수 있을까 생각해 보았다- 그 후 환속하고 말았지만) 고은 그는 자주 신문사로 나를 찾았고, 그때마다 두어 편씩 시를 써 가지고 왔다. 그때마다 신문에 내 주었는데 한번은 「이(虱)」(몸 속의 작은 벌레)라는 시를 써 가지고 왔는데 괴상망측한 시제였으나 표현은 제법이었다.[5]

시인 고은이 시를 들고 자주 찾아왔다는 데서 그가 문화부장이자 시인으로 분명한 위치에 있었음을 확인시킨다. 고은이 등단하기 전의 작품이기는 하지만 '간결하지는 못하지만 표현기법이 특이'한 것이나 '표현은 제법'이었다는 그의 평은 지금도 여전히 유효하다. 이경인은 이 때 이미 고은이 시인으로 대성할 것을 알아차린 것 같다. 그래서 시를 들고 찾아오는 대로 실어주었고, 그 혜안대로 고은은 서정주의 추천을 받아 등단하여 대한민국을 대표하는 시인이 되었다. 이경인은 그만큼 작가들에게 작품을 발표할 수 있는 지면 할애에 신경을 썼던 것이다. 그는 광주전남 지역에 문화의 텃밭을 놓은 주역이자, 문단의

5 이경인, 「초점시동인－광주전남 최초의 시화전」, 『문학춘추』 52, 2005.9, 37～38쪽.

숨은 공로자이다.

이경인의 본래 이름은 이태로(李泰魯)였다. 그가 필명으로 쓰던 경인(耕人), 혹은 이경인(李耕人)을 본명으로 개명한 것은 1978년 3월 14일이다. 왜 개명을 하였는지 알려진 바 없으나 인명으로 잘 쓰지 않은 '경(耕)'과 '인(人)'을 쓴 것은 특별한 뜻이 있었을 것이다. 꼼꼼하고 냉철해 보이지만 그래서 더 감성적인 성격의 그가 사람 농사를 짓는(혹은 농사를 짓는 사람), 혹은 평생을 농사짓는 성실함으로 살고자 하는 의지를 담은 것은 아닐까. 그의 호가 '청은(淸隱)'인 것도 같은 맥락이리라.

3. 시인으로, 최초의 시화전을

1920년대를 지나 1930년대는 박용철이 순수문학을 표방한 『시문학』을 발간하면서 문학사의 획을 그은 것이 광주전남 지역문학이 중앙문학의 한 복판에 있게 하였다. 그리고 뒤이어 발행된 종합잡지 『호남평론』은 다수의 작자들이 참여하는 새로운 계기를 마련하였다. 해방기에는 목포예술문화동맹에서 발행한 『예술문화』를 통해서 신진작가들이 등장하였다.

한국전쟁기에는 『갈매기』와 순문학을 표방한 『신문학』, 1950년대 중반에 등장한 시동인지 『영도』와 『시정신』의 출현은 광주전남 작가들의 문학적 역량을 보여주기에 충분하였다. 그리고 1956년에 또 하나의 동인 '초점시동인'이 결성되었다. 초점시동인회의 회장은 김평옥, 부회장은 이경인이 맡았다. 이경인은 초점시동인의 결성 과정을 다음과 같이 정리하였다.

> 시를 즐겨 쓰고 차를 좋아하는 친구 몇 사람이 다방에 앉아 우연히 이루어졌는데 어느날 판문점다방에서 김평옥, 이경인, 임학송, 세 사람이 앉아 차를 마시다가 임학송이 불쑥 항상 만나서 커피만 마실 것이 아니라 시를 한 편씩 써 가지고 와 서로 돌려 읽어보고 토론도 해 보는 게 어떻겠느냐고 제안을 했다. 그래서 그게 좋겠다고 합의한 끝에 우리는 만나는 족족 시 한 편씩을 써 가지고 와 돌려 읽곤 했다.
>
> 그러던 어느날 이경인이 "이럴게 아니라 시 쓰는 친구 몇 사람 끼워넣어 시동인회를 만드는 게 좋겠다"고 발언을 하자 거참 좋은 생각이라고 찬동을 했다.[6]

'시를 즐겨 쓰고 차를 좋아하는 친구'들인 초점시동인은 "김평옥은 조선대 철학과 교수, 김악은 남전의 영업주임, 이경인은 『호남신문』 문화부장, 조성원은 서석초등학교 주임교사, 최인수는 고등학교 국어교사, 박석창은 『전남일보』 문화부장, 임학송은 조선대 대학원 국문학 전공 중, 고철은 호남신문사 기자"였다. 이경인은 '시 쓰는 친구 몇 사람 끼워넣어 시동인회를 만'들자고 한 장본인으로 초점시동인의 결성의 결정적인 역할을 하였다.

초점시동인의 발족을 기념하는 낭독회를 1956년 8월 10일 여의주다

---

6 위의 글, 33쪽.

방에서 문총전남지부와 재광 삼 신문사와 광주방송국 후원 아래 개최하였다.[7] 초점 시동인들은 '아카데미다방'에서 자주 만났으며 신성다방에서 시화전을 열기도 하였다.[8] 당시 '신성다방'은 박용철의 미망인인 임정희여사가 경영하고 있었으며 문인, 화가들이 드나드는 곳이었다. 시화전을 위해 그림을 그린 화가들은 오지호, 양수아, 박래현, 조복순, 강용운, 배동신, 박행남 등으로 당시 광주화단을 이끌었던 화가들이다.

시화전 작품 앞에서

이 시화전은 전남에서는 처음 열린 시화전이었지만[9] 신성다방의 벽을 다 메꾸고도 남을 정도였으며 시화전 작품은 모두 매진되었다.

> 鄕土文化의 暢達을 위하여 結合된 초点詩同人은 첫째 生命의 價値追求를 위한 하나의 烽火라고 할 수 있다. 오로지 人間을 위한 實存의 感激을 가지고 矛盾에의 抗拒와 不退轉의 藝術魂을 문자 그대로 「초점」에 集結시켜 微力이나마 굳굳이 精進할 姿勢를 갖추고 있는 것이다.[10]

---

7 『전남일보』, 1956.8.9.

8 이 시화전은 『전남일보』 주최, 광주사범대학 후원으로 추진되었으며 그림은 광주사범의 김인규가 맡아주었다는 이해동의 회고와 그림은 각자 알아서 해결하기로 하였다는 이경인의 회고에 다소의 차이가 있다. 그리고 이경인은 초점시동인회의 시화전으로 회고한 반면 이해동은 『호남신문』을 그만두게 되어 고별시화전을 연 것으로 회고하고 있다. 이런 차이에도 불구하고 시화전이 신성다방에서 열린 것은 분명한 사실이다.

9 광주전남출신의 문인들이 연 최초의 시화전일 수는 있으나 이미 1956년 7월 16일부터 1956년 7월 23일까지 군산의 토요동인 주관, 호남의 삼 신문사의 후원으로 자매다방에서 열린 적이 있다. 군산에서 전시한 후 순회전시를 한 것이다. 「시화전에 화제 집중」, 『전남일보』, 1956.7.18 참조.

10 김평옥, 「새로운 文學精神의 武裝 : 초点同人詩畵展에 際하여」, 『전남일보』, 1956.9.30.

'향토문화(鄕土文化)의 창달(暢達)을 위하여' '생명(生命)의 가치추구(價値追求)를 위한 하나의 봉화(烽火)'가 되고자 했던 초점시동인은 '인간(人間)을 위한 실존(實存)의 감격(感激)을 가지고 모순(矛盾)에의 항거(抗拒)와 불퇴전(不退轉)의 예술혼(藝術魂)'으로 시화전을 열었다. 그것을 계기로 1958년 가을 '초점시동인'[11]은 전북의 '전북시인회'와 공동으로 황금동 콜박스 아래의 '2호실다방'에서 합동시화전을 개최하였다. "이 시화전에는 전북 대표로 고은 등이 참여했으며 전남 대표로는 이해동, 이경인, 최인수, 김평옥, 김악, 임학송, 박석창, 김현석, 고철 등 모두 20여 명이 40여 점의 작품을 출품하여 대성황을 이루었다." 초점시동인의 시화전이 문단사에서 중요한 것은 이후 대학이나 중고등학교에서 하나의 문화행사가 되는 이정표 구실을 하였다는 것이다.

이경인은 초점시동인을 결성할 당시에 시평을 곁들이자고 한 것에서 확인되듯이 그는 이미 시작에 전념하고 있었다. 그의 시창작 활동은 1949년 『호남신문』에 「가자 푸른 하늘로」를 발표하면서부터인데 첫 작품은 확인하기 어려웠다. 초점시동인으로 소속을 밝히면서 신문지상에 발표한 시 「구월(九月)」은 다음과 같다.

八月의 苦된 絶頂을 넘어선
廻轉의 角度진 線上에선

尺度할 수없는 높단 고비

11 "초점시동인들의 시 경향은 대체로 정서가 담긴 순수한 것이 못되었다. 부조리한 세태를 풍자하는 어쩌면 반사회적이요, 현실비판적인 측면이 농후했다." 이경인, 앞의 글, 94쪽.

上空를 向하여

나무 가지에 앉었던 季節風이

날개를 폈다가 접어 보기도 하고

접었다간 다시금 펴보기도 한다

부풀대로 부풀어

情熱이 엉켜버린 太陽은

異性의 거미줄에 얽힌 하늘과 對決해본다

훈氣 먹음은 바람결에

指標없이 내디딘 걸음…

'삘딩'이 角진 十子路에서 발을 멈추면

철을 좇는 멋진 '넥타이'와

하늘色 바탕에 곱게 무늬진 '스카-트'가 視覺의 초点를 겨루는

'아트팔트'포道-

아쉬움에 겨운 가슴마다엔

구김살 없는 無風地帶에의 未練이 있는데

낮에는 햇볕이 '커틴'을 치고

밤에는 窓門이 '커-틴'을 친다

날이 겹칠수록

영글어 가는 벼이삭 처럼
머리도 한쪄 살쪄 가야겠는데

神經이 벌 떼 같이 번거러운 대낮과 孤獨에 휘감겨 헤어날 수 없는채
몸부림치는 밤이 있고

제 멋대로의 삶의 領域에선
律文으로도 어쩌지 못하는 季節風속에 뻗힌 生命線-
生活의 信號燈이 明滅하는 瞬間이 있다

—「구월」 전문[12]

그의 시작 노트의 첫 장에는 쉴러의 "시인(詩人)은 만물(萬物)의 질서(秩序)를 표현(表現)하고 상상(想像)하는 영원(永遠)의 철학자(哲學者)이다"라는 구절이 있고 다음 장에는 휘트먼의 "난 나대루다. 난 나대루 그만인 것이다"는 구절이 있다. 그리고 세 번째 장에는 "문학(文學) 시(詩)는 오늘로부터 내일(來日)을 상상(想像)함으로써 새로운 현실(現實)을 창조(創造)하는데 그 생명(生命)이 있다"는 그의 글이 있다. 이것이 바로 이경인의 시론이다. '새로운 현실을 창조'하는 것만이 시의 생명이라고 본 것이다. 곧 현실과 타협하지 않은 시정신을 갖는 것을 시인의 사명이라 여긴 것이다. 그래서 "통문(通文)이 막힌 언어(言語)가 / 쓰기레

12 『전남일보』, 1956.9.12.

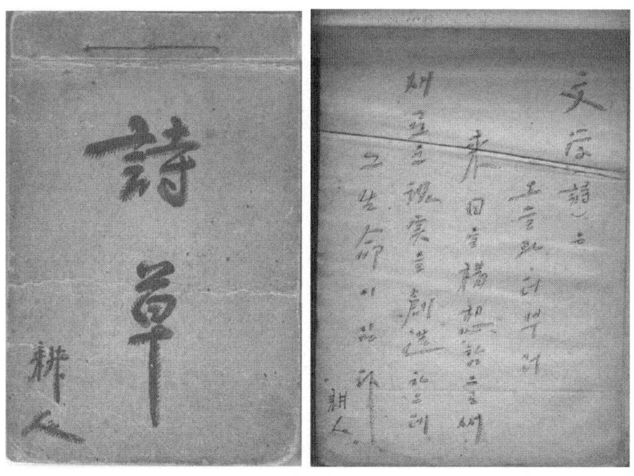

육필 시작노트

모양 사문화(死文化) 되는 터전에 / 진정 새겨야 할 / 비문(碑文)이 있을는지도 모른다"(「비문(碑文)」)는 각오로 시를 썼다.

그가 쓴 시가 얼마나 되는지 정확하게 파악되지는 않지만 시집 『생명(生命)의 분류(奔流)』에 실린 30편과 『호남신문』과 『전남일보』, 『전남매일신문』에 발표한 작품들을 망라하고 그가 남긴 노트의 미발표 원고를 포함하면 100여 편은 상회할 것으로 추정 된다.

이경인이 육필노트에 남긴 「귀향(歸鄕)길」을 옮겨 낭독해 보는 것으로 시세계의 일단을 가늠해 보기로 하자.

어느덧 두 돌

하늘은 愁心을 지녔기에

궂은비 부슬부슬 나려

구겨진 心情에

默默히

푸른 물결 밟던 이 길

오고가는 季節이

뭇 달과 해는 겹쳐

늦은 봄바람 햇살을 받으며

이제 다시금

되돌아 밟는다

꿈에만 오고가는

憧憬의 나래

이제 깃을 펴느니

잠겼던 마음

追憶도 새로워라

水深처럼

懷抾에 잠긴 潛想은

연달아 이은 필림인양

노삼 끊길 줄을 모르는데

딧는 발자국 물가에 멀고

흙냄새 풍기는 뭍이 닥아온다

—「귀향길」 전문

4. 언론인에서 시인으로, 수필가로

그는 가장 먼저 시를 썼고, 기자가 되었으며, 수필을 썼으니까 어떻게 보면 이력이 특이한 것은 아닐 수도 있다. 그러나 여러 장르를 넘나든다는 것이 쉬운 일이 아니고 보면 그의 글쓰기는 특별한 것이다. 언론인이었던 그가 수필을 쓴 것은 아주 자연스러운 것이었다. 그의 수필은 그가 쓴 시론이나 사설들과는 다름없는 언어였다. 객관의 언어를 잘 다스리는 그에게 수필은 그리 어려운 일이 아니었을 것이다. 그의 수필은 일상생활과 관련한 것들이 많다. 그의 곧았던 성품과도 관련이 깊고 할 수 있다. 다음의 글은 그의 생활철학을 반영하고 있다.

거짓은 죄악과 상통한다. '참됨'이 그 위에 칠해서는 안 되는 순수한 보석이라고 한다면 거짓은 양가죽 속에 이리가 있는 격으로 겉으로 꾸며져 있기 때문이다. 거짓이 뒹굴고 죄악이 판을 치는 사회는 멍들고 병들고 만다 (…중략…) 그런데 현실면에서 보면 더러 불가사의한 것이 있다. 참된 사람이 잘 돼야 하고 잘 살아야 할 터인데 그러질 못하고 참되지 못한 사람 중에 잘 되고 잘 사는 사람이 있다. 우리의 상식으로는 선인(善人)이 반드시 번영하고 악인(惡人)이 반드시 망해야 옳겠는데 현실은 그렇지를 않고 모진 짓을 하고 남의 지탄을 받는 사람이 권(權)과 재(財)를 누리고 지내는 경우가 있는 것이다.

특히 재를 가진 무리 중에 그런 류의 인간이 많이 있음을 본다. 인정사정 모르고 수단 방법을 가리지 않기 때문에 그런 것일까. 그래서 인과응보론(因果應報論)을 주장하는 사람은 천도도 없는 것일까 하고 개탄을 하기도 하는데 그런 사회가 결코

건전한 사회일수는 없는 것이다.[13]

그의 수필은 참된 것을 지향하는 것에 있다. 곧은 성품처럼 불의를 보지 못하고, '우리가 바라는 참된 사회를 구현하려면 거짓말이 없어야 하고 그러기 위해서는 거짓말 안하는 국민'이 될 것을 주장하는 데에서 확인된다. '참된 사람이 잘 돼야 하고 잘 살아야할 터인데 그러질 못하고 참되지 못한 사람 중에 잘 되고 잘 사는 사람이 있다'는 것을 지적하면서 건전하지 못한 세태를 꼬집기도 한다. 수필처럼 그는 생활도 철두철미하게 바른 생활을 하였다. 그래서 아래와 같은 글을 쓸 수 있는 것이리라.

비근한 예로 내 재물을 남에게 빼앗기기를 원치 않는다면 나도 남의 재물을 뺏지 말아야 한다는 것이다. 사람 저마다가 이같은 논리를 실천해 나간다면 그야말로 분쟁도 범죄도 없는 평화롭고 자유스러운 이상적인 인류사회가 이루어질 것이다. 한쪽은 남의 것을 빼앗으려 들고, 다른 한쪽은 뺏기지 않으려는 데서 싸움이 벌어진다. 이래서 질서가 파괴되고, 세상이 혼란해지는 것이다. (…중략…) 나를 미루어 남을 생각한다면 나만을 위해 남의 재물을 빼앗거나 해를 끼치는 인륜을 배반한 비인간적인 작태나 범죄는 사라질 것이다. 개인간의 분쟁 국가간의 전쟁 같은 것도 없어짐으로써 공존과 평화가 있는 이상적인 인류사회가 형성될 것이기 때문이다.[14]

---

13 이경인, 「참과 거짓의 虛實」, 『그날의 氣流』, 세종출판사, 1983, 22~23쪽.
14 이경인, 「공자의 서(恕)사상」, 『광주문학』, 1999, 250쪽.

공자의 '서(恕)'에 애착을 갖는다는 이경인은 '나를 미루어 남을 생각한다'는 공자의 '서(恕)'야말로 '악'을 몰아내는 으뜸 여기고 있다. 즉 내가 원치 않는 것은 남에게도 베풀지 말아야한다는 '서'처럼 이경인의 수필도 '참됨'의 가치가 어디에 있는지를 늘 되묻게 한다. 그가 엮은 『삶의 바른 길』도 "동양사상(東洋思想)의 꽃이라고 할 수 있는 윤리(倫理), 도의(道義), 예절(禮節)을 중심(中心)으로 옛 성현(聖賢)과 철인(哲人)의 가르침을 재조명(再照明)해서 현대인(現代人)을 그 광망(光芒)속에 향도(嚮導)하기 위하여"[15] 『소학』, 『대학』, 『논어』, 『맹자』, 『중용』에서 가장 근간이 되는 구절들을 번역하여 삶의 참된 가치가 무엇인지를 알게 한다. 그의 수필이 도덕 교과서를 읽는 듯한 착각을 일으키는 것은 어쩌면 당연한지도 모른다. 그의 생활은 도덕 교과서처럼 반듯하여 정해놓은 규율을 벗어난 적이 거의 없었기 때문이다. 경제적으로 어려운 시절에도 정해놓은 규범 안에 있었다.

> 초창기에서부터 그 말기에 이르기까지 대부분의 참된 언론인들은 말할 수 없는 낮은 봉급으로 한 집안의 유지는커녕 일신의 운신조차도 어려운 여건 속에서 꿋꿋하게 제자리를 지켜오며 오로지 그 사명만을 보람과 긍지로 삼고 한 시대를 넘겨온 곧은 심지는 이 지방 언론사 속에서 크게 그리고 높이 찬양되어야 할 부문이라고 할 것이다.[16]

언론인의 경제적 현실을 엿보게 하는 이 글처럼 이경인도 마찬가지

---

15 이희승, 「五書의 핵만 간추린 역작」, 『삶의 바른 길』, 교문출판사, 1984.
16 광주전남언론인동우회, 『광주전남언론사』, 삼화문화사, 1991, 179쪽.

로 '낮은 봉급'이었다. 적은 봉급으로 체면을 유지하기도 어려운 시절이었으나 정년퇴직할 때가지 언론인의 자리를 지킨 것은 '서'의 실천이었다. 그의 아들 이강세가 "나는 아버지 덕분에 남보다 많은 글을 읽었다. 그러나 나는 아버지 때문에 신문기자가 되지 않겠다고 굳게 마음을 먹었다. 늘 경제적인 문제로 힘들어하는 아버지를 보았기 때문이다"고 술회하면서 "그럼에도 누군가에게 기댄다거나 본인이 정한 규범을 벗어나는 생활을 한 적이 없었다"고 한 것에서 삶과 글이 표리부동하지 않았다는 것을 확인할 수 있다.[17]

한 집안을 이끌어야 하는 가장의 어깨는 늘 무겁기 마련이다. 일찍 양친을 여윈 이경인의 가장으로서 무거웠던 어깨는 호남신문사에 재직하였을 당시의 환경을 들여다보면 어느 정도였는지 가늠할 수 있다. 요즘 현실로는 짐작하지 못할 만큼의 봉급이었던 것이다. 그것이 그의 마음을 고향으로 향하게 하였을까. 고향에서 자연과 더불어 청아한 은일의 삶을 살고 싶었을까. 그래서 이름도 바꾸고 호를 '청은(淸隱)'이라 하였는지도 모른다.

이경인은 시집 『생명(生命)의 분류(奔流)』외에 시론과 수필집 『그날의 기류(氣流)』[18]가 있으며 편역한 『삶의 바른 길』[19]과 『바른마음 바른행실』,[20] 번역서인 『두뇌가 건강해야 오래산다』[21] 등이 있다. 그의 삶은 평생을 글쓰기에 바친 셈이다.

---

17 그럼에도 불구하고 이경인의 장남인 이강세는 광주 MBC방송국의 문화부장으로 재직하고 있다. 결국 이강세도 보이지 않게 이경인의 영향을 받은 셈이 되었다.

18 이경인, 『그날의 氣流』, 세종출판사, 1983.

19 이경인, 『삶의 바른 길』, 교문출판사, 1984.

20 이경인, 『바른마음 바른행실』, 교문출판사, 1988.

21 오오토모 에이이치[大友英一], 이경인 역, 『두뇌가 건강해야 오래산다』, 동원출판사, 1995.

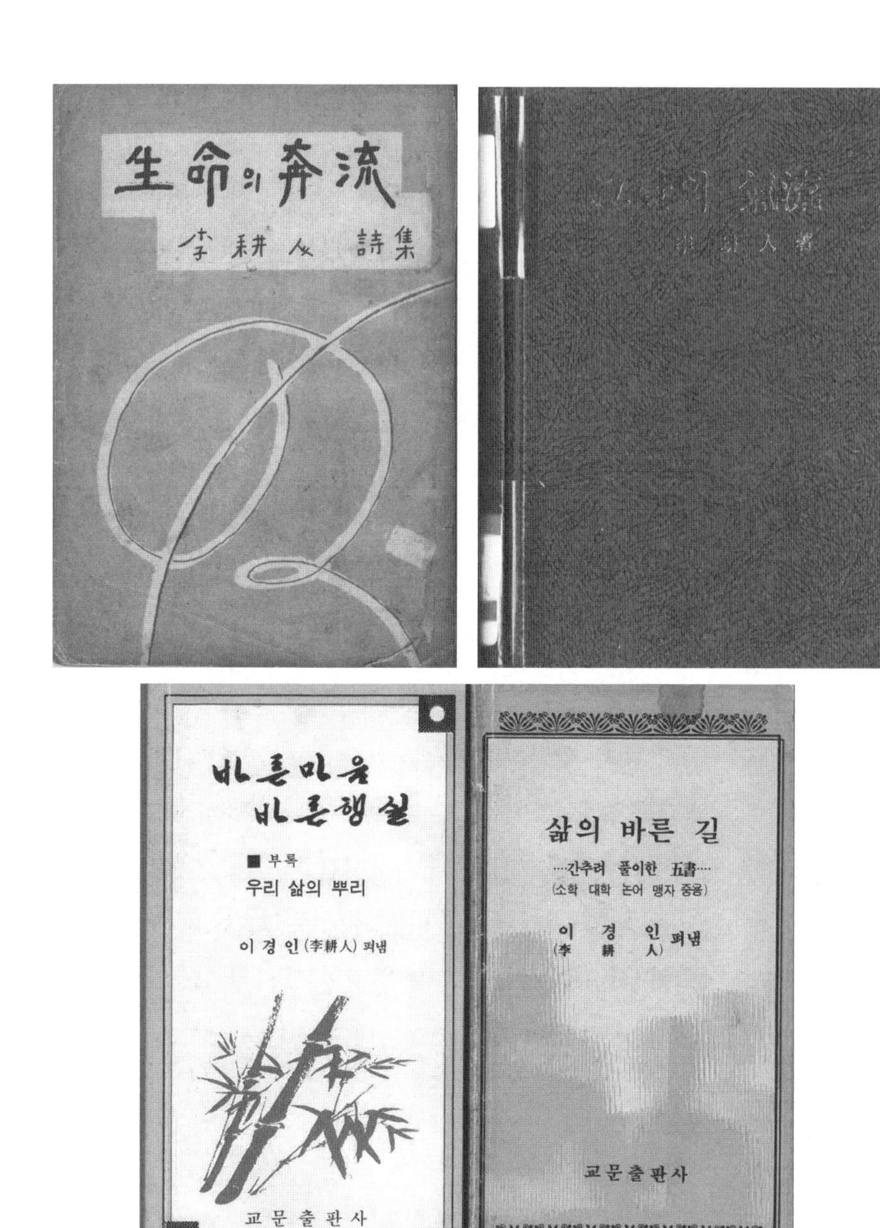
生命의 奔流
李耕人 詩集
바른마음
바른행실
■ 부록
우리 삶의 뿌리
이 경 인(李耕人) 펴냄
교 문 출 판 사
삶의 바른 길
…간추려 풀이한 五書…
(소학 대학 논어 맹자 중용)
이 경 인
(李 耕 人) 펴냄
교문출판사

작품집과 편저들

5. 나오며

이경인은 언론인으로, 시인으로, 수필가로 일생을 오로지 글을 쓰는데 바쳤다. 그가 쓴 글뿐만 아니라 그가 지역문단의 숨은 공로자였다는 것을 잊으면 안 되리라. 전면에서 자기를 내세우기보다는 뒤에서 조용히 그러나 적극적으로 작가들의 작품을 연재하고 릴레이를 통해 창작의 활성화를 기여했다는 사실은 지역문단을 튼튼하게 키운 텃밭이 되었으니 말이다.

그가 주로 언론에 몸을 담고 있어서 언론사에서는 언론인에 초점을 맞춘다. 문학인들은 문학가에 더 초점을 두고 논한다. 특히 생애 후기에는 수필에 역점을 두었기 때문에 수필가의 위치에 무게중심이 있다. 그래도 수필가로 더 활발하게 활동하였다고는 하지만 그의 문학적 출발은 시였다는 점도 간과하면 안 되리라. 끝없이 펼쳐진 칠산바다와 함께 "등대같은 생명을 머리에 인채 / 시간을 머금고 공간을 조각"(「비(碑)」)하고 있을 그는 지금도 헤아릴 수 없는 조기잡이 배들을 잉태하고 있을 바다와 함께 시를 쓰고 있을 것이다. 그의 고향인 영광의 백수해안도로 노을정 앞에 '칠산(七山)바다'가 시비로 서서 또 하나의 풍경을 이루고 있는 이유이다.

동이트면 질펀히 열리는 하늘가 펼쳐 오르는 水平

밝은 햇빛 머리에 이고 汪洋한 물굽이 위에

오늘도 默默히 시문을 새기는 七山바다……

太古로부터 흘러온 먼 역사 굽어진 발자국을

내 어찌 日記처럼 銘心하랴 날이 개이면……

視野에 點綴되는 뭇섬 뭇섬들과 더불어 順風에 돛단

帆船들로 누벼지는 風波를 굽어보고

철이면 철따라 열리는 寶庫 孕胎 時期 가슴 열리면

이루 헤아릴 수 없는 조기잡이 배들의 氾濫

—「칠산바다」 전문

제8장

동화로 여는 세상, 못다 부른 노래,

동화작가 정태병

1. 들어가며

광주전남 지역의 문학은 한 가지로 설명할 수 없는 다양하고 다채로운 모습을 띠고 있다. 특히 아동문학사는 광주전남 지역 작가의 문학사적 탐색에 허점을 노정함으로써 문학사에서는 소외되어 왔다. 목일신이나 김태오의 경우가 그러했으나 목일신은 『목일신전집』을 통해 그 위치를 찾아가고 있는 중이고, 조만간 김태오의 작품들도 엮어져 자리를 잡아가게 될 것이다. 아동문학사에서 소외된 또 한 명의 작가, 그는 동심으로 세상을 바라보고 그 동심으로 이야기를 썼다.

일제치하 서울의 변방이었지만 그럼에도 불구하고 '호남의 이상향'

이라 불리며 민족운동이 가열차게 진행된 고장, 백제불교의 도래지이며 바다와 염전과 굴비로 시장이 활성화되어 다른 고장에 비해 경제적으로 부유했던 곳, 덕분에 일본과 서울로 유학을 떠난 학생들이 많았던 곳, 유학생들은 방학이면 귀향하여 야학을 열고 문예와 연극과 음악과 체육을 지도하면서 문맹퇴치에 앞장섰고 민족의식을 키워내기에 바빴던 곳, 철저하게 민족의식으로 무장한 지역, 그곳이 바로 영광이었다.

영광은 시문학사에서 시인 조운의 고향으로 호명되는 곳이지만 사실은 많은 작가들의 고향이다. 시인 조남령, 시인 조의현, 수필가 조희관도 영광출신의 작가들이다. 이들은 일제가 치안유지법위반 등으로 항일 민족운동가들을 '영광공산당사건'을 조작한 일명 '영광체육단사건'으로 옥고를 치르거나 재판을 받기도 하였다. 일제치하에 순응하는 삶을 거부한 이들은 과연 '호남의 이상향'에 살만한 자격을 가졌다. 여기에 그동안 호명된 적 없는 한 사람이 더 있다. 그는 동화작가 정태병이다.

정태병에 대해서는 알려진 것이 거의 없다. 공식적으로 언급한 것은 정종의 『고향(故鄕)의 시인(詩人)들과 시인(詩人)들의 고향(故鄕)』[1]에 「우정 정태병과 한편의 시」라는 짧은 내용과 『내가 사랑한 나의 삶』[2]에 파편적으로 언급하고 있는 것이 전부다. 그러나 정태병은 그렇게 간단하게 정리할 수 있는 인물은 아니다. 정태병은 어린이들을 위한, 어린이들의 이야기를 썼다. 그리고 그것을 확장해나갔다. 그는 과연 무엇을

1 정종, 『故鄕의 詩人들과 詩人들의 故鄕』, 동남풍, 1995.
2 정종, 『내가 사랑한 나의 삶』 상 · 중 · 하, 동남풍, 1999.

정태병

위해, 무엇을 바라며 서슬 푸른 시절을 동심과 함께 걸었는지, 그동안 전무하다시피 했던 그의 행적을 따라 의미들을 짚어보기로 한다.

2. 고향, 영광을 그리움으로 묻어두고

정태병(鄭泰炳, 1916.8.15~?)은 1916년 8월 15일 전라남도 영광군 영광면 백학리 39번지에서 아버지 정동안(鄭東安)과 어머니 김안(金安) 사이에서 2남 3녀 중 장남으로 태어났다.[3] 정태병의 호는 우정(友汀)이다.

---

3 2남 3녀 중 남동생 정태영은 전주농업학교 교사였는데 한국전쟁 중 일가족이 모두 사망했고, 여동생 3명 중 2명은 생존해 여수와 부산에 거주하고 있다.

그의 작가로서의 삶 이전의 행적은 정종의 기록과 저자가 만난 정태병의 장녀인 정홍(鄭弘)의 기억과 자료들을 토대로 행적의 대강을 정리하면 다음과 같다.

정태병은 영광보통학교를 졸업하였다. 정태병의 부친 정동안이 일찍 세상을 등지는 바람에 상급학교에 진학할 수도, 유학을 갈 수도 없었다. 정동안의 동생인 정동희(鄭東熙)가 정태병을 영광공립보습학교에 다닐 수 있게 도와서 1930년 2월 영광공립보습학교(현 영광중학교) 2회로 졸업하였다. 그리고 영광에서 '풀잎사'라는 서점을 경영하였다.

정태병의 숙부인 정동희는 영광에서 상점을 운영하였는데 정종의 부친이고, 조선식량영단 영광출장소 소장이었던 정동은(鄭東殷, 1898~1965)도 정태병의 숙부였다. 시인 조운이 '영광체육단사건'으로 출감한 후 조선식량영단에 근무할 수 있게 한 인물이 정동은이었다. 정태병의 숙부들은 영광지역의 유지들로 정태병의 후원자들이기도 했다.

민족운동이 활발하게 전개되던 영광에 '영광체육회'가 있었다. '영광체육회'는 많은 종목의 전국대회들을 개최하였고 전국에서 많은 사람들이 영광으로 모여들었다. 이를 예의주시하던 일경은 영광에서 하나의 사건을 조작하였다. 그것이 영광공산당사건, 일명 '영광체육단사건'이다. 그 사건의 주동자로 시인 조운과 위계후가 지목되었다.

작년 팔월경 전남영광군내 모종의 비밀결사사건을 탐지한 영광서에서는 그비밀리에 활동을 개시하야 모모청년을 대량적으로 검거한 후 이래 구개월동안이나 엄중한 취조를 하여오든바 지난달 오일 목포지청검사국 궁정사상검사가 영광서에 출장취조로 일단락을 마친 전기사건은 지난오일 공범 일백삼십일 명중 주범 조주현(39)의 이십삼 명만 일건서류와 함께 목포지청검사분국으로 송치되엿다는 바 죄명은 치안유지법위반 내란죄 폭력향위 등 취체에 관한법률위반 보안법위반 육군형법위반 등 죄명으로 기소되였다하며 피의자들은 조주현 위계후를 지도자로하야 동지를 규합하는 동시에 주의선전에 암약하든사건으로서 구개월동안 취조서류만 일만육천페지에 달하고 증거서류는 석유궤으로 육개나되는 근래에 보기드문 대사상사건이라하야 세인의 주목을 이끌고잇다[4]

피의자 신분이 된 시인 조운과 위계후를 비롯한 23명과 함께 9개월간의 취조를 거친 검찰에 송치되었을 때 정태병의 나이는 23살이었다.[5] 정태병은 치안유지법위반의 혐의 없음으로 1938년 5월 16일 석방되[6]어 다시 서점 '풀잎사'를 운영하였고, 영광학원의 교사였던 박태엽의 딸인 박세보(朴世輔)와 1941년 결혼하여 1남 2녀를 두었다.[7] 결혼을 즈음하여 정태병은 영광읍사무소에 근무하게 되었고 그곳에서 해방을 맞았다. 그가 영광읍사무소에 근무한 것은 일본의 강제징집을 피하기 위해서였다고 한다.

정태병은 광복 1년 후인 1946년 4월부터 광주의 호남신문사에서 지방부장으로 발령을 받아 약 1년간 재직[8]한 것으로 추정된다. 그리고

4 『동아일보』, 1938.5.8.

5 『동아일보』, 1938.5.8.

6 「광주지방법원 목포지청 판결문」, 1938.5.16 참조.

7 장녀 정홍에 의하면 정태병의 부인 박세보는 영광으로 피난을 내려온 후 다시 서울로 올라가지 않고 정착하였다. 박세보는 정보원들의 괴롭힘에 정태병과 관련한 모든 자료는 불태워 없애버렸다고 한다. 정태병의 장녀 정홍(鄭紅)은 광주에, 차녀 정련(鄭姸)은 익산에 거주하고 있으며 장남인 정달(鄭달)은 결혼도 하지 않은 젊은 나이에 사망하였다. 정태병과 헤어질 때 장녀 정홍은 8살, 차녀 정련은 5살, 장남 정달은 3살이었다.

8 광주언론인동우회, 『광주전남언론사』, 1991, 160~162쪽.

는 광주를 떠나 온 가족이 서울로 이주하여 용산에 거주하였다. 서울에서도 신문사에 근무하였다고 하나 확인이 되지 않는다. 그가 문학단체에서 활동한 일부분이 확인되고 있다. 그는 소년운동자 제2차 간담회에서 '조선소년운동의 금후 전개와 지도단체조직'과 '어린이날' 준비를 논의하였고, 조선소년지도자협의조직을 목표로 각 방면을 망라한 조직준비위원으로 선정되었다.[9] 그리고 조선문학가 동맹 아동문학분과 위원으로 활동하였다. 문학가동맹 광주지부가 창립될 때 조선문학가동맹의 대표성을 띠고 광주에 내려오기도 하였다. 한국전쟁이 발발하자 서울 용산에 거주하고 있었던 그는 전쟁 상황을 살피러 나갔다가 돌아오지 않았다. 가족들은 정태병을 기다리다 고향인 영광으로 피난을 내려왔다. 전쟁 상황을 살피러 나갔다던 정태병은 북에서 종군작가로 내려온 조운과 함께 월북한 것으로 추정된다. 이상이 정태병이 남쪽에서 살았던 대강의 여정이다. 덕분에 고향에 남은 가족들은 연좌제와 정보원들의 감시를 받아야 하는 신세가 되면서 그가 읽었던 책들과 육필원고는 모두 불쏘시게 되어 사라지고 말았다.

---

9 『동아일보』, 1947.2.14.

3. 동심으로 꿈꾼 세상, 동화작가의 길

> 우리는 유년과 소년시절을 친형제 이상으로 다정하게 보냈다. 그런데 사변 중에 나는 광주에, 아우는 서울에 살고 있었다는 것과 여러 가지 인연이 겹쳐, 북으로 갔으므로, 30대 중반 이후론 우리의 유다른 우정관계도 뚝 끊어지고 말았다. (…중략…) 우정은 일제말기 그러니까 한글이 말살되고 문학이 숨을 죽이고 있을 때에도 그 정열과 중단을 모르는 그 성향도 가편(加鞭)하여, 일어를 빌어서나마, 동요를 짓고 동화를 쓰곤 했다. 물론 뾰족한 발표 기관이나 기회가 있는 것도 아니건만, 단지 창작활동을 멈추지 않으려는 일념에서였을 뿐이라서, 완성된 작품을 으레 나에게 보여주곤 했다. 그때마다 아우의 문재(文才)가 발군적임과 시적 구성력의 출중함이 내가 감히 따르지 못할 것을 확인하곤 했다.[10]

윗글은 정종의 정태병에 대한 회고이다. 분명한 것은 일제치하에서 동요와 동화를 습작하였다는 것이고, 정종의 회고 중 '북으로 갔'다는 것, '동화를 쓰곤 했다'는 것이다. 그러나 기억이란 때로는 자기중심으로 정리되고 저장된다. 때문에 '뾰족한 발표 기관이나 기회'가 없었다는 정종의 기억은 사실이 아니다. 정태병은 1939년『매일신보』신춘현상공모에 동화가 일등으로 당선되었고, 이후에도 여러 편의 동화를 발표했기 때문이다.

정태병이 문단에 등장하게 된 것은 1939년 1월『매일신보』신춘현

10 정종,「우정 정태병과 한편의 시」,『故鄕의 詩人들과 詩人들의 故鄕』, 동남풍, 1995, 203쪽.

新春懸賞文藝作品當選發表

短篇小說

入選一篇(賞金五拾圓) 『朴寡婦』 全南光城郡北二面四街里 金東圭

佳作一篇(賞金參拾圓) 『山神靈』 陝川海印寺私立海明學院 崔仁旭

戲曲

佳作一篇(賞金參拾圓) 『北方에서온消息』 京城本町四五二ノ十二 金銀在方 金貞淑

詩歌

★新詩

入選第一席(賞金 拾圓) 『山峽祭』 淸津府北星町山 金東奎

入選第二席(賞金五 圓) 『新婚의밤』 平南中和郡唐井面後寺橋里 朴承懿

入選第三席(賞金參 圓) 『消息』 京城嘉會町四丁目二九二ノ三五 李山

★時調之部

入選一篇(賞金拾 圓) 『古城터에서』 京城長谷川町一一三 姜永淑

★流行歌

入選第一席(賞金 拾圓) 『알루江뱃노래』 新義州霞町六ノ一 安亨凌

入選第二席(賞金 五圓) 『頌春曲』 住所未詳 南洋草

童話

入選二篇(賞金各拾圓)

『一男의그림』 全南靈光邑內白鶴里 鄭泰炳

『奇術團의사내아해』 京城[illegible]町 李重完

漢詩

『題新年韻庚部字』

甲一人(賞金 拾圓) 慶北聞慶郡山西面大下里 黃義弼

乙二人(賞金各五圓) 京城[illegible]町四五ノ三八 宋炳星 / 全北[illegible]里 朴龜魯

丙三人(賞金各參圓) 元山[illegible] 鄭鳳奎 / 京城龍頭町一四六ノ一 沈相[illegible] / 和順郡二西面[illegible]里 張權洙

兒童作品

★習字之部

甲(賞金 參圓) 開城滿月公立尋常小學校 第四學年 朴龍[illegible]

乙二人(賞金各貳圓) 慶南固城郡永吾公立尋常小學校 第三學年 徐源甲 / 忠北永同郡黃澗里尋常小學校 第二學年 徐末[illegible]

丙三人(賞金各壹圓) 慶北[illegible]郡[illegible]公立尋常小學校 第五學年 徐道煥 / 全南[illegible]郡[illegible]簡易學校 第二學年 丁[illegible] / 大峙公立尋常小學校 第三學年 丁起[illegible]

★圖畫之部

甲(賞金 參圓) 忠北淸州郡[illegible]町公立尋常小學校 第四學年 金鳳吉

乙二人(賞金各二圓) 京城[illegible]仁尋常小學校 第五學年 金[illegible] / 慶北漆谷郡倭館巴山公立尋常小學校 第二學年 鄭羽[illegible]

丙三人(賞金各壹圓) 忠北堤川第二公立尋常小學校 第五學年 金[illegible] / 慶南[illegible]邑內公立尋常小學校 第四學年 金進錫 / 京城[illegible]學校 第三學年 禹仁順

★作文之部

甲(賞金 參圓) 京城[illegible]洞公立尋常小學校 第二學年 朴[illegible]熙

乙二人(賞金各貳圓) 慶南陝川第一公立尋常小學校 第六學年 金德順 / 京城老姑山町九九ノ六 朴南[illegible]

丙三人(各 壹 圓) 海州郡正內公立尋常小學校 第二學年 權明淑 / [illegible]公立尋常小學校 第三學年 吳[illegible] / [illegible]公立尋常小學校 金[illegible]

토세傳說

入選二篇(賞金各拾圓)

『토끼畵像』由來 京城內資町二〇一 [illegible]

討智譚 京城[illegible]町 金[illegible]

規定

一、入選者로서住所未詳인분은 一月十日以內에 本社學藝部로 通知할것

一、賞金은二月末日을期하야 一齊發送함

一、入選못된原稿는 一切返還치안사오며 質疑에應하지 안습니다

每日新報社學藝部

『매일신보』 신춘현상 문예작품 당선발표

상공모에 동화 「일남(一男)이의 그림」이 당선되면서부터다. 신춘현상 공모 당선작인 「일남이의 그림」은 총 4회(1939.1.15~1.19)에 걸쳐 『매일신보』에 연재되었다. 그에 따라 정태병은 광주전남 최초의 동화작가가 되었으며, 「일남이의 그림」은 광주전남 지역 최초의 동화가 되었다. 아직까지 확인한 바에 의하면 그러하다. 그는 조선총독부의 기관지였던 『매일신보』를 통해 등단하였지만 발표한 동화는 '임금님'의 존재를 드러냄으로써 조선의 건재함을 과시하고자 하였다. 조선의 동화를 썼던 것이다. 그는 동화 당선 상금으로 10원을 받았다.

광주전남 최초의 동화인 「일남이의 그림」은 '남쪽 바다에 가까운 어느 고을'의 유명한 화가인 일남이의 아버지 석산어른이 임금님으로부터 '비단평풍'을 하사받으면서 시작된다. 동네 사람들은 동네의 경사가 났다며 그를 우러러보며 존경하였다. 그런데 석산어른의 장남인 일남이는 열을 가르쳐주면 겨우 하나를 알까말까 하는 바보였기 때문에 늘 근심이었다. 그래서 동생 이남에게 그림을 가르쳤는데 이남이는 제법 그리는 시늉을 하였다. 덕분에 일남이는 매일 산에 올라 나무만 해야했다. 나무를 적게 해오면 "나무나 만히 해오라니까 왜 오늘은 나무를 적게 해왓느냐 어대서 낫잠이라도 잔게로구나 차라리 그럴테면 집에서 나가거라"는 등의 구박을 받는 나날이 지속되었다. 그럴 때면 일남이는 산에 올라 그림 땅바닥에 그림을 그리는 것으로 마음을 달래었다. 다음과 같이 말이다.

그래 일남이는 퍼런하늘로 푸르르 나는 새를 바라볼때면 소나무가지를 썩거점이라도 쑥하나찍어 새의모냥을 그려보기도하고 멀리 들판을 건너 앗득하게보히는 산봉우리의 모냥도 푸른하늘에대고 ᄭᅩ불ᄭᅩ불 구비 흘러 흘으는 푸른 강물의 모냥도 구불구불하게 잔디에 그어도보며 동생이남이의 그림그리는 흉내를내보앗습니다

이러케 날마다 바보일남이는 뒷동산에 지게를 질머지고와서 나무를 솔폭밋에서 한우쿰두우쿰 글거모흐다가도 엽헤 널따란 바위가잇스면 생각난듯이 돌맹이들 집어들어 산의 모냥도 ᄭᅩ불ᄭᅩ불 구비저흘러가는강의모냥도 구불구불 기다라케그어보고 그리고 해의 모냥도 둥글둥글 그려보면서 그대로 서러워지기도햇습니다

일남이는 이렇게 온갖 서러움을 그림을 그리면서 달래었다. 그러던 어느 날, 나무를 조금밖에 해오지 않았다고 "이 바보야 바보야 밥만 한 그릇씩 퍼먹고 나무 한지게 못해가지고 들어오니 어는 뭣할태냐 이 바보야 차라리 이놈 나가거라 이바-보녀석아!" 하는 어머니의 구박에 참아왔던 분노는 폭발하고 만다.

분에 못이겨 쌔근〈하는숨소리로 방문을 덜컥 열엇습니다 그랫더니 방안에는 아무도업고다만넓은 방에 비단 평풍이 번쩍〈빗나게 방에 펴잇스며 엽헤는방석만한벼루에 짜만먹이홈썩 그리고 커다란붓만이가루 노혀잇슬짜름이엿습니다

이것을본 바보일남인는 참지못하는 분통에 그만

'애라 점사나부리고 나가버리자'

하는 생각이 들어 그냥그대로 달려들어그 커-다란붓에 짜-만 먹을 홈썩무처가지고 날마다날마다구불-구불-아무럿케나 그려보는 푸른강 흘으는 모냥을 비단평풍웃머리에붓씃을대자 냅다죽-구부러지게 두어줄을 그어버리고 그만쨍손이를 첫습니다

일남이의 분노는 아버지 석산어른이 금기시 하는 '비단평풍'에 마구 '점사'를 부리는 것이었다. 그런데 그 '점사'는 석산어른을 감동시키고 말았다. '비단평풍'에서는 물 흐르는 소리가 났고 모든 것이 살아 움직인 듯 생동감 있었다. 일남이 아버지 석산어른은 그 보다 더 좋은 그림을 본 적이 없었기 때문에 감동하여 눈물을 흘리면서 멀리 '쨍손이'를 친 바보 일남이를 찾는다.

정태병은 이 동화를 통해서 차별 없는 세상을 바랐다. 이것은 일제

를 거부하고 있음을 확인하게 한다. 아무리 '바보'라고 하더라도 이 세상의 모든 사람들은 저마다의 재능을 가지고 있다는 믿음에 근거한 것이리라. 그것은 일제치하에서 치열하게 전개하였던 영광사람들의 민족운동의 영향이기도 할 것이다. 그가 동심 가득한 눈으로 바라본 세상은 약자들에 대한 무시가 아니라 그들을 존중하는 것에 있었기 때문이다. 그 밖에도 수편의 동화를 썼는데 정태병이 남쪽에서 마지막으로 남긴 동화는 「다람쥐와 곰」[11]이다. 이 동화는 창작과비평사에서 『나비를 잡는 아버지』라는 『한국 근대동화선집』 2에 수록되어 초등학생들의 권장도서로 널리 알려졌다. 정태병이 누구인지도 모른채 말이다.

이 밖에도 정태병은 아동문학분야에서 다양한 활동을 하였다. 그것을 보여주는 한 권의 책이 『허생전』이다. 정태병의 『허생전』(김기창 그림)[12]은 "아동독물(兒童讀物)에 잇서서 양심(良心)의 문제(問題)는 더욱 심(甚)하다 확실히 자본(資本)의 경쟁(競爭)으로 화(化)한 이땅 출판(出版) 사정(事情)으로는 국산종이에 가난한게 인쇄(印刷)된 책에서 오히려 양심적(良心的)인 내용을 볼 수 잇는"[13] 책이다. 마해송이 추천한 정태병의 『허생전』은 조선 어린이들에게 읽히면 좋은 양심적인 책이라고 소개하였다. 그러나 아쉽게도 이 책은 아직 확인되고 있지 않다. 정태병은 동화의 지평을 넓혀 소설도 썼다. '조선창작민화'라는 이름으로 발표된 작품은 모두 3편으로 「하인(下人)과 상전(上典)」,[14] 「쌀달린말」,[15] 「수

---

11 정태병, 「다람쥐와 곰」, 『나비를 잡는 아버지』 창작과비평사, 1993.(이 동화선집은 현재 35쇄를 발행하였다.)

12 정태병이 쓴 『허생전』은 1947년도에 출판되었을 것으로 추정된다. 또한 김기창이 그림을 그렸다는데서 만화일 가능성도 배제할 수는 없다.

13 마해송, 「片片想」, 『자유신문』, 1948.9.13.

14 정태병, 「下人과 上典」, 『신천지』, 1949.2.

동요 〈형제별〉과 『조선동요전집』(신성문화사, 1946)

녕(水濘)에 빠진 도둑」[16]이 있다. 이 작품들은 모두 한결같이 계급간의 갈등을 그리고 있는데 첨예한 이분법적인 대립구도로 보여주기 보다는 흥미롭고 재미있게 그리고 있다. 동화에서 출발하였던 그의 어떤 지점을 향한 글쓰기는 변함없이 유지되었다.

4. 조선동요의 집성, 미완의 노래

동심에 바탕한 동화작가로 이름을 알린 그가 동심의 영역을 확장한 것

15　정태병, 「쌀달린말」, 『신천지』, 1949.5・6.
16　정태병, 「水濘에빠진도둑」, 『신천지』, 1949.7.

은 동요였다. 그는 동요를 일문으로 번역하여 『매일신보』에 연재하였다. 방정환의 동요 〈형제별〉,[17] 서덕출의 〈봄편지〉,[18] 김소월의 〈엄마야·누나야〉,[19] 〈아기의꿈〉,[20] 최남선의 〈정다웁지요〉,[21] 목옥순[22]의 〈봄〉,[23] 최병완의 〈별똥〉,[24] 김수향의 〈고향하늘〉[25]이다. 정태병은 여기서 그치지 않았다. 정태병은 아동문학가 답게 『조선동요전집』을 엮어냈다.

정태병이 엮은 『조선동요전집』[26]은 해방 후 최초로 조선의 동요를 집대성한 역작이다. 민족의 미래를 위하여 어린이들에게 마음껏 부를 수 있는 동요를 모음으로써 민족정신을 바로 세우고자 하였다. 정태병이 『조선동요전집』을 엮은 이유는 「머리ㅅ말」에 잘 드러나 있다.

> 가, 이 책은 기미년 이후 소위 조선 신문학운동의 초창기에 있어서 그 터전에 엄트기 시작한 어린이문학의 싹이 오늘의 숱한 열매를 맺기까지 약 삼십년, 그동안의 조선 현대동요 가운데서 보다우수한 작가와 작품을 널리 골라 수록한 것이다.
>
> 나, 특히 팔윈십오일의 역사적 전화기를 전후하여 무엇보다도 노래에 주린 조선의 어린이들로 하여금 우리나라에도 이러한 아름다운 노래가 있다는것을 알게하는 동시에 지금 전선의 소학교에서 지성으로 국어를 공부하는데에 그한 과외독물로써 혹은 문학적인 정서교육에 작으나마 도움이될가하여 그 노래들을

17 『매일신보』, 1943.12.16.
18 『매일신보』, 1943.12.20.
19 『매일신보』, 1944.1.20.
20 『매일신보』, 1944.1.24.
21 『매일신보』, 1944.2.21.
22 목옥순은 「자전거」의 작가 목일신의 필명이다.
23 『매일신보』, 1944.2.24.
24 『매일신보』, 1944.2.28.
25 『매일신보』, 1944.2.10.
26 정태병 편, 『조선동요전집』, 신성문화사, 1946.

모다 한글 맞춤법 통일안에 의하여 띄어 쓰기와 한자폐지와 또는약간의 사정된 표준말로 고치어 편집한 것이다. (…중략…)

마, 어린이를 위한 잡지로 작년 봄까지 실로 이땅의 동인은 수백 명에 달하나 편자의 가지고있는 재료 가운데서만 널리 골라, 작품으로 삼백 오십여 편 작가로 백여 분을 수록하여 그 현대편 전부를 적당히 네권으로 나누었으며 옛날부터 전하여 내려온 노래들은 따로히 전래편(傳來篇)의 한권에 모았다.

바, 반드시 동요 자가를 본위로 하지않은 이상 그 가운데는 어느 누가 평하드래도 그대지 좋다고 인정할수없는 작품과 또한 순동요가가 아닌분들의 이름도 발견할수 있을것이나 그것은 과거 삼십년의 조선아동 문학운동의 발전에 또는 조선동요부흥운동에 있어서 음으로 양으로 꾸준히 힘 써주신 분들을 그대로 간과할수없다는 점에서 몇분 열에서 제외하기를 삼간 것이다.

사, 만일 이책에 실리지 않은 작가와 작품이 있다하면 그것은 재료의 불충분함에서 온것일것이니 널리 양해하여주기 바라며 다음 증보판을 반드시 내어 실로 현대조선동요의 대집성을 마련하여서 새날의 기쁨을 축하하는 기념비적 가치를 나타내이기에 힘쓰려한다.

이 글에서 확인한 것처럼 그가 『조선동요전집』을 엮은 것은 어린이들이 일제치하에서 마음껏 부르지 못해 주린 어린이들에게 '아름다운 노래가 있다'는 것과 '문학적인 정서교육'에 도움이 되기를 바라는 마음에서였다. 『조선동요전집』을 엮을 당시 그는 조선어학회의 '한글 맞춤법 통일안'에 맞춰 표기하였는데 조선어학회의 정열모[27]와 국어

27 정열모는 조선어학회 주모자로 일본 특무경찰에 치안유지법과 내란죄로 안재홍, 최현배, 이희승, 이극로 등과 검거되어 함흥경찰서 지하감방에서 혹독한 고문을 담당검사 야오기의 주도하

문화보급회의 이갑두 등이 교열을 보았다. 『조선동요전집』 1권에는 광주의 동요작가요 시인이었던 김태오의 작품도 10편이 수록되어 있어 이 두 사람의 왕래가 있었을 것으로 추정되기도 한다.

정태병은 애초에 350여 편의 동요와 작가로 백여 명을 수록하여 『조선동요전집』을 4권으로 나누었고, 따로 전래동요를 한권에 모아 발간할 예정이었다. 그러나 어떤 연유에서인지 그가 집대성하고자 하였던 『조선동요전집』 2・3・4권과 『전래동요집』은 발간을 보지 못했다. 「머리ㅅ말」의 기록으로 보면 이미 준비가 완료된 상태였다. 그런데도 발간이 되지 못한 것에 대한 아쉬움이 크게 남는다. 그렇지만 조선의 동요와 전래동요를 후대에 전하고자 했던 그 뜻은 이어지리라. 이 외에도 정태병은 양미림[28]과 함께 미국의 사회주의 작가로 소설 『정글』로 유명한 압톤・싱클레어의 『연애(戀愛)와 결혼(結婚)』(문화출판사, 1948)을 공역[29]하기도 하였으나 아직 실물은 확인되지 않고 있다.

에 조선인 고문기술자 오오하라(주병훈), 야스다(안정욱), 시바다 등으로부터 받고 함흥형무소에 3년간 수감되었다가 해방과 함께 풀려나왔다. 1946년 국학 전문학교 학교장, 한글문화사 대표 및 숙명여대 초대 문과대학장을 역임하고 김규식이 주도하는 민족 자주연맹 서울시 부위원장에 피선되었다. 1950년 한독당 후보로 김천에서 국회의원 선거에 출마하였으나 자유당 경찰의 선거 부정으로 당선되지 못하였고 한글학회 이사를 역임하던 중 6・25한국전쟁으로 납북된 후 김일성대학 국문과 교수, 북한 사회과학원 원장, 조국평화통일 상임위원 등을 역임하며 북한 조선어학의 기초를 이극로, 유열(6・25한국전쟁 중 납북, 김일성대 석좌 교수역임) 등과 같이 다졌다. 1967년 평양에서 서거 후 평양 애국열사능에 안장되었다.

28 정종은 『내가 사랑한 나의 삶』 상(동남풍, 1999)에서 양미림이 친척이며 조선방송국에서 근무했다고 하나 동일 인물인지 여부는 아직 확인되지 않았다. 다만 확실한 것은 아동문학사에서 양미림이 동화작가였다는 점이다. 양미림에 관한 것은 다음을 기약하기로 한다.

29 『경향신문』, 1948.10.19.

5. 나오며

영광의 수필가 조희관, 철학자 정종과 함께

정태병은 광주전남 최초의 동화작가였고 조선의 동요를 한 자리에 모아 동심이 병들지 않게 하려 했고 그것을 통해 차별없는 세상을 바랬다. 동요를 일어로 번역하였고 미국의 소설을 국문으로 번역하였으며, 소설을 썼다. 그는 일어뿐만 아니라 영어에도 능통했던 사람이다. 그의 뛰어났던 문학적 재능은 남북분단으로 인해 정지되고 말았다.

호남의 이상향이었던 영광, 그곳을 고향으로 둔 작가들이 선택한 또 다른 그 곳, 그들이 꿈꾸었던 세상이 그들의 이상향이었다면 거기서도 여전히 못다 쓴 이야기를 썼기를 바래본다. 늘 어린이의 눈으로 세상을 바라보며 차별 없는 세상을 꿈꾸었던 아동문학가 정태병, 그의 자녀들이 아버지에 대한 그리움을 눈물로 대신하고 있는 지금, 다음 세상에서라도 꼭 해후할 수 있기를 바라면서 정종의 정태병에 대한 그리움을 대신 적어본다.

쉼터에 앉아 70여 년 전의 추억들을 떨쳐버리고 오르기 시작하면 문득문득 〈추풍부〉의 정태병 동생 생각이 간절하다. 지금의 이 길에 혼자가 아니고 분명 둘이였을 것이고 천하 모두가 아니더라도, 나의 삶은 복이 넘치는 삶이 되었을 것이다. 나의 지난 반세기는 그를 그리워하다 지친 반세기였다. 그가 만약 고향에 살아 있었다면 나는 더 빨리 귀향했을 것이다. 그래서 나의 삶은 더욱 살찌고 더더욱 영글었을 것이다. 그는 또 북에서 얼마나 그리워하고 고향의 산하들을 꿈에서나마 얼마나 자주자주 보았을 것이다. 〈추풍부〉의 배경이 된 영광의 농촌풍경을 꿈에선들 어찌 안 보았을까? 비단 가을이 아니더라도 일년 열두달 〈추풍부〉를 또 얼마나 목놓아 불렀을까? 그것도 혼자 몰래몰래 말이다.[30]

정종의 정태병에 대한 그리움은 정태병의 자녀들의 마음과 다름없다. 영광 사람들의 "고향의 노래", "학병으로 징용으로 끌려가는 젊은 이들의 괴로운 심정을 달래주"었던 노래 〈추풍부〉를 썼던 그 사람, 정태병은 고향의 석양이 되고, 구름이 되고, 달이 되어 그도 목놓아 부르고 있을 노래 〈추풍부〉, 그 노래는 영광 사람들의 입을 통해 지금도 불리고 있다. 그는 없으나 노래는 살아 영광사람들의 가슴 속에서, 전라도 사람들의 가슴 속에서 영원히 불러질 것이다. 그를 호출하면서 〈추풍부〉를 옮긴다.

들菊花 피인 언덕 송아지 울음 소리
굼물결 十里벌에 쫓기는 참새떼들
아~ 아~ 아~ 가을 바람
夕陽은 재를 넘고 마을에 연기나네.

---

30 정종, 『내가 사랑한 나의 삶(84)』 하, 동남풍, 1999, 107~108쪽.

물동이 이고 가는 삼태밭 오솔길에

꼴배는 저 목동아 무엇을 생각느뇨?

아~ 아~ 아~ 가을 바람

구름은 재를 넘고 내마음 천뫼라네.

갈대핀 시냇길은 옛날이 그리운 길

풀벌레 내가슴에 찬이슬 적시우네.

아~ 아~ 아~ 가을 바람

저달은 돋다오고 기러기 울어예네.

— 〈추풍부〉 전문(조응환 작곡)

제9장

승려에서 시인으로, 불심에서 시심으로, 시인 조종현

1. 홀로 걸어서 출가한 길

깊은 골짜기에서 내려오는 물줄기, 그 옥구슬 굴러가는 소리에 귀를 씻고 또 씻고, 모난 마음 구석구석을 둥글게 둥글게 갈고 또 갈아 아름다운 곡선을 이루었는가? 그 곳에는 언제나 사람들의 발길 잠시 멈추어 귀를 씻고 모난 마음들 둥글게 합장을 한다. 푸른 숲을 가로지르는 풍경소리, 지나는 길손들 언 가슴을 녹여 멀리 따뜻한 숨결 보내는 그 곳에서 잠시 삶의 가파른 자락을 쉬고 싶다. 혹여 시를 읊조리는 노승이라도 만나게 된다면 더 없는 즐거움이리.

신식공부의 빛을 좇아 떠난 외줄기 길을 따라 걸어 걸어서 도착한 그 곳, 깊은 골짜기에 숨어 세상을 엿보는 듯 맑은 소리 흘려보내는 산사, 순천시 승주군 조계산에 위치한 선암사이다. 천년 고찰인 선암사는 542년(신라 진평왕 3)에 아도화상이 창건해 여러 차례의 중수를 거쳐 지금에 이른다. 선암사 입구의 석조 다리인 승선교는 보물 제400호로 많은 사람들의 발길을 잡아 모난 마음 둥글게 가다듬게 하는 곳이다. 이 천년고찰 선암사를 찾아 전남 고흥의 골짜기에서 외줄기를 걸어온 사람이 있었다. 불경공부를 하기 위해서가 아니라 신식공부를 하러 찾아온 사람이었다. 요즘처럼 공부 지옥에 사는 학생들이 들으면 기겁할 일인데 도대체 공부가 얼마나 하고 싶었으면 깊은 산 속의 절을 찾아들었는가. 그 공부를 쫓아 선암사로 걸어 걸어 온 그 사람은 누구란 말인가?

신식공부를 위해 출가했고, 그러다가 동요를 썼고, 시조를 쓴 사람, 그리고 불교청년운동의 한 가운데 있었던 사람, 조종현이다. 그를 기억하는 사람들은 시인으로 알고 있을 것이고, 승려 조종현으로 알기도 할 것이다. 그렇지만 그것이 전부가 아니었음을 확인하면서 그 의문을 들고 지금부터 그의 행적을 더듬어 가기로 한다. 그가 걸었던 외줄기가 많은 사람들을 위한 큰 길이 되었음을 확인하게 될 것이다.

2. 불교개혁 운동의 중심에서

한 작가의 문학적 출발을 중요하게 여기고 작가의 삶과 문학의 관계를 예의주시하는 이유는 어디에 있는가. 작가의 세계관은 한 순간에 형성되는 것이 아니고 작가의 생애와 주어진 환경에 따라 형성되기 때문일 것이다. 작가의 생애는 작품의 문학성 여부와는 별개로 치더라도 어떤 식으로든 작품에 영향을 미치게 되어 있다. 일제 식민치하에서 활동하였던 작가들의 일면을 들여다보면 여실하다. 일제를 찬양하기에 바빴던 작가들 중의 일부는 광복이 되자 전력을 숨기고 문단 권력에 앉은 작가들이 있고, 반대로 훼절하지 않고 꿋꿋하게 민족적 자존심으로 일관하다 절필을 한 작가들도 있다. 작가들의 이중성은 시대적인 환경이나 역사적인 사건과 결부되었을 때 주로 나타난다. 작가들의 생애와 역사는 언제나 밀접한 연관성을 지닌다. 이것은 작가정신을 확인하는 일이기 때문에 작가의 생애는 곧 작가의 문학관이라는 맥락에서 의미있게 다루어진다.

조종현은 그동안 시조시인으로만 알려졌[1]으나 조종현은 시조보다 동요를 쓴 동요작가라고 하는 사실은 알려져 있지 않다. 조종현은 1906년 2월 8일 전남 고흥군 남양면 왕주리 315번지에서 아버지 조용명(趙鏞明)과 어머니 송장동(宋獐洞)의 3남 중 장남으로 태어났다. 그의 본명은 조용제(趙龍濟)이며, 법호는 철운(鐵雲)이고, 자는 대순(大順)이다. 아호는 벽

1 시조집으로 『자정의 지구』, 『의상대 해돋이』, 『거 누가 날 찾아』, 『나그네길』이 있다.

조종현

로(碧路)이며, 당호는 여시산방(如是山房)이다. 그는 철운(鐵雲), 혹은 조철운(趙鐵雲), 조대순(趙大順)으로, 탄향(灘鄕, 彈響), 조탄향(趙灘鄕, 趙彈響)이라는 필명으로 작품을 발표하였다. 조종현도 한자 표기를 달리하여 조종현(趙宗玄), 조종현(趙宗泫)으로 쓰기도 하였다. 이 필명들은 일일이 확인하여 찾아낸 이름들이다.

조종현이 다양한 필명으로 작품을 발표한 이유는 정확하게 알 수는 없다. 당시의 한 조류이거나 풍류일 수도 있지만 항일비밀결사체인 '만당'의 회원으로 활동하였던 이력이 있고, 승려의 신분이었다는 점에서 신분노출을 막기 위한 조처일 수도 있지 않을까 짐작을 할 뿐이다. 한편으로는 필명만큼 다양한 활동을 한 것으로 이해해도 좋을 듯하다. 한용운도 '만해', '卍해', '한용운(韓龍雲)', '용운(龍雲)' 등의 이름으로 활동한 것과 같은 맥락이다.

제 아버지는 순천 선암사 승려였고, 시조시인이었습니다. 중・고등학교 교과서가 개편되기 15년쯤 전까지 조종현(趙宗玄)이라는 이름으로 그분의 시조가 교과서에 실려 있기도 했습니다. 아버지는 열여섯 살에 고향 고흥 왕주를 떠나 선암사로 출가했습니다. 신식공부를 하고 싶은 욕심때문이었지요. (…중략…)

제 아버지는 서당 공부나 겨우 마치고 농사일을 익히기 위해 지게를 져야 했습니다. 간절하게 공부는 하고 싶고, 쪼들리는 가난에 신식학교를 다닐 수는 없고, 하늘을 보고 한숨짓고 땅을 보고 낙담을 토하던 아버지는 어느 날 나무하던 지게를 내던지고 집을 등졌습니다.

불교의 전국 30대 본산에서는 재산을 많이 가지고 있었습니다. 불교계에서는 불교의 현대화를 위해서 그 재산을 인재 양성에 쓰도록 했습니다. 그게 절에서 젊은 승려들에게 신식 교육을 시키게 된 계기였습니다. 어디선가 그 소식을 듣게 된 아버지는 30대 본산 중의 하나인 선암사를 향해 잰걸음을 한 것입니다.[2]

이 글은 조종현의 출가에 관한 아들 조정래에 회고다. 그에 따르면 조종현은 '서당공부나 겨우 마치고 농사일을 익히기 위해 지게'를 지고, '하늘을 보고 한숨짓고, 땅을 보고 낙담'하던 차 '절에서 젊은 승려들에게 신식공부를 시킨다'는 풍문을 믿고 출가하였다. 조종현이 구도자의 삶을 살기 위해서 한 출가가 아니라 순전히 '신식공부'를 하기 위해서 한 출가한 것은 16살이던 1922년 2월 24일이었다. 그러나 그는 "밥하고, 빨래하고, 나무하는 일"만 하는 그것에 불만을 품고 1년 만에 고흥의 집으로 돌아오고 말았다. 선암사 원로회의에서는 "그놈 똑똑하고 쓸 만하니 데려와 가르치자"[3] 하여 그를 다시 선암사로 데려갔다. 이런 우여곡절 끝에 출가하였지만 그에게는 오로지 불경공부만 허락되었다. 그래서 그는 출가 8년 만인 24살의 어린 나이에 "일반 승려에게 불경을 가르칠 수 있는 자격, 곧 교수"[4]인 법사의 반열에 올랐다.

당시 조선의 불교는 여러 가지 어려움에 처해 있었다. 일제의 종교정책은 식민지화에 초점을 두고 있었고 불교종단 내부에서는 불교개

2 조정래, 『황홀한 글감옥』, 시사인북, 2009, 75쪽.
3 위의 책, 76쪽.
4 위의 책, 76쪽.

혁을 주장하는 단체들의 힘이 커지고 있었다. 불교개혁을 주장하는 핵심단체 중에 '조선불교청년회'가 있었다. 조선불교청년회는 전국의 유수한 사찰에 지회를 두고 있었는데 조종현이 출가한 선암사도 불교유신을 지지하는 25개 단체 중의 하나였다. 선암사에는 조선불교청년회 지회도 있었다.[5] 조선불교청년회는 전국사찰을 순회하면서 강연하였는데 선암사도 그 사찰 중의 하나였다.[6] 일제의 사찰정책을 극복하면서 불교혁신을 이루려는 또 하나의 불교청년조직으로 '불교유신회'가 있는데 1921년 12월 21일 창립[7]되어 일제의 사찰령 폐지운동을 전개[8]하였다. 불교개혁을 주장하는 단체들이 일제의 사찰정책에 정면으로 문제를 제기하던 무렵에 출가한 조종현은 선암사에서 전개한 불교개혁운동의 세례를 받으면서 승려의 길을 걸었다.

조종현은 1928년 3월 17일 조선불교청년대회는 지방에서 상경한 회원을 포함하여 60명이 참석[9]한 것을 비롯하여, 1930년 5월 결성된 항일비밀결사조직체 '만당(卍黨)'의 회원으로 불교개혁운동에 가담하여 적극적으로 활동하였다. 그때는 이미 '법사'의 신분에 올라 있었기 때문에 그가 지도하던 승려들 또한 뜻을 같이하였을 것이다. 항일비밀결사체인 '만당'의 선서문에는 그 지향점이 명확하게 드러나 있다.

---

5 『한국근세불교백년사』 3, 11쪽.
6 『동아일보』, 1922.7.1.
7 『동아일보』, 1921.12.22.
8 『동아일보』, 1922.4.25.
9 『동아일보』, 1928.3.23.

보라! 三千年 法城이 허물어져가는 꼴을 들으라! 二千萬 同胞가 헐떡이는 소리를! 우리는 참을 수 없는 義憤에 敢然히 일어선다. 이 法城을 지키기 爲하여 이 民族을 球하기 爲하여!

向者는 同志요 背者는 魔眷이다. 團結과 撲滅이 있을 뿐이다.

우리는 안으로 教政을 確立하고 밖으로 大衆佛教를 建設하기 위하여 身命을 睹하고 果敢히 前進할 것을 宣言하다.[10]

비밀결사체인 '만당'은 '삼천 년(三千年) 법성(法城)이 허물어져가는 꼴'을 두고 볼 수 없어 '참을 수 없는 의분(義憤)에 감연(敢然)히 일어'선 단체로 '법성(法城)'과 '민족(民族)'을 구하고, '교정(教政)을 확립(確立)하고 밖으로 대중불교(大衆佛教)를 건설(建設)'하는 것이 목적이었다. 즉 '만당'의 목표는 민족을 구하는 불교혁신에 있었다. 그랬기 때문에 '만당'은 조선불교청년회가 조선불교총동맹으로 전환할 수 있는 매개역할을 할 수 있었다.

불교개혁을 주장한 불교청년총동맹은 "불교계의 종헌(宗憲) 및 종회(宗會)를 성립시킨 승려대회(僧侶大會) 당시에 구현된 자주적인 통일운동의 정신에 영향"[11]을 받아 1931년 3월 15일 조선불교청년회 임시총회와 3월 22일 열린 조선불교청년대회를 거쳐 총동맹창립대회를 통하여 창립되었다. 이 대회에서 불교청년총동맹이 채택한 "불타정신(佛陀精神)의 체험(體驗), 합리종정(合理宗政)의 확립(確立), 대중불교(大衆佛教)의

---

10 이용조, 「한국불교항일투쟁회고록—내가 아는 만자당 사건」, 『대한불교』 55, 1964.8.30.(김광식의 논문 「조선불교청년동맹과 만당」, 『한국학보』 80, 223쪽 재인용.)

11 김광식, 「조선불교청년동맹과 만당」, 『한국학보』 80, 223쪽.

실현(實現)" 등은 '만당'의 강령과 큰 차이가 없을 뿐만 아니라 만당의 당원이 주요직책을 맡음[12]으로서 조선불교총동맹은 탄력을 받았다. 그리고 1931년 3월 23일에 열린 조선불교청년회대회의 조선불교청년동맹 발기대회[13]에는 조선불교청년회, 조선불교중앙종무원, 조선불교청년동맹, 벌교불교청년회, 김용불교청년회, 언양석남사불교청년회, 진주불교청년회, 이구오팔회, 범어사불교청년회, 동화사불교청년회, 동화사강원, 조선불교여자청년회, 불교사, 동경불교청년회, 범어사, 신계사, 유첩사, 옥천사, 해인사, 수태사가 참여하였다.[14]

당시 '만당'의 회원으로 활동한 인물은 주로 일본 유학자들이고 일본불교의 영향을 받았고, 3·1운동에 참여하였으며, 불교대중화에 관심을 가졌고, 조선불교청년회의나 조선불교총동맹의 맹원이었다.[15] 김광식이 지금까지 확보한 '만당'회원 명단에는 조종현의 이름은 확인되지 않으나 그도 일본유학을 다녀왔고, 불교대중화에 관심을 가진 조선불교총동맹의 회원이었으며 "만당의 비밀결사체의 회원으로 만당의 재무위원을 맡았"[16]던 점으로 미루어 조종현이 불교개혁운동의 한 가운데서 있었으며, 조종현이 잡지 『불교(佛教)』에 발표한 글의 내용들을 보면 불교개혁의 핵심에 있었음을 확인할 수 있다.

당시 조선불교를 대표하던 잡지가 『불교』였다.[17] 잡지 『불교』 84·

---

12 위의 글, 224쪽.

13 경성종로경찰서장이 경성지방법원 검사에게 발송, 종경창고비 제3463호(국사편찬위원회 한국사데이타베이스).

14 『동아일보』, 1931.3.25.

15 김광식, 「조선불교청년동맹과 만당」, 『한국학보』 80, 219쪽.

16 조정래, 『황홀한 글감옥』, 시사인북, 2009, 76쪽.

17 잡지 『불교』는 1924년 7월 15일 창간되어 1933년 7월 통권 108호로 휴간했다가, 1937년 3월 『불교〈신〉』으로 속간되어 1944년 12월까지 통권 67호를 냈다. 최덕교, 『한국잡지100년』, 현암사,

85호에는 "우리 조선 문단에 이름이 높으신 용운사(龍雲師)께옵서 이 책임에 나"왔다는 「사고(社告)」를 내서 한용운이 불교사 사장으로 취임하였음을 알리고 있다. 한용운은 "갔다가 다시 온들/첨 맘이랴 변하리까. 가져올 것 다 못가져와/다시 올 수 없지마는/님께서 주시는 사랑/한 기루어 다시 와요"라는 시로 「권두언」을 대신하면서 「조선불교(朝鮮佛教)를 통일(統一)하라」는 논문으로 강력한 불교개혁론을 주장하였다. 조종현도 한용운과 더불어 불교청년동맹위원으로 활동하면서 불교 쇄신에 노력을 기울였다. 조종현이 『불교』에 발표한 글은 한용운이 사장으로 있을 때가 대부분이다.

조종현은 잡지 『불교』에 불교개혁과 관련한 글뿐만 아니라 시와 시조, 동요를 발표하였다. 그가 불교개혁론의 중심에서 활동하였다는 것을 보여주는 증거이자 작가정신이 어디에 근거하고 있는지를 보여준다.

> 對內的으로 朝鮮佛教의 宗政이 合理的으로 確立되어야 大衆佛教! 佛教의 民衆化를 실현할 수 있음이 本末階次의 必然이요, 內外有序의 行進이다. 青總本部는무론 各同盟은 各所屬本山의 主職者를 時時로 勸告, 警告, 策動, 鞭撻하야 宗憲을 實行하는데 忠職者를 만들어 주어야 한다.[18]

이 글에서 조종현은 '조선불교(朝鮮佛教)의 종정(宗政)이 합리적(合理的)으로 확립(確立)되어야' 한다는 것을 강력하게 주장하고 있다. 그것의 실현을 위해서 각 본산의 '주직자'들에게 '권고(勸告), 경고(警告), 책

2004 참고.

18 조대순, 「宗憲頒布記念日과 青年同盟」, 『불교』 104, 1933.2, 15쪽.

동(策動), 편달(鞭撻)'할 것도 주문한다. 그의 이런 주장은 불교개혁론의 핵심내용과 일치한다. '대중불교(大衆佛敎)! 불교(佛敎)의 민중화(民衆化)를 실현', 그것은 일본 통치로부터 자유를 선언하는 '구국'선언이다. 조종현이 선암사 부주지로 있던 때 해방을 맞았는데 그는 선암사 앞에 세 개의 현수막을 걸었다. "사답을 소작인들에게 무상분배해야 한다", "절은 사회에 봉사해야 한다", "승려들은 공부에 매진해야 한다"[19]는 것이었다. 그는 그대로 행동하였다. 이것은 조종현의 불교개혁론은 공허한 주장이 아니었다. 일제의 속박에서 벗어나면서 '정교분리'는 되었고, '민중 속으로' 들어가는 일이 과제로 남았던 만큼 행동으로 실천하여 '민중 속으로' 들어갔기 때문이다.

3. 불심, 동심, 시심의 삼위일체를 향하여

조종현은 여러 필명으로 작품을 발표한 탓인지 아동문학사 어디에서도 그의 이름은 확인되지 않는다. 당시 화제가 된 작품이 있었음에도 그의 이름은 거세되어 왔다. 생전의 그는 90여 편의 동요를 썼다고 술회하기도 하였고, 100여 편을 발표하였다고 하였음에도 말이다. 불교개혁운동에 열심이었던 조종현이 어떤 계기로 동요를 쓰게 되었는

---

19 조정래, 『황홀한 글감옥』, 시사인북, 2009, 77쪽.

지는 구체적이지 않다.

> 돌아다보면 1929년에 시조 「정유화」를 불교잡지에, 동요 〈엄마 숨바꼭질〉 등을 『조선일보』에 발표한 것이 계기가 되어 1930년에는 주로 동요 〈떠나신오빠〉 등 90여 편을 『조선 · 동아 · 중외일보』에 꽤 부지런히 발표했다.[20]

그의 말대로 '꽤 부지런히 발표'한 동요 90여 편, 혹은 100여 편은 아직 확인되지 않는다. 조종현도 동요가 몇 편이나 되는지 정확하게 알지 못하고 있다는 점에서 대략 90에서 100편 정도쯤 될 것으로 추정된다. 조종현이 처음으로 발표한 동요는 〈엄마숨박곡질〉이다.

엄마하고 나하고요
順天邑內 가는길에
엄마소리 안나길래
뒤를살작 돌아보니
엄마발서 숨엇서요
바위뒤로 숨엇서요
*
숨은엄마 뵈지안어
숨은엄마 차지려고
바위돌을 안고도니

---

20 조종현, 「끝에붙임」, 『자정의 지구』, 현대문학사, 1965, 244쪽.

어머니도 바위돌을

나와가티 안고돌죠

— 〈엄마숨박곡질〉 전문[21]

동요 〈엄마숨박곡질〉은 엄마와 함께 숨바꼭질 하는 천진난만한 동심을 가감없이 드러낸 생활동요이다. 동요 〈엄마숨박곡질〉 속의 어린화자 뿐만 아니라 세상의 모든 어린이들은 엄마와 함께하는 일이라면 언제든지 어디서든지 신나고 즐겁다. 그러기에 엄마랑 떠난 '순천읍내(順天邑內)'가는 길은 행복한 길일 수밖에 없다. 그런데 어린화자를 놀라게 할 속셈으로 엄마는 발걸음을 멈추고 바위 뒤에 몰래 숨었다. 그것을 금세 알아차린 어린화자는 엄마의 반대 방향으로 걸음을 옮김으로써 '숨바곡질'놀이가 된다. 다리 아프다고 투덜거리며 걸어야할 먼길을 엄마의 재치있는 장난으로 어린화자뿐만 아니라 엄마까지도 천진난만한 동심을 지닌 존재가 된다. 조종현이 쓴 첫 동요임에도 명랑쾌활한 분위기로 이끌어 가는 시상의 전환은 당대 동요의 분위기와는 사뭇 다른 것이다. 다음의 글에서 그에게 동심은 어떤 것인지 알 수 있다.

'시 삼매'에 들 수 있는 사람은 바야흐로 '열반'의 경지에 헤엄칠 수 있고, '열반'의 경지에 자재하는 사람은 비로소 '시 삼매'에 넘나들 수 있는 것이 아닐까?

시심, 동심, 불심!

인간은 순수하면 되지 않을까? 순수한 인간에게는 따로이 '극락'도, '요단강'도,

21 『조선일보』, 1929.11.17.

'사바'도, '지옥'도 없을 것이다.

'시 삼매'에 들 때의 시인은 인간의 시인이 아니요, 시인의 시인인 것이다. 영감의 시인의 인간은 괴로운 현실에 파고 들어, 달가운 현실을 사는 것이다. 쓰디쓴 인간의 八만四천고뇌-번뇌를 씹을 줄 알고, 되 씹어서 달갑게 맛을 볼 줄 알기 때문이다.[22]

조종현의 시론을 집약해서 보여주는 이 글에서 '시심'과 '동심'과 '불심'을 하나로 보고 있다. 그것이 나오는 것은 '순수'라고 한다. 즉 시심과 동심과 불심은 '순수'에서 나오는 것으로 그것은 '극락도 요단강도 사바도 지옥'도 없는 상태로 수렴된다. 이것은 시심과 동심과 불심을 하나로 보는 조종현 불교론의 핵심이자 시론의 핵심이다. 따라서 조종현의 동요는 '불심' 그 자체다. 그가 '괴로운 현실에 파고들어, 달가운 현실을 사는 것'이 시인이라고 했듯이 그의 작품들은 일관되게 '괴로운 현실'을 반영하고 있다. 그런 측면에서 보면 그의 시론은 불교개혁론과 밀접한 관련성을 지닌다. 그는 '새틀사'라는 소년문예단체에서 활동[23]하기도 하였다.

說法은 詩이다. 詩가 아닌 說法은 放光할 수 없다. 純水無垢한 明鏡・止水보다도, 오히려 그 맑은, 그 밝은 마음의 한줄기 靈的 토로이기 때문이다.

佛心이 아니면 詩心을 가질 수 없고, 詩心이 아니면 佛心에 접할 수 없다. 詩心, 佛心은 그저 童心이어야 한다.

---

22 조종현, 「끝에붙임」, 『자정의 지구』, 현대문학사, 1965, 250쪽.

23 조종현, 「다람쥐」, 『별나라』, 1930.7.(소속을 '새틀사'라고 밝히고 있다.)

童心은 可히 써 '定에 들 수'있고, 定中生活-三昧境地는 可히 詩를 形象化할 수 있을 것이다.

信仰과 詩! 詩와 信仰은 둘일 수 없다. 信仰은 詩라야하고, 詩는 信仰이라야 한다. 詩를 信仰으로 할 때 비로서 詩를 形象化할 수 있는 能力을 가질 것이다.

詩를 새롭게 꾸준히 쓸 수 있는 活力素는 淸純한 信仰의 源泉을 確保함으로서다.[24]

그가 '불심(佛心)이 아니면 시심(詩心)을 가질 수 없고, 시심(詩心)이 아니면 불심(佛心)에 접할 수 없다. 시심(詩心), 불심(佛心)은 그저 동심(童心)이어야 한다'거나 '동심(童心)은 가(可)히 써 '정(定)에 들 수'있고, 정중생활(定中生活)-삼매경지(三昧境地)는 가(可)히 시(詩)를 형상화(形象化) 할 수 있'다거나 '신앙(信仰)은 시(詩)라야하고, 시(詩)는 신앙(信仰)이'라야 한다는 주장은 앞서 말한 '시심, 동심, 불심!'의 일치, 곧 삼위일체를 말하는 것이다. '청순(淸純)한 신앙(信仰)의 원천(源泉)을 확보(確保)'하는 것은 '동심'에서 기인한다는 것이다. 조종현은 이 원칙에 입각하여 동요를 창작하였다.

가

방실방실 어린이 재미스럽게

말이뛴다 소뛴다 말온하여도

하는이말 이름을 모른다해서

'한말'이라 이름을 일러줬지요

---

24 조종현, 「끝에 적음」, 『의상대해돋이』, 한진출판사, 1978, 84~86쪽.

나

방실방실 어린이 얌전스럽게

가갸거겨 책들고 글은읽어도

읽는그글 이름을 모른다해서

'한글'이라 이름을 갈처줬지요

다

쉽고쉬운 우리글 '한글'이라요

좋고좋은 우리말 '한말'이라요

방실방실 어린이 잘도읽는다

방실방실 어린이 잘도부른다

— 〈한말 · 한글 : 九月二十九日을 맞으며〉 전문(1930)[25]

그가 불교청년동맹에서 불교개혁론을 이끌었던 것은 불교 내부적인 혁신을 위한 것이기도 했지만 한편으로는 일제를 거부하는 것이기도 했다. 일제의 교육목표는 철저한 신민을 양성하기 위한 것에 있었고, 그것을 위해 일본어를 국어로 사용하게 한 정책을 획책하고 있었던 때 민족정신을 집약하는 '한말'과 '한글'의 중요성을 부각시키는 동요를 썼다는 것은 불교개혁운동과 다를 바 없다. 조종현이 동요 〈한말 · 한글〉을 발표한 뒤 불과 10일 만에 형석기[26]가 곡을 붙여 『동아일

25 『동아일보』, 1930.11.19.

26 작곡가 형석기는 서울출생으로 도쿄음악학교에서 수학한 뒤 1930~40년대 〈맹꽁이타령〉, 〈대

보』 지면에 발표하였[27]고 이 동요를 본 독자(한말・한글배는生)는 '한글질의란(質疑欄)'에 "'한말이란 명사(名詞)'는 이번 '한글' 사백팔십사 주년 기념일(四百八十四週年記念日)에 귀보(貴報)에 발표된 조종현씨(趙宗玄氏)의 동요(童謠) 〈한말・한글〉이라는 제(題)에서 처음 보아 알앗거니와 대저 그 '한글'이란 명사(名詞)는 어느때 누가 지은 것입니까 또 『한』의 의미(意味)와 내력(來歷)과 어원(語源)을 자세히 설명(說明)"[28]을 요구하기도 하였다. 이런 사실로 미루어 동요 〈한말・한글〉은 많은 독자들로부터 공감과 호응을 얻었던 작품이다.[29]

조종현이 기억하는 1930년대 동요문단은 "동요작가가 한목 쏟아져나"온 때였다. 그리고 "수십 명의 작품이 매일같이 문화면을 독차지"하던 때이다. 그리고 그의 고향인 고흥의 "목일신"[30]도 활동한 때였다. 그리고 그때는 그가 불교개혁을 주장하는 활동의 정점에 있을 때였다. 이것은 불교개혁운동과 동요쓰기가 한 뜻을 가지고 행한 '불심은 그저 동심'이라던 주장의 구체적인 실천태이다. 이 밖에도 동요 〈직공된 누나의 노래〉,[31] 〈헐벗고 굶주려도〉,[32] 〈어린거지〉,[33] 〈자장노래〉,[34] 〈어린 머슴애〉,[35] 〈콩밥〉,[36] 〈어린누나가 안입니까〉,[37] 〈떠나는 고향〉,[38] 〈동

한팔경〉 등의 신민요와 〈왕자호동〉, 〈심청전〉 등 향토가극을 발표했으며 1994년 3월 26일 사망했다. 가수 하춘화와 김부자를 발굴한 것으로 유명하다.(『경향신문』, 1994.3.27 참조.)

27 『동아일보』, 1930.11.29.

28 『동아일보』, 1930.12.17.

29 그 뒤에 동요 〈한말・한글〉은 강신명이 곡을 붙이기도 하였다.(한국예술종합학교 한국예술연구소, 『한국작곡가사전』, 시공사, 1995, 16쪽 참조.)

30 조종현, 「끝에 붙임」, 『자정의 지구』, 현대문학사, 1965, 244~245쪽.

31 『조선일보』, 1930.2.11.

32 『조선일보』, 1930.6.26.

33 『중외일보』, 1930.8.16.

34 『중외일보』, 1930.9.21.

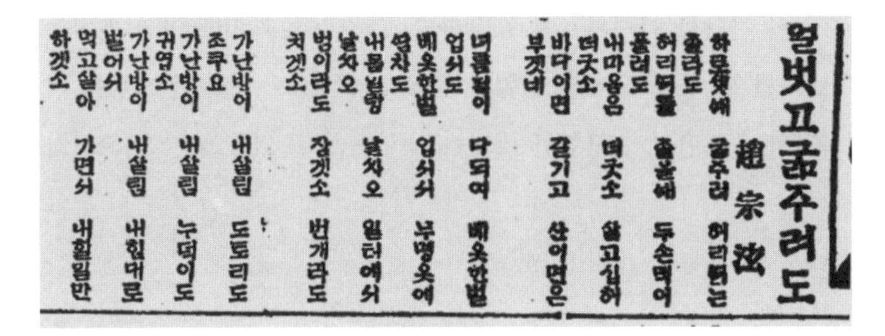

헐벗고굶주려도

趙宗泫

하로햇볕에 굶주려 허리띠는
졸라도
허리띠를 [illegible] 두손떼여
풀려도
내마음은 떼굿소 살고십허
떼굿소
바다이면 갈기고 산이면은
부겟네

녀름볕이 다되여 베옷한벌
입쉬도
베옷한벌 입쉬쉬 누명옷에
영차도
내몸[illegible] 낯차오 [illegible]에서
낯차오
벙이라도 장겟소 번개라도
처겟소

가난밖어 내살림 도토리도
조쿠요
가난밖이 내살림 누데이도
귀엽소
가난밖이 내살림 내힘대로
벌어쉬
먹고살아 가면쉬 내힘일만
하겟소

동요 〈헐벗고굶주려도〉

무를 잃고〉[39] 등은 고단한 민중들의 어려운 현실을 담고 있는데 '만당'과 불교청년동맹에서 내세웠던 불교개혁론의 핵심인 '민중 속으로'를 구체화한 작품들이다. 그것의 또 다른 실천으로 동요극 〈꽃피는동산〉이 있다.

> 사월팔일인 우리 부처님의 거룩하옵신 탄신절을 우리 이강산의 소년소녀동무와 한가지 기쁨에 넘치는 마음과 경건한 정성으로써 손맞잡고 그렴축하하려는 한 꼬타리의 마음을기우려 이동극은 「꽃피는동산」을 씀이 제의 본의란 것뿐이다.[40]

부처님의 탄신을 기념하여 '이강산의 소년소녀동무와 한가지 기쁨에 넘치는 마음과 경건한 정성으로써 손맞잡고 그렴축하'하기 위해서라고 밝힌 것처럼 〈꽃피는동산〉은 축제극이다. 축제극 속에도 어

35 『중외일보』, 1930.9.22.
36 『별나라』, 1930.11.
37 『신소년』, 1931.1.
38 『신소년』, 1931.1.
39 『동아일보』, 1933.12.22.
40 조종현, 「꽃피는동산」, 『불교』 83, 1931.

김없이 가난한 어린이들이 등장하고, 그 아이들과 더불어 함께하는 어린이들이 등장한다. 조종현이 불교개혁운동과 동요, 동요극에 이르기까지 변함없이 지향한 세계는 '민중 속으로'였음을 다시 확인하게 한다.

4. 성속일여, 시인으로 교육자로

조종현은 동요를 먼저 쓰면서 시창작법을 꾸준히 익히면서 습작해 나갔다. 조종현의 붓끝이 시심으로 향할 수 있었던 것은 철저하게 민중 속으로 들어가고자 하였던 데에 있었다. 이은상이 조종현과 가까운 관계를 유지한 것은 불심과 동심이 시심이 되어 승화되고 있음을 일찍 알아챘기 때문이다. 조종현은 이은상, 신석정과 평생의 지우로 지내면서 1930년부터 1986년까지 '700여 수의 시'를 발표하였다. 그런데 시집은 단 3권만을 남겼다. 『자정의 지구』,[41] 『의상대 해돋이』,[42] 『거 누가 날 찾아』[43]는 그가 남긴 시집이다. 그의 시조 「의상대 해돋이」는 중학교 국어 교과서에 실리기도 하였다.

41 조종현, 『자정의 지구』, 현대문학사, 1968.
42 조종현, 『의상대 해돋이』, 한진출판사, 1978.
43 조종현, 『거 누가 날 찾아』, 지하철문고사, 1986.

조종현시조집
자정의 지구

의상대 해돋
趙宗玄 시조 精選 第二集
韓振出版社

趙宗玄 第三詩集
거 누가 날찾아
지하철문고사

조종현의 시집들

천지 개벽이야!

눈이 번쩍 뜨인다

불덩이가 솟는구나

가슴이 용솟음친다

여보게!

저것 좀 보아

후끈하지 않는가.

—「의상대 해돋이」 전문[44]

의상대에서 바라본, 동해 바다로 떠오르는 해돋이의 광경을 '천지 개벽이야! / 눈이 번쩍 뜨인다'는 직관으로 포착하여 순간적으로 폭발시킨 이 감정적이고 감각적인 감성은 어디에서 온 것인지 굳이 설명이 필요 없다. 그에게 수사적인 꾸밈은 오히려 불심과 시심을 헤치는 일이었을 테니 성속일여의 삶은 단순하고 간결한 청빈이었음을 이 시가 확언한다.

조종현이 속세의 삶은 산 것은 교사로서의 삶을 불심에 기반하고 있었기 때문일 것이며, 학교를 도량으로 여겼기 때문일 것이다. 교직에 첫 발을 내디딘 학교는 벌교상업고등학교였다. 여순사건으로 떠났던 순천 선암사, 전남 보성의 벌교로 다시 돌아와 학생들과의 삶으로

---

44 조종현, 『의상대 해돋이』, 한진출판사, 1978.

속세에 머문 그는 그러나 승려의 삶을 져버린 것은 아니었다. 이후에 광주제일고등학교, 서울의 보성중·고등학교, 전주의 우석중·고등학교에서 학생들의 교육에 온 힘을 쏟았던 것도 수도자로서 또 하나의 정진이었다. 그랬기 때문에 동국학원(동국대학교)이사, 불교 불입종 교정원장, 총화종 종정을 역임할 수 있었던 것이다.

5. 그의 숨결을 따라

조종현, 그는 "거리로 나와서도, 역시 그 맑은 마음 하나 지니고 살아온 사람이다. 그래서 교편생활을 하면서도, 독경과 강경을 게을리 하지 않았고, 또 그것보다도 차라리 시조를 지음으로써 괴로운 인생을

시비 '의상대 해돋이'

달래어온 사람"[45]이었다. 그에게 시심은 불심이었고 동심이었음으로 오욕칠정을 다스리며 맑은 마음을 유지할 수 있는 수단이었다. 민중 속으로 들어가고자 하였던 불심의 꽃이 시심과 동심으로 발화되었고, 그것은 아들인 조정래에게 그대로 계승되어 민중들의 삶이 서사의 중심에 있고, 민중들에 대한 사랑이 올곧게 드러난 작품을 쓰게 한 토대가 되었으리라. 조정래의 소설 『아리랑』과 『태백산맥』은 조종현의 '민중 속으로'와 별반 다르지 않다. 조종현이 성속의 분리가 아닌 성속을 하나로 여기고 '민중 속으로' 들어가고자 하였던 것처럼 말이다.

이제는 조종현의 동요와 시들이 선암사의 풍경소리를 타고 널리 퍼질 때가 되었다. 그리하여 그의 시업이 널리 알려지고 모든 중생들의 마음의 눈을 떠서 오욕칠정의 욕망으로부터 자유로워지길 빌어본다.

> '시 삼매'에 들 때의 시인은 인간의 시인이 아니요, 시인의 시인인 것이다.
>
> 영감의 시인의 인간은 괴로운 현실에 파고 들어, 달가운 현실을 사는 것이다.
>
> 쓰디쓴 인간의 八만四천고뇌-번뇌를 씹을 줄 알고, 되 씹어서 달갑게 말 볼 줄 알기 때문이다.
>
> '마음의 눈'이 번쩍이는 시인의 시인이 아닐까?
>
> 시조는 시조가 아니라야, 정말 시조가 될 것이다.

'마음의 눈'을 뜨는 일, 외줄기 걸어서 도착한 끝에 남긴 한 마디가 마음을 울린다. 그의 숨결을 따라 선암사, 그 곳에 가고 싶다.

---

45 이은상, 「머리말」, 『자정의 지구』, 현대문학사, 1968, 11쪽.

제10장

순수문학의 기지개를, 수필문학의 선구자,

수필가 김진섭

1. 들어가면서

빨갱이들이 서울에 들어온 후 그이는 오 선생과 함께 달포를 집에서 숨어있었지요 그랬다가 아무래도 위험하여서 윤 선생댁 지하실에서 얼마를 지났으나 그곳도 마음이 놓이질 않아 천안 친척집으로 피신할 양으로 어두워서 집으로 돌아와 쓰시던 중요한 원고며 서류같은 것을 싸놓고 새벽에 떠나려던 그날 밤 한 시 그것이 8월 5일입니다. 어떻게 알고 왔는지 내무서원 세 명과 동네빨갱이 세 놈이 문간을 지키고 마당에 두 놈이 들어오고 내무서원 한명이 방에 들어와서 끌어냈습니다. 그이는 몸이 아파서 모처럼 집에 돌아와 식사 한 끼니도 못하고 하룻밤도 새기 전에 야속하게 끌려가고 말았어요.[1]

한국전쟁 중에 납치되는 장면, 한 사람이 남한에서 사라지는 마지막 모습이다. 그는 그렇게 떠난 뒤 아직까지 생사를 알 수 없다. 어디서부터 잘못 되었는지 짚어도 알 수 없는 시간이다. 그 시간을 견디며 언젠가는 다가올 만남의 그 날을 기다리던 그 여인도 이젠 하늘로 떠나고 없다. 새들에게도 허락된 시간이 멈춰버린 지금, 시간의 크기를 재면서 헤어지던 날의 흔적도 이젠 아득한 먼 그리움이 되었다.

국가 이데올로기의 싸움에서 개인이란 무엇인가. 이데올로기의 치열한 대립은 한 개인의 삶을 무참하게 저당 잡아도 되는 것인가. 차라리 전쟁과 이데올로기의 광기가 남과 북이라는 물리적 공간의 분할로 끝났으면 좋았으련만, 그랬더라면 이런 비극은 없었으리라. 한 순간에 삶과 죽음이 갈리고, 생이별에 긴 그리움을 보듬고 사는 사람들에게 이 시간을 견디는 것은 죽음보다 못한 시간이었으리. 그가 그렇게 가고 없는 지금, 한국문학사에서 영원할 수밖에 없는 그의 문학적 행적을 좇아 목포에서, 그리고 그 먼 나라의 북쪽 어디쯤으로 ……? 막힌 길은 쉽게 열릴 기미가 보이지 않는다. 다만 잊혀지지 않게 다시 그 이름을 불러보려 한다. 한국수필의 서문을 열었던 사람, 해외문학연구회 창립회원이자, 독문학자였고 방송인이었으며 언론인이었던 그 사람, 청천(聽川)이라는 호를 가졌다. 지금 그의 이름을 다시 부르는 이유는 순수문학의 기지개를 열게 했던 한 사람이자, 광주전남의 문학가를 잊어서는 안 되기 때문이다.

김진섭은 수필이 문학의 반열에 올라서도록 견인한 사람이다. 수필

1 『경향신문』, 1955.11.23.

이 문학 장르로서의 위상을 갖게 한 절대적인 공로자라는 사실이 지금 여기의 우리를 다시 돌아보게 한다. 한 사람의 작가가 장르의 영역을 확고하게 자리매김한 그 힘은 흔히 말하는 문학 권력과는 거리가 멀었고, 오로지 수필에 대한 강한 집념과 열정을 통해 구현된 것이었기에 그의 이름을 듣는 것만으로도 가슴은 뜨거워진다. 그러나 우리는 아직 김진섭이라는 수필가에 대해 그가 남긴 수필을 비롯하여 대강의 이력 외에 아는 것이 없다. 사람이 가고 없으니 그를 추억하는 것만으로 할 일을 다 했다고 여겼을지도 모른다. 그를 더듬어 다시 만나보기로 한다.

2. 전라도 사람, 도서관지기가 되어

청천(聽川) 김진섭(金晉燮, 1903.8.24~?)은 전남 목포시 남교동(현 죽동) 135번지에서 1903년 8월 24일 김면수의 차남으로 태어났다. 부친 김면수(金冕秀)는 목포 감리였다.[2] 김진섭의 고향에 대한 기억과 성장과정은 다음의 글이 잘 설명해준다.

---

2 김진섭의 본관은 풍산으로 본적은 경상북도 안동군 풍산면 오미동이다.(김진섭의 부친이 나주군수를 역임하고 나주에 정착하여 『續修羅州誌』를 편찬하였다는 사실은 이 지면을 통해 처음으로 발굴하여 공개한다. 혹자는 김진섭의 부친을 김락헌으로 기록하고 있으나 일제의 발령대장 등을 참고하면 김진섭이 나주에 머물렀던 그 시기는 김면수가 군수였고, 박종화가 서문을 쓴 『청천수필평론집』에 군수사택과 가족사진이 실려있는 것과 일치한다. 차후 논의를 보강할 것이다.)

나의 현세적 우울은 명치 삼십육년 팔월이십사일로 시작된다. 원고향은 경상도 안동이였지만 나는, 멀리 떠러저 전남목포에서 생을 받었으니 선친은 당시 그곳 감리서의 일관리였기 때문이다. 나와서 보니 나는 제이차의 산물로 이미 두 살우의 형이 있었다. 아버지는 한학자로 상당히 고명하였고 어머니는 여가만있으면 유원산록을 파는 습관이있었다. 우리집은 바로 그 산밑에 있었기 때문이다. 우리들 형제가 간간히 아버지손에 잡혀 감리서에를 가게되면 친절하고 어엽분 일본내지부인이 우리를 환대해주는것도 큰 자미였지만 우리 이웃집에는 더 마음에 끌니는 아름다운 부인이있었으니 우리 형제는 그 집에서 거의 살다싶이하였다. 유치원서는 아모것도 배운 것이 없었으나 우리는 이 부인께서 흡연하는 것을 배웠다. 나는 그때 일곱 살이오 형은 아홉 살이였다. 바로 애연가가 된 이해에 우리는 배를 타고 제주도로 건너가 다시 가마와 말을 타고 정의에서 내렸으니 아버지는 이곳 군수로 부임하게 되었기 때문이다. 때마침 나는 학령이 되었으므로 이곳 보통학교를 단이게 되었다.[3]

이 글을 보면 김진섭이 원고향이라고 한 곳은 부친의 본적이 있는 경상북도 안동이고, 그가 태어난 곳은 목포이다. 그는 목포의 생활을 뚜렷하게 기억하고 있을 뿐만 아니라 추억으로 간직하고 있다. 그의 추억 속에는 '형제가 간간히 아버지 손에 잡혀 감리서에를 가게되면 친절하고 어엽분 일본내지 부인이 우리를 환대해'준 것과 '우리 이웃집에는 더 마음에 끌니는 아름다운 부인이 있었으니 우리 형제는 그 집에서 거의 살다싶이'한 추억이 있다. 특히 그가 평생 잊을 수 없는

3 김진섭, 「나의 履歷書 : 凡生記」, 『조광』, 1938.10.

것은 '이웃집의 아름다운 부인'이었다. 김진섭은 '아름다운 부인'에게 흡연을 배웠으니 평생 잊을 수 없었을 것이다.

여기서 부친 김면수에 대해 언급하지 않을 수 없다. 왜냐하면 부친 김면수의 발령지마다 가족이 함께 이주하여 특히 김진섭에게 많은 영향을 끼쳤기 때문이다. 그는 1894년 8월 13일 금산항 감리서기관, 1895년 8월 6일 동래관찰 부주사 서판임관 3등, 1898년 6월 11일 동래감리서 주사 서판임관2등 1901년 5월 30일 무안감리서 주사 등을 역임하고, 1907년 11월 17일 목포상업보습학교 명예교사로 재직하다가[4] 제주도의 정의군수로 발령이 나자 김진섭도 제주도로 이주하여 보통학교에 다녔다. 1914년 3월 11일 부친이 나주 군수로 부임하면서 김진섭도 다시 나주로 이주하였다. 여기서 김진섭의 부친 김면수는 나주 군수로 재직하면서 중요한 일을 하였는데 나주의 역사와 지리, 인물, 풍습 등을 정리하여 『속수나주지(續修羅州誌)』를 편찬한 것이다. 그리고 그는 1923년 3월 사임한 후에 고향으로 돌아가지 않고 나주에 정착하였다.[5] 가족은 나주에 정착하면서 나주 사람이 되었고 김진섭은 양정고보에 입학하기 위하여 서울로 상경하였다. 이에 김진섭은 전남 목포에서 태어나서 자랐고 나주에 정착한 나주사람이 된 것이다. 그가 나주에서 어떤 생활을 하였는지는 잘 나타나지 않는다. 다만 그가 유학을 마치고 귀국하여 서울에 정착하였지만 그의 부모가 계신 나주에는 자주 왕래한 것이나 고향에 내려갔다 온다고 한 것 등을 통해서 보면 그의 고향은 나주가 된다. 나주 군수를 마지막으로 공직 생활을 마감한 그는 김진섭에게 지대

4 국사편찬위원회, 한국역사통합시스템 참조.
5 나주시지편찬위원회, 『나주시지3 – 풍속 · 성씨 · 인물』, 2006, 598쪽.

한 영향을 끼쳤다. 김진섭의 수필에서 자주 언급되고 있다.

> 나로말하면 후천적 노력이 불충분하엿기 때문에 결국은 이와같은 평험한 사람이 되고말엇 습니다마는 그러나 내가 현재 가지고 잇는 비교적 조흔점들은 가령 그성질이 온후한점이라든가 물질적으로 과욕한 점이라는든가 도는 내가 어느정도까지 례의염치는 짐작할수잇다는 점이라든가 하는 이모든 것은 실로 내가 나의 부조에게서 바든 무형적교훈이라고해서 틀님이업는 것으로 나는 이런성질을 내게주신 선조께 언제든 감사해서 마지안는바이올시다.
>
> 나의 선친은 일대의 한학자로 긔회잇슬적마다 한학의 훈육을 신학도인 우리형제에게 내리심으로 우리는 그것을 무겁고 헛된짐으로녁이고 한학을 맹열하게 반대하는처지에 잇게되엿습니다만은 그러는중에도 그감화가 적지안은 것을 생각하고 한문이 우리들의교양에대해서 얼마나 중대한 요소가되는가 하는 것을 이제와서 깨닷게될 때 그 귀중한 교훈까지 마자 밧지못한 것이 큰후회꺼리가 되엇습니다. 그래서 오늘당해서는 부조께서 내리시는교훈이면 무엇이든지 바더야된다는 것이 나의구든 사상이라고 할 만치되여버렷습니다.[6]

김진섭은 '그 성질이 온후한 점', '물질적으로 과욕한 점', '어느 정도까지 례의염치는 짐작할 수 잇다는 점' 등은 '나의 부조에게서 바든 무형적교훈'이라고 강조하고 있다. 그가 부친으로부터 받은 영향의 정도를 짐작할 수 있는 대목이다. 그는 부친이 '일대의 한학자'였다는 진술에서도 군수로서 뿐만 아니라 한학자로서의 아버지의 영향은 무시

---

6 김진섭, 「나의 父祖의 教訓 : 無形의 教訓」, 『조광』, 1939.7.

할 수 없는 것이었음을 알 수 있다. '한학의 훈육을 신학도인 우리형제에게 내리심으로 우리는 그것을 무겁고 헛된 짐으로 녁이고 한학을 맹열하게 반대하는 처지'였는데 '한문이 우리들의 교양에 대해서 얼마나 중대한 요소'인지 알게 되었다고 한다. 그런 점에서 김진섭이 책을 좋아하게 된 것은 우연이 아니었다. 그의 지식에 대한 목마름은 대학의 도서관에서 발길을 묶어 놓게 되었기 때문이다.

> 예과를 마치고는 공부나좀해보겠다고 독문학과를 택하고마렀으니 물론책권이나읽자면 독일어도 아러두는 것이 필요했겠지만 그것의 사회적효용가치를 생각할만한 실제적 두뇌는 없었으니 나는 드디여 변호사도 영어교사도 중간에 노치고만 셈이다. 스물다섯에 동대학을 졸업하고 일년을 집에서 놀며 생각하니 대단히 어굴하야 이력서를 단한번써서 낸 곳이 성대도서관인데 불행히싸게 채용되고 마렀다.[7]

김진섭은 '돈없는 집안에 태어낫'지만 공부를 하겠다고 무리해서 일본유학을 떠났다. 양정고보를 졸업한 다음해인 1921년 9월 일본으로 유학을 떠나 법정대학에서 법과를 전공하다가 예과로 전학하여 졸업한 후 다시 독문과에 들어가 졸업하였는데 그때 나이가 25세였다. 그가 독문학을 전공한 것은 '책 권이나 읽'기 위해서였다니 독서광이었음을 말해준다. 그가 도서관에 근무한 것은 자연스러운 일이었다. 그가 1928년 6월부터 경성제국대학의 도서관에 근무한 것도 '공부나

---

7 김진섭, 「나의 履歷書 : 凡生記」, 『조광』, 1938.10.

해볼 작정으로 얼뜬 드러간 것'이나 '공부가 안되는 사실을 드러간 첫 날에 깨닷고 그날부터 고만둔다'고 한 것이 10년 동안 재직하였던 것은 독서광으로서 책을 떠나기 어려웠던 탓이다.

> 나는 일찍이 학생시절에 학교보담도 도서관에서 지혜의 과실을 자유롭게 따먹는 기회를 갖었고 또 사실에 있어서 그와같은 도서관의 이용은 나로 하여금 최선의 수확을 갖게 해주었기 때문이다. 그중에도 특히 불에 타기전의 대교도서관과 니콜라시회당밑의 일교도서관등등은 내가 가장 긴밀히 드나들든 곳으로 이제 생각만해도 내가 과거에 얻은 지식에 대한 일련의 감미한 추억으로 머리가 가득할 만큼 나는 실로 거기서 가위 독서라고 할만한 명저의 활발한 섭렵을 가장 체계적으로 가장 도취적으로 실행한 것이다.[8]

윗글에서 말하는 것처럼 일본 유학시절의 대부분을 도서관에서 보냈고, '가장 체계적이고 도취적'으로 명저들을 섭렵하였다는 진술은 그가 도서관원이 되는 구실이 되었다고 볼 수 있다. 그래서 그는 일본의 도서관을 시찰한 후 감상을 라디오에서 소개[9]할 수도 있었다. 경성제국대학 도서관에서 근무할 당시 잡지 『중명(衆明)』의 문예란 편집을 담당[10]하면서 극예술연구회에서 주최한 여자극예술강좌에서 「극예술원론」[11]을 강의하기도 하였다. 『해외서정시집』의 번역에 참여하여 독일문학분야를 번역[12]하였다. 그리고 『박용철 전집－평론』에 대한

---

8 김진섭, 「圖書館員生活十年記」, 『조광』, 1940.6.
9 『동아일보』, 1933.5.3.
10 『동아일보』, 1933.9.1.
11 『동아일보』, 1934.7.23.(여자극예술강좌는 인사동 태화관에서 열렸다.)

서평[13]을 하는 등 활발한 활동을 전개하였다.

지인들의 회고에는 김진섭의 인간적 면모가 아래의 글에 여실하게 드러나 있다. 그가 조상으로 물려받았다던 품성 그대로 인간 김진섭의 면모는 조용하고 따뜻하며 술을 좋아하는 선비였던 모양이다. 그래서 그의 수필도 따뜻한 모양이라고 생각해 본다.

> 술을 대단히 좋아하는데 다변은 아니었지만 말 한마디만 내놓으면 좌중을 박장대소시켜 기분을 올려주기 때문에 늘 술자리에 끌려다는 것이 수주 변영로와 쌍벽이었다. 그 인품에서 그의 멋진 수필이 나왔던 것이다. 아마 내가 가장 친우로 느끼는 것은 이 청천 김진섭이다.[14]

> 그의 인품에는 첫눈에 절로 끌리게 돼 버렸다. 끌린다고해서 그 무슨 위력이있어서라기 보다는 그후리후리한 몸집으로 보아서는 학체라할 수 있었고 그러자니 발성이나 동작이 한가지로 태연작약, 수수부박하면서도 온후한데에 유자의 풍도가 완연한 것 같았다.[15]

---

12 『동아일보』, 1938.6.28.(『해외서정시집』은 인문사에서 1938년 발간되었다. 영미문학은 정지용, 이하윤, 김상용, 최재서, 임학수가, 프랑스문학은 이원조, 이헌구, 손우성이, 독일문학은 서항석, 김진섭이, 로서아문학은 함대운이 번역하였다.)

13 『동아일보』, 1940.6.23.

14 손우성, 「독문학도 김진섭씨」, 『경향신문』, 1979.9.20.

15 오종식, 「나의 교유록－청천 김진섭씨」, 『경향신문』, 1967.12.25.

3. 수필의 매혹, 선구자로 서서

해외문학연구회는 1926년 일본 동경에서 유학 중이던 외국문학 전공자들인 정인섭, 이하윤, 김진섭, 김온, 이선근 등이 모여 결성하였고 『해외문학』을 발간하여 해외문학을 소개하였다. 『해외문학』은 2호 발간에 그쳤지만 '해외문학파'로 불리며 한국문학사를 강타하였고, '시문학파' 출현의 모체가 되었다. 김진섭과 김영랑, 박용철은 서로가 서로를 알아보았을 것이고, 이들은 나주와 강진과 광주사람이었으니 지역적 정서도 또한 통하지 않았을까 추정해 본다. 이것이 지나친 과장일지도 이들은 모두 광주전남 출신으로 일본유학을 다녀온 유학파들이기 때문에 그럴 가능성은 농후하다.

해외문학연구회는 『해외문학』을 창간하고 『해외문학』 제2호가 간행 된 뒤 나자 양주동은 『동아일보』에 「『해외문학(海外文學)』을 읽고」라는 글을 세 차례에 걸쳐 기고하여 외국작품의 번역을 문제 삼았다.[16] 이에 김진섭은 양주동과 번역 문제를 놓고 논쟁하였다. 이하윤이 먼저 「『해외문학(海外文學)』 독자(讀者) 양주동 씨(梁柱東氏)에게」라는 글을 썼고, 뒤이어 김진섭은 「기괴(奇怪)한 비평현상(批評現象), 양주동(梁柱東) 씨에게」를 5회에 걸쳐 실었다.[17] 김진섭은 양주동의 비평을 문제 삼았다.

---

16 양주동, 「『海外文學』을 읽고」, 『동아일보』, 1927.3.2~3.4

17 『동아일보』, 1927.3.22・23・25・26.

사람이란 것은 自己의 可能을아라야한다 自己의力量을 밋치는限度에自己를 制限하여야하는 것이다 自己의 可能을도라보지아니하고 自己의可能에對하야 測定된範圍를 突破하랴할때에 사람은 반다시 일의 悲劇을 惑은 일의 戱劇을 自己의 몸에 지우는수밧게업다 近來에 본바梁柱東씨의 『海外文學』에對한評說은 정히이것의好一例이다.

西洋의 生活과 朝鮮의 그것이 얼마나 形式意志를 달니하고 짜라서 一見 自明的으로 보이는 譯語좃차 얼마나 그 內包와 外延에 잇서 거이 符合할 수 업는 것이 結合할 수 없는 差錯이 잇는가를 우리가 알면 所謂 非語에 對한 不快感은 別로 과시할 만큼 名譽로운 詩的感覺이 될 수가 업스리라.

훌륭한 인품의 소유자로 정평이 나 있는 김진섭이 이렇게 격한 감정을 드러내는 글은 찾아보기 힘들다. 그런 점에서 양주동과의 논쟁은 해외문학 전공자로서 번역에 대한 꺾일 수 없는 자존심의 문제였을 것이다. 양주동에게 능력도 안 되는 사람이 무슨 평가를 하느냐는 것이었다. 김진섭은 특히 양주동이 문제 삼은 '비어'에 대해 외국어와 서로 다른 언어에서 동일한 의미를 지닌 언어를 찾기 어려울 뿐만 아니라 '외연'과 '내포'에서 차이가 있다는 사실을 간과한 것이라고 지적하면서, 그것이 '비어에 대한 불쾌감은 별로 과시할 만큼 명예로운 시적감각'이 아니라고 되받아 쳤다. 그러면서 양주동의 비평에 "사소(些少)한 유능(有能)을 과시(誇示)함으로 위대(偉大)한 무능(無能)을 독자(讀者) 앞에 호도(糊塗)하랴는 비논리적(非論理的) 비미학적(非美學的)"에서 "아니쏘운 구토(嘔吐)를 늣긴다"고 인신공격에 가까운 논설을 펼쳤다.

사실 김진섭의 글에는 한자어가 많이 등장한다. 이것은 앞서 말한 대로 한학자였던 부친의 영향이라 하겠다. 이 논쟁은 문학사에서 번역과 관련한 첫 논쟁이었다. 김진섭은 해외문학 연구뿐만 아니라 신극수립을 목표로 유치진, 이헌구, 함대운, 박용철 등과 함께 '극예술연구회'를 조직하여 연극운동을 전개하면서 연극을 무대에 올리고 연출과 연기를 하는 종합예술인이 되어갔다.

아무리 그래도 김진섭을 대표하는 말은 수필가이다. 우리의 근현대문학에서 수필이 문학적 위치를 갖게 된 것은 순전히 김진섭의 공에 힘입은 바 크다. 그의 수필에 대한 애정은 각별하고 각별한 것이었다.

> 隨筆이라는 것이 元來 極히 漠然하고 廣汎한 文學形式인만큼 이것을 簡單히 說明하고 規定하기는 勿論 困難하다. 왜냐하면 그것은 例하면 詩, 小說, 戱曲 等屬의 文學이 一見 明瞭한 形式을 가지고 있는데 대해서 隨筆은 文學으로서의 一定한 形式을 갖지 못하고 隨筆은 그것이 차라리 作品으로서의 形式을 갖지 않는데 特質이 있기 때문이다. 그것은 境遇에 依해서는 制約도 없으며 秩序도 없으며 系統도 없이 自由롭고 散漫하게 쓰인 모든 文章까지도 包含할 수 있는 까닭으로 隨筆은 흔히 非文學的인 印象을 사람에게 주는 것이지만 사실 文學은 自己의 狹隘한 領域 안에 隨筆이라 하는 이 自由奔放하고 輕妙脫洒하고 變化無雙한 養子를 包容하기 어려운 感이 없지 않다. (…중략…) 隨筆에 있어서 重要한 特徵이 되는 것은 숨김없이 自己를 말한다는 것과 人生事象에 對한 傍觀的 態度, 이 두가지에 있을 따름이요 이것만을 基礎로 삼고 붓을 고요히 들매 題目 如何는 무를 必要가 없다.[18]

아즉은 念慮업다

金 晋 燮

戰爭과 音樂 (下)

金 管

필화사건의 빌미가 된 수필 「아즉은 염려(念慮)업다」

박종화는 김진섭을 "수필은 한갓 아름다운 문장과 평면적 서술로 적어 놓은 것이 아니라 우주의 대자연과 인간생활 사이에 벌어지고 일어나는 크고 작은 일을 성찰하고 관조하고 사색하면서 자기자신의 느낀 바를 해명하고 비판하는 중요하고 심오한 경지에 도달"한 "본격적으로 수필다운 수필을 쓴 사람"[19]이라고 정의하였다. 김진섭의 수필을 읽은 사람이라면 수필은 모름지기 김진섭이 제일이라고 할 수밖에 없다. 그만큼 김진섭의 수필에는 생활로 끝나지 않은 철학과 사상이 담겨있기 때문이다. 김진섭이 『생활인의 철학』 「서문」에 "나는 원래 철학의 도가 아니요, 도 철학자로서 자임하는 바도 아니다. 생활에 대하여 한없는 애착의 존경을 갖는 자이다. 그런 의미에서 나는 생활자로서 생활의 모든 단면을 대상으로 삼고, 혹은 사색도 하며 혹은 관

18 김진섭, 「隨筆의 文學的 領域(上)·(下)」, 『동아일보』, 1939.3.14; 『동아일보』, 1939.3.23.
19 박종화, 「서문」, 『金晉燮 未發表 隨筆選』, 중앙일보사, 1978.

찰도 하며 혹은 예찬도 하기를 심히 즐겨한다"고 한 것처럼 그는 생활 속에서 경험하고 생각한 바를 쓰는데 주저하지 않았다. 그래서 「아즉은 염려(念慮)업다」는 글이 '반전사상'을 고취하였다 하여 전쟁 필화사건을 겪기도 하였다.

> 戰爭은 設使 그것의 正義를 爲한 不可避한 戰爭일 境遇에 잇서서도 文化의 두려운 破壞者인 것은 두말할것이 업스니 그것을 압날의 世界大戰은 우리에게 如實히 證明해주엇다. 肉彈과 爆擊이 '國家의 가장 高價한 資本인 人間'의 生命을 無數히 殺傷하고 人間努力의 結晶인 文化財를 餘地업시 破壞함은 實로 戰爭의 前提條件이되는 것으로 戰時에 잇어서는 國家는 그市民의 生活을 規定할뿐이아니라 諸個人의 人格의 自由도 意見의 發表도 經濟的活動도 制限을 밧고 食料品의 消費까지도 그統制下에 노이는것이기때문에 戰爭은 말하자면 個人의 廣汎한 權利의 剝奪를 意味하는것이라 볼박게 업스니 그러므로 戰爭은 近代文化重要한 特徵인 個性的 發展의 傾向과는 決定的으로 背馳되는 것이다.[20]

김진섭은 이 글에서 전쟁은 '문화의 두려운 파괴자'이며 '국가의 가장 고귀한 자본인 인간의 생명을 살상'하고 '개인의 광범한 권리를 박탈'하는 것이므로 전쟁을 반대한다는 것을 분명히 하였다. 이에 조선군 참모장 가토는 헌병대 사령부로 하여금 김진섭의 사상 경향과 이 글의 집필 동기 등을 취조하도록 지시하는 동시에 검열 당국인 조선총독부 경무국 도서과에서 대해서도 엄중히 처치하도록 명령을 내렸다. 헌병사령

---

20 『매일신보』, 1940.1.6.

부는 김진섭이 전과가 없을 뿐 아니라 사상적으로도 용의점이 없다는 결론을 내렸다.[21] 그의 필력에 놀란 일제의 과민반응이었던 것이다.

그의 수필을 읽어보면 일상 생활이야기로 시작한다. 그러나 신변잡기에 그치지 않는 것이 김진섭 수필의 매력, 혹은 특징이라고 할 것이다. 그것도 '찬'이나 '송'으로 풀어냄으로써 '찬'과 '송'에 익숙하지 않았던 당시의 정서적 풍토를 풍요롭게 해주었다. 이는 작은 것에 감사할 줄 아는 심성의 발로였을 것이다. 그중에서도 「모송론」은 으뜸이다. "만일에 어머니라 하는 이 아름답고 친절한 종족이 없다면 대체 이 세상은 어떻게 되어 갈는지요? 이 각박한 세상을 찬란하게까지 장식하고 있는 모든 감정, 가령 말하자면 저 망각적 애정, 저 심각한 자비, 저 최대한의 동정, 그지없이 긴밀한 연민, 저 절대의 관용 — 이 모든 것은 이곳에서 사라려 버리고 말테지요. 그래서 이 때 이 세상은 돌연히 한없이도 어두워지고 우울해지고 고달파질테지요. 참으로 어머니와 아들의 결합과 같이 힘차며 순수하며 또 신비로운 결합은 어떠한 인간관계 속에서도 찾아낼 수 없읍니다"[22]는 어머니의 존재에 대해 깊은 사유의 끝에 나온 글로 「모송론」은 지금도 여전히 감동을 전한다.

또한 그의 수필 중에서는 '술' 또한 빠지지 않는다. 그가 "술잔이나 드는 사람이면 누구나 남의 주량을 치켜올리고 자기것은 낮추는 버릇이있거니와 실상이지 청천의 주량은 어느 정도인지 모를 지경이요, 밤새 마셔도 취담한마디, 고성하나 질러본 적이 없었다. 그만큼이나

---

21 소화 15년 1월 31일, 조선군 참모장 加藤鑰平가 일본 육군차관 阿南惟機에게 보낸 「朝報密」 제8호, 「反戰思想記事ノ件'通報'」(정진석, 『언론조선총독부』, 커뮤니케이션스북스, 2005, 216~220쪽 참조.)

22 김진섭, 「母訟論」, 『여성』, 1930.

지구는 하위 주성이나 주선이니 하는 경사를 아끼지 않았다"[23]는 것은 주도를 아는 자로서의 여유였을 것이다. 그래서 애주가들에게 여전히 전설과 같은 글을 전해지는 다음과 같은 수필을 남길 수 있었으리라.

> 如何間 한잔 드러가면 어쩐지 즐거웁다. 또한 한잔 드려 보내는데 많은 方途는 存在한다. 좋도다! 이리하여 우리는 항상 술잔을 드는 것이다. 슬퍼 마시며, 기뻐 마시며, 분하다하여 마시며, 봄날이 따시다하여 마신다. 世者 이를 이름하여 酒의 功德이라 하나 이 또한 '인 · 삐노 · 베라타스'가 아니냐! 되고저 하는 自己에 비로서 到達한 우리는 술가운데 처음 世界의 完全을 보는 것이다. 人生憂鬱에 何等의 罪過도 없다. 모든 눈물이 신성하다. 모든 사람이 花園을 가지고 있지는 않다 오즉 사람이 괴로웠던 것이다. (…중략…) 一杯 一杯 復一杯에 이미 나는 내가 아니고 너는 네가 아니다. 그럼으로서 참으로 그때에 내가 비로서 내가 되고 네가 비로서 네가 된다. 實로 피는 속이지 않는 까닭이다. 우리의 얼굴이 薔薇花化할 뿐이 아니다. 이제 滿天下가 하나의 붉으레한 花壇이다. 문득 우리의 머리에 哲學的 快活은 온다. 그리하여 우리는 우리의 모든 性質, 모든 生活이 한 個의 假託以外의 아무것도 아니였음을 깨닫는 것이다. 우리의 사랑하는 것만이 아니라 우리의 容赦치 못할 適까지를 우리는 우리의 끓는 가슴에 굳이 안으려 한다.[24]

술 마시는 사람의 마음을 이렇게, 주신이 강림하여 언설하듯 한 이 글은 음주를 즐기는 모든 이들에게 구세주 같은 글이다. 애주가였기 때문에 가능했던 이 수필을 읽노라면 술을 좋아하지 않은 이들에게도

23 오종식, 「나의 교유록－청천 김진섭씨」, 『경향신문』, 1967.12.25.
24 김진섭, 「醉人酣謔」, 『衆明』, 1933.5.

술을 마셔야할 것 같은 조바심을 갖게도 한다. '슬퍼 마시며, 기뻐 마시며, 분하다하여 마시며, 봄날이 따시다하여 마신다.' 이것이 '주의 공덕'이니 아니 마시고 못 베기는 것이다. 그중에서도 '일배(一杯) 일배(一杯) 부일배(復一杯)에 이미 나는 내가 아니고 너는 네가 아니다. 그럼으로써 참으로 그때에 내가 비로서 내가 되고 네가 비로서 네가 된다'는 대목은 애주가들에게 복음을 넘어선 술을 마시는 철학이 되어 '이제 만천하(滿天下)가 하나의 붉으레한 화단(花壇)'이 되고 '우리의 머리에 철학적(哲學的) 쾌활(快活)'이 오며 '모든 성질(性質), 모든 생활(生活)이 한 개(個)의 가탁이외(假託以外)의 아무것도 아니였음'을 알고 '용사(容赦)치 못할 적(適)까지' 포용하게 하는 천하 제일의 술이 된다. 술은 모든 것을 열리게 하고 모든 것을 포용하게 하여 인간의 정신과 육체를 자유롭게 한다는데 어찌 이 수필을 읽고 술을 마시지 않겠는가. 이것이 김진섭 수필의 힘이다.

그의 수필에 대한 애정은 수필집 『인생예찬(人生禮讚)』,[25] 『생활인(生活人)의 철학(哲學)』,[26] 『교양(敎養)의 문학(文學)』,[27] 『청천 수필평론집(聽川 隨筆評論集)』,[28] 『김진섭 미발표 수필선(金晉燮 未發表 隨筆選)』[29]에서도 확인된다. 수필집 『인생예찬』, 『생활인의 철학』, 『교양의 문학』은 김진섭이 직접 엮어서 출판한 것이지만, 나머지 2권은 박종화가 엮은 것이다.

---

25 김진섭, 『人生禮讚』, 현대문화사, 1947.
26 김진섭, 『生活人의 哲學』, 선문사, 1949.
27 김진섭, 『敎養의 文學』, 조선공업문화사, 1950.
28 김진섭, 『聽川 隨筆評論集』, 신아사, 1958.
29 김진섭, 『金晉燮 未發表 隨筆選』, 중앙일보사, 1978.

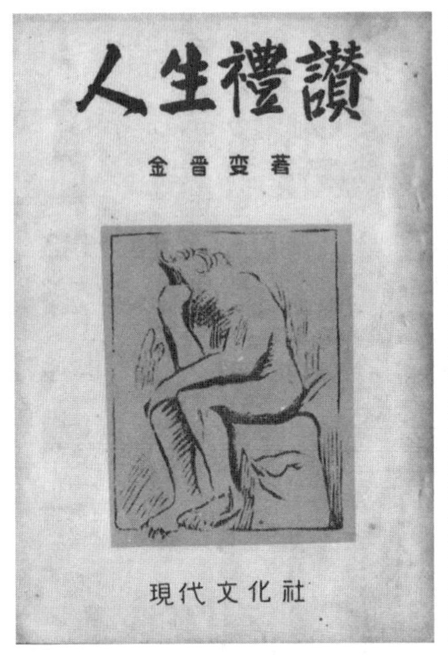

김진섭의 수필들

4. 요동치는 정국, 잃어버린 행복

경성방송국 재직시절의 김진섭(1948년, 앞줄 왼쪽 두번째)

그동안 김진섭은 수필가로만 알고 있을 뿐 그가 방송인이었다는 사실은 잘 알지 못한다. 그는 경성제국대학 도서관을 그만두고 바로 경성방송국에서 입사, 교양, 문예방송의 편성을 담당하였다.[30] 1941년 12월부터 경성방송국 제2방송부에서 근무하였는데 당시 편성과장은 이혜구였고 직원에는 김억, 이서구 등이었으며 모윤숙은 촉탁이었다. 김진섭은 1945년 해방도 경성방송국에서 맞았고 1945년 9월 15일 자로 한국인 직원들이 조선방송협회를 인수하여 1945년 10월 2일 기구를 개편하면서 김진섭은 편성과장이 되었다.[31] 그때 업무과장은 김억이었다. 김진섭은 "청취자의 이견을 중시하여 방송청취의견조사위원회를 구성, 각계 각층의 의견을 듣기도 하고 직원으로 하여금 각 가정을 직접 순방케 하여 청취자의 의견을 방송에 반영하게 하는 등 민주적인 스타일의 방송인"[32]이었다. 김진섭과 김억은 사실상 방송국

---

30 노정팔, 『한국방송과 50년』, 나남, 1995, 31쪽.
31 정진석, 『인물한국언론사』, 나남, 1995, 333~337쪽.
32 노정팔, 위의 책, 31쪽.(노정팔은 김진섭이 편성과장일 때 방송국에 입사하여 처음 배치된 부서가 편성과였고 김진섭과 함께 근무하였다.)

을 책임지고 있었다. 김진섭은 다양한 분야에서 활동하였는데 그 영역은 넓었다.

그는 조선문화건설중앙협의회 외국문학분과 위원장[33]을 맡았고, 우익진영의 임시정부지지를 표명하는 국민대회 준비회를 개최하는 자리에서 김진섭은 상임위원을 맡았다.[34] 그리고 조선문학동맹 중앙집행위원회 외국문학위원회 위원[35]을 맡기도 하였다. 해방 직후 혼란의 정국 속에서 김진섭은 이른바 좌익문인들과 함께 활동하였다는 것이 확인된다. 그러나 남북한 단독정부가 수립된 후는 우익문인들과 함께 활동하였다. 김진섭은 "조국통일달성을 협찬하고 봉건적 특권과 독점과 악요소를 일소하고 새로운 민주문화 발전에 한데 뭉쳐 상호협조와 친목을 도모하기 위하여 재경(在京) 월남 문화인들"이 총궐기하여 '대한문화인협회' 준비위원이었다.[36]

뿐만 아니라 그는 "우리의 급선무는 민족의 생명에서 구현되는 민족정신의 건전한 앙양에 있으니 민족의 사는 데는 나라가 있어"야 하고 나라의 "발전을 약속하고 동요를 방지하는 영원한 정신적 생산의 모태가 되어 민족의 안전을 보장하고 민족의 영예를 보전케 함"을 위한 '민족정신 앙양 전국 문화인 총궐기 대회' 준비위원으로도 활동하였다.[37] 그리고 박종화, 양주동, 김영랑, 김광섭, 김동리, 이하윤, 이헌구, 조지훈 등과 함께 문교부 산하 예술위원회 문학위원이 되었다.[38]

33 『매일신보』, 1945.8.24.(조선문화건설중앙협의회 결성시 의장은 임화, 서기장은 김남천이었으며, 시부문학위원장은 김기림, 평론부는 이원조, 소설부는 이기영이었다.)

34 『매일신보』, 1945.9.8.

35 『자유신문』, 1945.12.25.

36 『경향신문』, 1949.8.15.

37 『국제신문』, 1948.12.21.

김진섭은 한국문학가협회 결성식에서 박종화, 염상섭과 함께 임시의장으로 선출되었고, 중앙집행위원장에는 박종화, 염상섭과 함께 부위원장이 되었는데 전국문화단체총연합회에 가입을 결의하였다.[39] 남북한 단독정부 수립이후 김진섭은 문학인들에게 "예술가라는 아량과 금도를 가지고 시기 · 질타, 쓸데없는 욕설 등을 좀 청산하고 문학을 한다는 깨끗한 긍지를 가지고 살아갈 수 있기를"[40] 바랐다.

그는 그 뒤에 고등고시 본고시 고시위원으로 선정되기도 하였다. 고시위원 선정기준인 "민족진영에서 뽑을 것, 학구적인 동시에 경험이 풍부하고 사회적 존경을 받을 만한 인사라야할 것, 민족정기를 앙양하려는 민족의 요구를 살릴 것, 연령제한은 40세 이상으로 할 것, 학벌과 지방벌을 철폐할 것" 등의 5대원칙에 입각하여 엄선되었는데 김진섭은 독일어를 담당하였다.[41] 그는 우익진영의 인사로 분류되었던 것이다.

김진섭은 서울대 문리대 교수로 재직하면서 1946년 10월 22일부터 1947년 5월 31일까지 서울대학교 도서관 제1대 도서관장으로 재직하였다. 이후 성균관대학교 교수로 재직하였으며 1949년 6월부터 서울신문사 출판국장으로 재직한 언론이었다. 그때 『서울신문』 출판국에서는 『신천지』와 『주간서울』을 발행하는 데 심혈을 기울였다. 그러던 중 한국전쟁이 일어났고, 한국전쟁은 더 이상 그의 삶과 문학을 만날 수 없는 계기가 되고 말았다. 박영희, 김안서, 김동환, 홍구범, 정인섭 등과 함께 납북되고 말았기 때문이다.[42] 북한에서 그의 삶과 문학 활동

38 『경향신문』, 1949.2.19.
39 『서울신문』, 1949.12.18.
40 「지상좌담회－건국과 함께 자라는 문화」, 『경향신문』, 1949.8.15.
41 『서울신문』, 1950.1.7.

은 아직까지 확인되지 않는다. 일찍이 일본에 유학하여 독일문학을 전공하였고, 극예술연구회 회원으로 서구의 문학과 예술을 전하고 공유하기 힘썼던 예술가요 학자요, 방송인이요 언론인이었던 그를 북한에서도 적극적으로 활용하였다면 좋았으련만 북한에서의 삶은 그리 편탄치 않았던 모양이다. 그의 생애에 관한 마지막 기록일 것으로 추정되는 글 속의 김진섭의 모습은 다음과 같다.

> 한편 김진섭, 강병순, 백봉제, 허남수, 박승철 이담 등은 종교계인사들이 먼저 수용된 양강도 형성벌목사무소 및 개간사업장 강제노동수용소에 수용되었다.
>
> 오랜만에 납치된 후 생사를 모르던 남궁현 등과 만나게 된 기쁨은 이루 말 할 수 없었지만 노동반장이 이를 제지하기 때문에 이들은 서로 말도 자유로히 건네지 못하였다. 이들은 대개 벌목장에서 반사무원 반노동자의 일을 하였다. (…중략…) 그러나 납치인사 중 누가 병이 나면 일반노동자들은 그들이 극진히 아껴두었던 약초를 가져다주기까지 하였다. 이처럼 조용하던 수용소 안에 큰 사건이 벌어졌다.
>
> 김진섭이 주동으로 오육십 명이 규합하여 너무 노동을 심하게 강요하는 악질 노동반장살해계획을 꾸민 것이었다. 그러나 거사직전 이 계획이 탄로되어 김진섭이 체포되었다. 그가 내무서원에 붙들려갈 때 수용소 일반 노동자들은 동정 끝에 파업소동이 일어났다. 이 사실이 현성 내무서에 보고되자 큰 사건으로 보고 수십 명의 서원이 동원되어 수십 일간에 걸쳐 한사람씩 고문식심사가 시작되었다. 그리고 곧 납치인사들을 분리 수용시켰다.
>
> —내외문제연구소 제공[43]

42 「납북예술인과 월북예술인」, 『민주신보』, 1951.1.1.
43 「죽음의 세월」, 『동아일보』, 1962.5.29.

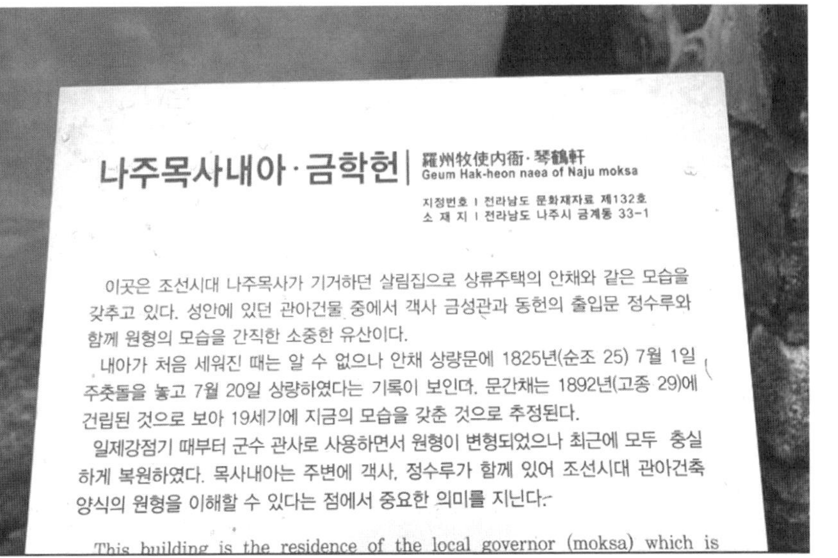

김진섭의 생가(나주 군수의 관사)

지금으로서는 김진섭의 마지막 행적을 알 수 있는 글이지만 남한에서 지식인으로서의 삶이 강제노동수용소에서 수용된 요인이었을 것이다. 힘든 노동을 견디다 못해 '악질노동반장살해계획'을 세웠다가 발각되어 체포되었다는 사실만으로 인품이 온후하고 훌륭했던 김진섭이 북한에서 삶을 짐작할 수 있다. 그는 체포된 뒤에 끝내 어떻게 되었을까? "모든 사람의 일생은 무엇보다도 복잡하고 귀중한 예술품의 완성"[44]이라고 했던 그가 지상의 마지막 날을 어떻게 보냈을는지 ……? 그가 남긴 2남 3녀 중 장남은 제이국민병에 나가 병사하였고, 차남은 1967년에 요절하였으며, 부인 이씨는 1971년 12월 29일 남편을 기다리다 사망하여 경북 칠곡에 안장되어 있다.[45] 그가 태어난 목포의 목포문학관 앞에는 그의 귀환을 기다리는 문학비가 외롭게 서서 그의 기념비적인 문학 활동과 삶을 기억하고 있다.

5. 나오면서

수필을 문학의 한복판에 세운 사람, 순수문학의 깃발을 들고 해외문학작품을 번역하고 소개하기에 바빴던 사람, 김진섭을 다시 호명함은 김진섭처럼 수준 높은 문장으로 글을 쓸 사람이 많지 않은 탓이리

44 김진섭, 「인생에 대하여」, 『청천수필평론집』, 신아사, 1958, 314쪽.
45 김옥교, 「仁慈로운 아버지 聽川 金晉燮을 回想함」, 『북한』 3, 1972.3.

라. 긴 여정을 더듬다 그의 문학적 성취에 대한 본격연구가 없음을 확인하고 무슨 일인가 싶었다. 대부분이 한국문학사에 한 가운데 앉아있는 작가들의 김진섭의 인간적 면모와 인상과 그리움을 드러내는 단편적인 글뿐이었음에 다시 부끄럽다.

남한과 북한으로 갈라진 뒤 역사 속으로 사라진, 아닌 잊힌 자들이 모든 것으로부터 자유롭게 귀환하는 날을 기다린다. 그 기다림이 길지 않았으면 하는 마음이 간절한 것은 시절이 수상한 탓만은 아니리라. 이제는 우리가 항일독립운동의 깃발을 높이 들고 모든 것을 버렸던 그때처럼 다시 하나가 되어 반만년 찬란했던 문화민족의 미래를 준비해야할 때이다. 그를 호명함으로써 그가 광주전남의 작가적 위치의 일단을 확인함과 아울러 통일시대 문학의 큰 그림을 그려야한다는 뜻이기도 하다.

김진섭, 그는 미리 알고 있었을까? 그가 번역했던 시인 괴테의 시처럼 그는 그에게 닥칠 모든 것을 미리 알고 있었을까? 이 시가 새삼 아프게 다가온다. 그가 겪은 「최초(最初)의 상실(喪失)」이 마지막 상실이었을지도 모른다 생각하니 가슴이 더 먹먹해진다.

저 그리운 날과 날은,
저 첫 사랑의 날과 날은 가곤 아니오네.
아 幸福하던 저 한 토막 때라도
누가 나를 爲해 불러 줄 수 있으리.

오직 외로히 나는

내 마음의 傷處를 안고,

밤낮 歎息을 되푸리 하면서

잃어버린 幸福을 설어 하네.

아 저 아름다웠던 날을,

아 저 그리웁던 때를,

누가 나를 爲해 불러 줄수 있으리.[46]

---

46 괴테, 김진섭 역, 「最初의 喪失」, 『조광』, 1939.6.